CLAUDIA VELASCO

gypsy

Editado por Harlequin Ibérica.
Una división de HarperCollins Ibérica, S.A.
Núñez de Balboa, 56
28001 Madrid

© 2017 Claudia Velasco
© 2017 Harlequin Ibérica, una división de HarperCollins Ibérica, S.A.
Gypsy, n.º 117 - 1.1.17

Todos los derechos están reservados incluidos los de reproducción, total o parcial. Esta edición ha sido publicada con autorización de Harlequin Books S.A.
Esta es una obra de ficción. Nombres, caracteres, lugares, y situaciones son producto de la imaginación del autor o son utilizados ficticiamente, y cualquier parecido con personas, vivas o muertas, establecimientos de negocios (comerciales), hechos o situaciones son pura coincidencia.
® Harlequin, HQN y logotipo Harlequin son marcas registradas por Harlequin Enterprises Limited.
® y ™ son marcas registradas por Harlequin Enterprises Limited y sus filiales, utilizadas con licencia. Las marcas que lleven ® están registradas en la Oficina Española de Patentes y Marcas y en otros países.
Imagen de cubierta utilizada con permiso de Shutterstock.

I.S.B.N.: 978-84-687-9091-6
Depósito legal: M-36175-2016

Para Anna Casanovas. Gran escritora, compañera, amiga y consuelo en las horas difíciles. Muchas gracias por ayudarme a encontrar las baldosas amarillas.

Prólogo

–Hola, Steve, ¿qué ha pasado?
Steve McMurray, un escocés duro pero buenazo, el mejor entrenador de rugby que hubiera tenido jamás, se giró hacia él y señaló a Michael con el pulgar. El pequeñajo, que estaba hasta arriba de barro, cuadró los hombros y le clavó los ojos claros sin abrir la boca.
–¿Dónde está tu padre, Paddy?
–He venido yo. ¿Qué ha pasado?, ¿estás bien, Mike? –Michael asintió y a una seña del entrenador se acercó a ellos seguido por otro jugador del equipo.
–Se han peleado y O'Keefe le ha dado una soberana paliza a Morrison, está expulsado del entrenamiento y ya me pensaré yo cuando lo dejo volver.
–¿Pero qué ha pasado? –miró de reojo al tal Morrison, que era hijo de un conocido del barrio y luego a su hermano, que seguía tieso como un palo–, ¿eh?
–Cosas de críos, pero no quiero peleas entre mis jugadores, en este equipo...
–Me dijo una palabrota –soltó Michael y el entrenador lo miró frunciendo el ceño.

—¿Te he dado permiso para hablar, O'Keefe?

—No, señor, pero Morrison me dijo una palabrota.

—No es verdad y casi le rompe la nariz... —de la nada apareció la madre del supuesto agredido y Paddy se giró hacia ella con los ojos entornados—, y le saca media cabeza, no es justo y exijo...

—Me dijo gitano de mierda.

—¡¿Qué?! —El entrenador McMurray dio un paso atrás y miró a Morrison con las manos en las caderas—. ¿Es eso verdad, Kevin?

—Él me placó primero y...

—¡¿Qué?! —repitió McMurray cada vez más enfadado y Paddy suspiró mirando a su hermano—. Estáis los dos expulsados del entrenamiento, tú por insultar y el otro por pegar. No quiero oír ni una palabra más y si se repite algo semejante os echo definitivamente de mi equipo, ¿entendido?

—Pero... —la señora Morrison quiso intervenir y Paddy se metió las manos en los bolsillos— al menos que se disculpe, no puede ser... el rugby es un deporte de equipo... solo tienen siete años, no quiero ni pensar cuando tengan quince, es...

—En eso tienes razón, Doris, van a disculparse ahora mismo. —Miró a Michael y él bajó la cabeza—. Vamos, O'Keefe.

—No.

—¿Cómo dices?

—Que no.

—La madre que te...

—Está bien —Paddy dio un paso al frente y miró a su antiguo entrenador levantando las cejas—, el que empezó la pelea fue Morrison, lo sabes, si se disculpa primero, Michael lo hará después.

—Pero Paddy... —susurró el pequeñajo.

—Cállate... —Ni lo miró, fijó los ojos en Kevin Morrison, que era un cabroncete muy retorcido, lo sabía todo Dios, así que McMurray asintió y luego le hizo un gesto para que hablara.

—Perdona, Michael. Lo siento.

—Michael —ordenó Paddy sin apartar la vista de Morrison y él obedeció sin rechistar.

—Yo también lo siento.

—Muy bien, daros la mano —intervino el entrenador y los acercó agarrándolos por el cuello. Paddy observó como su hermanito pequeño miraba al otro con cara de asesino mientras le estrechaba la mano y no pudo evitar sonreír. Luego miró a la señora Morrison y le guiñó un ojo, gesto al que ella respondió sonrojándose hasta las orejas.

—Vale, todo en orden, buenas tardes —susurró la mujer y desapareció llevándose a su hijo por el pescuezo camino del coche.

—Paddy, escucha —McMurray lo detuvo y le palmoteó el brazo—, tengo a Michael en mi equipo, aunque no sea de este colegio, porque apunta maneras y porque es un O'Keefe, pero como vuelva a tener un follón parecido tendré que expulsarlo, te lo digo en serio.

—No volverá a pasar, entrenador, yo me ocupo.

—Es la segunda vez este mes que acabamos separándolo de otro jugador, aunque, claro —se rascó la barbilla—, el anterior era de un equipo rival, pero pegarse con un compañero no está bien y no pienso tolerarlo.

—Vale.

—Además, dile a tu padre que lo saque de una puñetera vez de ese colegio pijo donde lo lleva y lo traiga aquí, así todo sería más sencillo.

–Está bien, Steve... y me ha encantado verte, hasta otra. –Le dio la mano, agarró a su hermano por el hombro y lo sacó del campo camino del coche–. Te la has cargado, Michael.

–¡¿Qué?! –Se revolvió indignado y lo miró a los ojos–. Kevin Morrison siempre me dice palabrotas.

–Ese capullo se merecía un buen tortazo, no lo digo por él –suspiró–, ¿por qué has hecho que me llamaran a mí?

–Papá está de viaje y mamá se enfada mucho.

–Vale ¿y ahora qué le digo yo a tu madre?

–No sé.

–Pues eso, yo tampoco sé. Joder, macho, es que eres de lo que no hay... –respiró hondo–, y te digo una cosa, si te gusta el rugby de verdad y quieres seguir entrenando con McMurray no vuelvas a pegarte con un compañero, ¿queda claro?, ni siquiera con el idiota de Morrison. No vale la pena y a palabras necias oídos sordos, ¿entiendes?

–Sí. –Bajó la cabeza y Paddy sintió una ternura enorme en el pecho, era tan pequeño y tan guerrero, y se preguntó cuántas veces más en el futuro tendría que acudir para sacarlo de embrollos semejantes... miró al cielo y sonrió.

–Vale, tranquilo... –Le revolvió el pelo rubio lleno de barro, agarró el móvil y llamó a su madrastra pensando en una excusa plausible–. Hola, Manuela, ¿qué tal?

–Hola, Paddy, bien ¿y tú...?

–Bien, mira, es que andaba por el barrio y me he pasado por el campo del cole para ver el entrenamiento de Michael, así yo te lo llevo a casa.

–¿En serio? Sería estupendo, Paddy, tu padre sigue en París y...

—Vale, genial, yo me ocupo, ¿y el resto de la tropa?

—Todo controlado, no te preocupes, a Liam lo tengo en el restaurante, tenía clase de pintura aquí al lado y ya lo he recogido, solo me faltaba Michael.

—Vale, pues, tú tranquila, yo te acerco al enano.

—Eres un cielo, Paddy, muchas gracias.

—De nada, un beso. —Colgó y miró a su hermano otra vez—. Y tú no sonrías tanto porque habrá que decírselo antes de que la madre de Morrison u otra cotilla se lo largue en el próximo entrenamiento ¿sabes?, así que andando que es gerundio y prepárate para una buena charla.

—¿No podemos esperar a que vuelva papá?

—Vale, pero... —le extendió el móvil— llámalo ahora y se lo vas contando.

—Jooooder, Paddy.

—Esa boquita, enano, esa boquita.

Capítulo 1

La casa no estaba mal, en realidad era muy bonita, grande y luminosa, pero estaba hecha un asco y no pensaba remediarlo, no era su trabajo, limpiar no entraba dentro de sus obligaciones y no pretendía hacerlo. De eso nada, susurró, mirando el desastre de salón que tenían, la escalera llena de porquería y los muebles llenos de pegotes. Se trataba de poner límites y el primero era ese, diferenciar sus labores de *au pair* con los de una asistenta, y no es que le importara ejercer de asistenta, para nada, pero no le pagaban por esa labor, le pagaban para cuidar de los dos niños y enseñarles español, nada más. Ya bastante hacía ocupándose de su ropa y de sus comidas.

–¡Eh! –llamó su jefa y ella se giró para mirarla a la cara. La señora Donnelly era una afortunada empresaria, según decía todo el mundo, pero un desastre total en el gobierno de su casa, sus hijos y su marido, y Úrsula la observó con paciencia. Ni siquiera se había quitado el abrigo, llevaba dos horas en casa y seguía con el abrigo puesto–. Mañana vendrán unos amigos a cenar, ¿sabes cocinar?

—¿Cómo dices? —Parpadeó—. No, claro que no.

—Jo, pues habrá que contratar un catering, ¿conoces alguno?

—¿En Dublín? Solo llevo diez días aquí.

—Es cierto, es que... como se entere Francis, me mata, lo organizamos hace un mes y la alarma de la agenda me avisa hoy, vaya desastre, ¿dónde demonios podré conseguir un buen catering a estas horas?

—Son las nueve de la noche, dudo mucho que uno para mañana.

—Claro, puede ser, pues me los voy a llevar a cenar fuera, llama al italiano de siempre y reserva para cuatro.

—Beatrice... —metió la ropa en la lavadora y caminó hacia ella, suspirando— no sé de qué italiano me hablas, llevo diez días con vosotros y en todo caso, y sintiéndolo mucho, no creo que deba ocuparme de esas cosas.

—¿Ah, no? —se quitó las gafas—, claro, disculpa, voy a llamar a mi secretaria para que se encargue. —Agarró el móvil y marcó el número de su asistente como lo más normal del mundo, aunque era tardísimo. Úrsula pensó en la pobre Rose, la secretaria, maldiciéndola desde su casa y volvió a la cocina para recoger un poco el estropicio de la cena—. No lo coge.

—¿Qué? —la miró de reojo—, ¿y no es más fácil que llames tú directamente al restaurante?

—Es que no recuerdo cómo se llama. Es igual, ya veremos, ¿qué tal hoy con los niños?

—Bien, todo perfecto, aunque la profe de Tommy, la señora McHiggins, quiere hablar contigo, dice que te ha mandado varios *emails*.

—Vete mañana y hablas con ella.

—¿A qué hora?

—Pues no sé, a la que puedas.

—Después del cole tienen entrenamiento y dentista y por la mañana estoy en la facultad, no puedo y, además, creo que quiere hablar con los padres, no conmigo.

—Es una pesada esa McHiggins... ¿por qué no hará su trabajo y nos deja a los demás en paz?

—¿Y tú por qué no haces el tuyo como madre? —susurró Úrsula viendo como se largaba al salón apartando los juguetes de los niños con el pie.

Ir a Dublín de *au pair* había sido una idea estupenda. Trabajando con una familia nativa podría practicar el inglés, ahorrarse el alojamiento y la comida, y el trabajo grueso solo le ocupaba las tardes, así que por las mañanas podría asistir al curso de Postgrado en Literatura, Lenguaje y Cultura Medieval que impartía el Trinity College y que le costaba un riñón. Había conseguido una beca para pagar el curso, pero no alcanzaba para pagar su manutención, y como varias amigas suyas ya habían sido *au pairs* en Irlanda, y a ella le encantaba Irlanda, había hecho todas las gestiones y ahí estaba, de *au pair* en casa de los Donnelly, un peculiar matrimonio que en cuanto había pisado la casa, le habían encasquetado a sus dos hijos, Tommy y Evan, a la desesperada y no habían vuelto a ocuparse de ellos.

La señora Donnelly era la típica tía inútil que se había pasado toda la vida delegando en todo el mundo y no sabía ni hacerse un café. Siempre que estaba en la casa le estaba encargando tareas, hasta las más nimias, como llamar a un restaurante para reservar una cena para cuatro, y si ella se negaba, cogía el móvil y llamaba a su asistente. Una inútil. Era descuidada y desorganizada, capaz de sacar un refresco de la nevera, beber y dejarlo en la encimera sin la tapa, tan tranquila, incapaz de cerrarlo como es debido, como haría todo el mundo, y devolverlo a su sitio para que lo pudieran disfrutar los demás. Eso era mucho pedir para ella y Úrsula empezaba a arrepentirse de haber elegido a esa familia precisamente como sus jefes y se estaba planteando llamar a la agencia y pedir otro destino, pero le daba pena, sobre todo por los niños, que tenían doce y siete años, y no tenían culpa de nada.

Milagrosamente, Tommy y Evan eran unos chicos encantadores y bastante educados, fruto del rosario de niñeras y *au pairs* que habían tenido desde muy pequeños, y les estaba cogiendo cariño. Milagrosamente, también, esos niños sobrevivían al desastre de padres que tenían y aunque jamás los había visto pasar más de diez minutos con ellos, eran muy respetuosos y muy obedientes, y se le partía el alma en dos cuando pensaba en abandonarlos otra vez a su suerte, porque si su madre era un desastre, su padre era incluso peor. El doctor Donnelly, Francis como le pidió que lo llamara, era el típico cincuentón machista e inútil que dejaba todo en manos de su mujer sin plantearse, ni en sueños, que ella era todavía más incompetente que él. Un verdadero caos.

Así que no quería dejar a los niños solos otra vez, ya llevaban tres *au pairs* diferentes en el último año y le parecía una crueldad tirar la toalla tan pronto, pero, eso sí, pretendía poner límites, marcar territorio y decir no a todo lo que se saliera de sus obligaciones. No iba a tragar con las órdenes sin ton ni son de su jefa y ya estaba echándole un pulso a diario. No iba a ceder, por agotador que fuera, y si no lo entendía ese sería su problema, no el suyo, porque a ella solo le bastaría plegar y largarse sin más. Fin de la historia.

—¡Oye! —gritó Beatrice, que era incapaz de aprenderse su nombre, y ella se quedó en su sitio, metiendo los platos en el lavavajillas— mañana hay que llevar a mi madre al fisio, puedes hacerlo antes de que salgan los niños del cole y...

—¿Disculpa? —Cerró el lavavajillas y se puso las manos en las caderas.

—Es en Dame Street, mejor que vayáis en taxi, el tráfico...

—No voy a llevar a tu madre a ninguna parte, soy la cuidadora de tus hijos, no de toda la familia y tengo clase hasta las dos, como todos los días.

—¿Qué? —Beatrice Donnelly la observó como si la viera por primera vez y se guardó el papelito con las señas—. ¿No puedes faltar a la última hora?

—Por supuesto que no y otra cosa... —miró ostensiblemente la cocina—, no estoy aquí para limpiar, no entra en mis obligaciones. Si te parece mal podemos revisar las condiciones de mi contrato y verás que solo estoy aquí para enseñar español y cuidar de Tommy y Evan, todo lo demás sobra.

—No tienes que hacer nada.

—Pero alguien debería hacerlo, mira lo sucio que está todo, es casi un peligro sanitario. —La mujer miró a su alrededor y Úrsula aprovechó para escaquearse hacia su cuarto—. Buenas noches.

—Llama mañana a Pearl, la asistenta, y le dices que venga todos los días. —Oyó que comentaba por encima del ruido del lavavajillas.

—Llámala tú, que para eso eres la dueña de la casa.

Salió al patio trasero, cruzó el jardincito y entró en su apartamento independiente muy cansada. Afortunadamente, le habían asignado un alojamiento fuera de la casa, que había sido el principal motivo para quedarse con los Donnelly, y le encantaba. Era pequeñito, pero estaba impoluto, olía muy bien y disponía de baño privado, tele por cable, un escritorio grande, armario y una librería bastante decente. Era su rinconcito en el mundo y ahí nadie la podía molestar. Echó la llave, encendió la tele y en seguida le entró una llamada al móvil, contestó y se tiró en la cama.

–Hola, cariño.
–¿Qué tal?
–Agotada, pero ya estoy en casita, ¿y tú?
–Hoy diez horas, no puedo más.
–No te mates, Javi, por Dios… –suspiró, pensando en su novio, el de toda la vida, que estaba preparando oposiciones para abogado del estado en Valladolid–, si no estás despejado no rindes, lo sabes.
–Queda muy poco.
–Lo sé, pero mejor paso a paso.
–¿Qué tal todo?
–Con la familia igual, esto es una locura, pero al menos he encontrado un gimnasio para ir a entrenar, me he inscrito. Ahora tengo que esperar a que me confirmen la plaza.
–Genial, ¿y qué tal la uni?
–Muy bien, hoy estuvimos en la biblioteca del Trinity College viendo el *Libro de Kells* con el señor Flanaggan, flipas.
–Flipas tú, que te van estas cosas.
–Ya…

Capítulo 2

—No quiero cambiar el coche, Cillian. —Giró en la calle de su padre y a lo lejos lo vio llegando a casa. Todos los días salía a correr con Russell, el precioso golden retriever que le habían regalado unos clientes y que era la locura de los niños, y se imaginó que faltaba poco para la cena. Miró la hora y comprobó que ya eran las seis de la tarde—. Mira, no me vas a convencer, me gusta mi cacharro y pienso seguir invirtiendo en él.

—Estás loco, primo, tengo un Hummer perfecto para ti.

—¿Y para qué quiero yo un coche que no se puede llevar por la ciudad? Vivo en St. Stephens, ¿recuerdas?

—Porque mola muchísimo y serás el terror de las nenas.

—Ya. —Se echó a reír—. No me interesa y ahora te dejo, me entra otra llamada y, además, me esperan a cenar en casa de mi padre.

—Vale, Paddy, tú mismo, adiós.

—Adiós. —Dio a la tecla de retener llamada, aparcó el jeep y respondió ya con el coche detenido—. Hola, preciosidad.

—¿Preciosidad? Serás hijo de puta, Paddy.

—Oye, no te metas con mi madre —bromeó, pensando en el acento de Britanny, esa norteamericana tan pija que lo seguía acosando desde Nueva York. No le gustaba un pelo, le resultaba muy molesto y suspiró decidido a colgar—. ¿Qué tal estás?

—Pues jodida. —Se echó a llorar—. Te echo mucho de menos, puedo ir a Dublín esta misma noche, pero si no me lo pides, no pienso mover un puto dedo por ti.

—No te lo voy a pedir, así que no te molestes.

—Eres un cabrón.

—Pero un cabrón sincero. Ahora debo dejarte, adiós.

—¡Patrick! —gritó, pero no le hizo caso, colgó y subió el volumen de la radio, estaba sonando *Galway Girl* de Steve Early y se quedó quieto disfrutando de la música.

Se había pasado más de dos años en Estados Unidos. En cuanto acabó sus estudios de Educación Física en la Universidad de Dublín, la mujer de su padre, Manuela, lo convenció para que buscara becas o posibilidades fuera de Irlanda, «tienes que ver mundo», decía ella, continuamente preocupada por su afición al boxeo sin guantes, la juerga y el rosario de novias que no lo dejaban respirar. Se había pasado de los dieciocho a los veinticuatro años esquivando compromisos, ofertas de matrimonio y presiones de todas las féminas con las que salía. En realidad estaba bastante agobiado, así que en cuanto consiguió una beca deportiva en la Universidad de Miami, agarró el petate y se largó a Florida a disfrutar del buen tiempo, las chicas latinas y el deporte.

Llegó al campus para estudiar un postgrado en Educación Física y a cambio jugaba al rugby (que no al fútbol americano), boxeaba en el equipo de la uni y entrenaba a dos equipos de fútbol europeo, uno masculino de niños adolescentes y otro femenino universitario. Una verdadera locura.

Siempre recordaría aquellos años como una sucesión de mujeres, una tras otra, sin compromiso ni rollos raros, nada de comidas de cocos o exigencias. Me gustas, aquí te pillo, aquí te mato y si te he visto no me acuerdo. La mayoría de las chicas estadounidenses que conoció allí eran directas y liberales, nada estrechas y con muchas ganas de juerga, así que vivió en el paraíso del desenfreno diez meses, hasta que acabó el curso y decidió probar suerte en la Gran Manzana, donde su padre y Manuela empezaban con el proyecto La Marquise Nueva York. Una extensión de su exitoso restaurante de lujo, que ya tenía sede en Londres, Sídney y Dublín, y que en los Estados Unidos estaba a cargo de sus primos Diego y Grace, los cuales acababan de mudarse a Manhattan y lo recibieron con los brazos abiertos.

En Nueva York la cosa cambió un poco, se dedicó a trabajar con la familia, para ayudar a levantar el negocio, se involucró en el restaurante, aunque no le iba nada la hostelería, y empezó a salir con mujeres más mayores o de su edad, pero bastante más serias: altas ejecutivas, modelos, actrices o pintoras, que lo colmaban de atenciones, entre ellas Laura, una treintañera cañón recién divorciada, muy apasionada, y una de las mejores amigas de su madrastra (Manuela era tan solo ocho años mayor que él) con la que se lo pasó genial y disfrutó especialmente en Manhattan.

Aquel cambio de vida fue estupendo, era bueno conocer otro tipo de personas y de estilos de vida, pero pronto empezó a echar seriamente de menos Dublín. Aunque estando en los Estados Unidos viajaba bastante a casa para cumplir con las fechas señaladas, no era lo mismo que estar allí, cerca de sus hermanos pequeños, de sus abuelos, de todos los primos, de la familia en general, así que dieciséis meses después de dejar Eire regresó definitivamente a casa, al menos por una larga temporada, y retomó su trabajo en las empresas de la familia, el boxeo sin guantes y decidió sacarse el carnet oficial como entrenador de fútbol, después de conseguir el de rugby. Una vida muy ocupada que lo colocaba a los veintisiete años en un momento estupendo y pausado de su existencia. Estaba a gusto en Irlanda, con los suyos, muy cerca de los enanos de su padre, a los que adoraba e intentaba dedicar todo el tiempo libre del que disponía. Era una gozada tener a esos pequeñajos siempre detrás mirándolo con cara de admiración y tanto Manuela como su padre le permitían intervenir mucho en sus vidas, así que no se podía quejar.

Paddy O'Keefe Jr. era esencialmente un tío familiar, reconocía, un hombre de familia que soñaba, como no, con encontrar el amor verdadero, la compañera ideal y formar un hogar sereno y estable lleno de hijos, pero de momento la vida lo llevaba por otros derroteros. Había hecho intentos, claro, en medio de sus continuas aventuras amorosas, de asentar relaciones, la última precisamente con Brittany Hamilton, esa neoyorkina preciosa y divertida a la que se había aventurado a llevar con él a Dublín para vivir juntos, pero lamentablemente todo había salido fatal, un desastre y ella había acabado por convertir su vida en un infierno.

Desde América, Irlanda era vista como un sueño, como un país mágico, lleno de música, Leprechauns, hadas y fiesta continua, sin embargo, la realidad era bien diferente y Brittany jamás la asimiló. Ella, exmodelo, bloguera, *It girl* de moda y juerguista concienzuda no toleró su vida ordenada en Dublín, sus largas jornadas de trabajo, sus compromisos, su estrecha y peculiar relación familiar. Los O'Keefe eran una piña, compartían el mismo barrio, el trabajo, las comidas de los domingos y las continuas celebraciones familiares, y ella no lo soportó, y cuando empezó a discutir con la gente o a ignorarlos ostensiblemente, su relación empezó a empeorar.

Según ella sus relaciones eran enfermizas e inmaduras, insultaba por lo bajo a sus parientes menos afortunados o más ignorantes y un buen día su padre le dijo que «esa mujer» tenía prohibida la entrada en su casa.

—No la quiero cerca de mis hijos —fue lo único que le dijo, de sopetón y directamente, como era su costumbre.

—¿Por qué?, ¿ha pasado algo?

—Esa mujer, Paddy, además de tener graves problemas alimenticios, sicológicos y de comportamiento, es una drogadicta. Me parece estupendo que estés loco por ella, pero la quiero lejos de mi casa, de Manuela y de tus hermanos.

Y así fue, dejó de ir a ver a los niños todos los días y ella empezó a empeorar, porque era cierto, tenía problemas con la alimentación y se metía cocaína de vez en cuando, fumaba como un cosaco y acabó por irse a la cama todos los días borracha para poder soportar la «mierda» de vida que él la obligaba a llevar.

Tan solo dos meses después de su llegada triunfal a Dublín rompió con ella, le compró un billete de vuelta a Nueva York y la despachó con viento fresco. Había sido una verdadera tortura esa ruptura, llena de insultos, reproches, odios y tensiones, cosas de las que normalmente solía huir, así que cuando al fin la dejó en el aeropuerto y ella, para herirlo más, le dijo que había hecho varios intentos por tirarse a su padre, que era más hombre, tenía más pasta y estaba más bueno que él, la observó de arriba abajo, le dio la espalda y no volvió a mirar atrás.

Desde entonces, hacía ya seis meses, ella seguía insistiendo, le rogaba que volviera a los Estados Unidos, donde habían sido y volverían a ser felices, y amenazaba con suicidarse, pero le daba igual. No la quería y aunque jamás, nunca, su padre le dijo nada sobre los coqueteos de Brittany con él, sabía que era verdad, no tenía la menor duda, y aquello no lo podría perdonar.

Galway girl acabó, salió de sus ensoñaciones y se bajó del coche. Saludó a algún vecino con la cabeza y llegó a la casa de su padre caminando tan tranquilo, bordeó el jardín delantero y se encaminó a la parte trasera, sacó la llave y tocó el timbre antes de abrir y encontrarse con la cocina en plena ebullición: los enanos en pijama y poniendo la mesa de puntillas mientras Manuela parecía estar acabando la cena. Él sonrió y miró a los dos pequeñajos que tenía enfrente mientras ellos corrían para hablarle como si llevara allí todo el día.

–Paddy, ¿has visto el video juego que nos trajo papá de París?

–No, no lo he visto.

–Al menos decid hola a vuestro hermano –regañó Manuela sacando una fuente enorme del horno–, se dice: Hola, Paddy ¿cómo estás?

–Hola, Paddy, ¿cómo estás?

–Hola, muy bien, gracias, ¿y vosotros?, ¿dónde está Michael?

–Hablando con papá.

—Vale, os ayudo con la mesa. —Se acordó de que era la noche elegida para contarle a Manuela lo del último incidente en el rugby y se lamentó por Michael, al que le esperaba un tremendo rapapolvo, otro, después del que seguramente le estaría echando su padre en privado.

—Hola, Paddy. —Levantó los ojos y vio a su padre, recién duchado y poniéndose una camiseta, llegando a la cocina. Le hizo una venia y miró de reojo como se apoyaba en la encimera para observar a su mujer de cerca—. *Spanish Lady*...

—¿Qué pasa, cariño? Cinco minutos y cenamos.

—No pasa nada... —se acercó y le besó el cuello—, ¿necesitas ayuda?

—No, ya está todo. Liam y Aidan, muchas gracias, la mesa ha quedado preciosa, ya os podéis sentar. ¿Quieres tomar algo, Paddy?

—Sí, me cojo una cerveza.

—Vale, estupendo. ¿Y Michael?

—Aquí estoy, mamá. —El niño apareció seguido de cerca por Russell y se sentó a la mesa mirándolo a los ojos—. Hola, Paddy.

—Hola, enano, ¿has visto el partido de Eire contra Canadá?

—No.

—Lo podemos ver después de la cena —apuntó su padre y se acercó para sentar a Aidan en su sillita.

—El video juego es de fantasmas —le dijo Liam, que a sus cinco años se volvía loco por los video juegos que Michael apenas le dejaba tocar—. ¿Quieres jugar?

—No me lo perdería por nada del mundo.

—Es muy chuli.

—Es de pequeños —opinó Michael moviendo la cabeza.

—Ah, claro... —sonrió y levantó las cejas mirando a Aidan—, ¿y quién cumple dos años el sábado?
—¡Yo! —dijo él levantando la mano.
—¿Y qué quieres para tu cumple, enano?
—Un balón.
—Ah, es cierto, un balón... —miró a Manuela y le guiñó un ojo—, a ver si tienes suerte.
—Seguro que sí. —Su madre se acercó, le besó la cabeza y luego se sentó junto a la fuente de lasaña recién sacada del horno—. Muy bien, a cenar antes de que se enfríe.

Capítulo 3

Quince días viviendo con ellos, a cargo de sus hijos, y esa mujer era incapaz de aprenderse su nombre. Al parecer para la señora Donnelly era demasiado trabajo retener el nombre de un subalterno y solo la llamaba ¡Eh! o en el mejor de los casos ¡cariño!... así que se pasaba el día oyéndola detrás con el «Eh, ¿puedes darle una aspirina a Evan?, ¿puedes llevar la ropa al tinte de camino al cole?, ¿puedes hacer la cena?, ¿barrer la cocina? ¿puedes respirar por mí…?». Era tan agotador convivir con semejante personaje, que por otra parte se sentía la mejor madre trabajadora del mundo, que esa misma mañana decidió llamar a la agencia y pedir un cambio de destino. Le dijeron que la cosa estaba complicada a esas alturas del mes de octubre y que tuviera paciencia, pero eso era justamente lo que le faltaba: paciencia.

Aparcó el coche junto al colegio y se encaminó al campo de rugby donde los niños entrenaban con sus respectivos equipos. Tommy, a sus doce años, ya estaba en un equipo de benjamines regulado y participaba en una pequeña liga escolar, mientras Evan, que solo tenía siete, formaba parte de un equipo de iniciación al rugby donde aprendían poco a poco las reglas, las tácticas y la práctica de un deporte que a ella le seguía pareciendo de salvajes. Ninguno jugaba al fútbol o iba a karate como pasaba con los niños que solía cuidar en España, no, ambos tenían que ir a rugby, donde se arrastraban por el barro, lloviera o no, y de donde salían hechos unos zorros, sucios y pegajosos, dos días a la semana.

Paciencia.

Llegó a las gradas donde se sentaban los padres y miró al cielo, al menos no llovía, tampoco hacía mucho frío, así que se animó un poco y levantó la mano para saludar a los niños, luego hizo amago de sentarse, pensando en estudiar un poco, y por el rabillo del ojo divisó un abrigo guapísimo subiendo por su izquierda. Dejó la tablet y lo observó mejor, era el típico abrigo clásico, de paño, rojo italiano, largo y con un grueso cinturón alrededor de la estrecha cintura de su dueña. Levantó la vista y vio a una chica joven, guapísima, con el pelo castaño oscuro y cortado en capas, suelto por debajo de los hombros, que lo lucía con mucho estilo. Iba con vaqueros ceñidos y botas con tacón, un jersey negro de cuello alto, una mochila al hombro y de la mano llevaba a un niño pequeño, de unos dos añitos, que se había sacado el gorro dejando a la vista un pelo del mismo color que el de ella, así que imaginó que eran madre e hijo. Sonrió al pequeñajo, que le devolvió la sonrisa con unos enormes ojazos oscuros, lo saludó con la mano y volvió a sus cosas.

–Si necesitas probar más, nosotros te apoyaremos. –Oyó decir en español y se giró hacia la chica del abrigo, que se había sentado muy cerca y que estaba hablando por el móvil con el niño en brazos–. No hay presiones,

María, no nuestras, lo sabes, así que tranquila. Vale, lo hablamos más tarde. Estoy en el entrenamiento de Michael y me he traído a Aidan. Muy bien, adiós.

—¿Y Michael? —preguntó el chavalín y ella sintió el impulso de saludar a su paisana, no lo dudó ni medio segundo y se levantó. Llevaba quince días más sola que la una allí y no le importó importunar si con eso conseguía hablar con un adulto normal.

—Está allí, al fondo del todo, ¿lo ves, mi vida?

—Hola, buenas tardes, no quiero molestar... —Se acercó y ella la miró con unos ojazos negros muy brillantes y muy parecidos a los de su hijo.

—¿Eres española? —preguntó en seguida con una enorme sonrisa y Úrsula asintió con alivio—. Pero qué sorpresa, ¿no nos habíamos visto antes, no?

—No, no nos habíamos visto, me llamo Úrsula, solo llevo quince días en Dublín. Soy la *au pair* de los Donnelly, no sé si los conoces.

—No, no los conozco porque mis hijos no vienen a este cole, pero siéntate con nosotros, me llamo Manuela —se levantó un poco y se dieron dos besos— y este es Aidan.

—Hola, Aidan, eres un chico muy guapo.

—Hola.

—¿Así que *au pair*?, qué interesante.

—Bueno, he venido para hacer un curso de postgrado en el Trinity College y me ayuda a pagarlo, pero... —movió la cabeza— en fin... está siendo de todo menos interesante.

—¿En serio?, ¿no has tenido suerte con la familia?

—Los niños son encantadores, pero los padres pasan olímpicamente y es agotador. Sin embargo, solo llevo quince días, igual mejora.

–Igual sí –Manuela miró hacia el campo y saludó a su hijo, un rubito guapísimo que le hizo un gesto con la mano y luego salió corriendo de vuelta con sus compañeros–, a veces es muy duro, conozco a otras chicas que han acabado hasta el gorro como *au pairs*, pero si es por el postgrado, seguro que aguantas.

–Es carísimo y no me queda otra.

–¿Y de qué va el curso?

–Estudié Filología Inglesa en Salamanca y es de Literatura, Lenguaje y Cultura Medieval.

–Guau, qué interesante, ¿quieres dedicarte a la enseñanza?

–No, a la investigación.

–¿Y eres de Salamanca?

–No, de Valladolid, estudié en Salamanca, pero soy de Valladolid, ¿y tú?

–Madrileña de pura cepa. –Sonrió–. ¿Y por qué Dublín?

–El Trinity College es el mejor en mi campo.

–Eso es estupendo, Úrsula, de verdad es muy interesante.

–¿Llevas mucho tiempo aquí?

–En Dublín cinco años, antes estuve en Londres casi siete.

–¿Trabajando allí?

–Sí, acabé Empresariales en Madrid y me fui a Londres para hacer la especialidad en la London Business School, pero me puse a trabajar en hostelería, acabé metiéndome a tope en el negocio de los restaurantes y finalmente terminé el máster aquí, en el Trinity College también.

–¿Y por qué Dublín? –Sonrió y Manuela con ella.

–Mi marido es de aquí.

–Ah...

–¡Papá! –gritó de repente Aidan y Úrsula miró hacia las escaleras donde en ese momento venía subiendo un tipo alto y muy atractivo con otro niño rubito de la mano. El individuo era un cuarentón espectacular, pensó, mirando sus vaqueros desteñidos y su chaqueta de cuero negra, y observó con atención cómo saludaba a su mujer con un beso en la boca.

–Úrsula, te presento a mi marido, Patrick. Paddy esta es Úrsula, es española y trabaja como *au pair* en Dublín.

–Hola, encantado –ella parpadeó un poco encandilada por esos ojazos enormes y clarísimos que tenía, y le extendió la mano mirando de reojo al otro niño, que se parecía muchísimo a él.

–Igualmente, encantada. ¿Y tú cómo te llamas?

–Este es Liam –respondió su madre en español–. Mi vida, di hola a Úrsula, es de España, ¿sabes?

–Hola –dijo él en castellano y luego se fue con su padre, que se sentó al lado de su mujer extendiendo los brazos para acomodar a los dos pequeñajos entre sus piernas–. Papá...

–¿Qué?

–¿Qué hace Michael?

–Ahora corre con el balón, ¿veis?, hay que correr siempre con el balón pegado al cuerpo.

–Yo quiero jugar...

–Claro, dentro de dos años, cuando cumplas siete, vendrás a jugar.

–Perdona, ¿tienes tres niños? –Úrsula observó la escena y luego a Manuela con cara de asombro.

–Sí, tres chicos.

–¿En serio? –La miró con atención y Manuela se echó a reír–. Lo siento, pero es que te veo demasiado joven.

–No tan joven, hice treinta y cinco hace una semana.

–Y yo, vamos, que yo cumplí veinticuatro el cuatro de octubre.

–¿En serio?, qué coincidencia...

–Oh, Dios –susurró Patrick y Manuela saltó.

–¿Qué pasa?

–Nada grave.

–¿Cómo que nada grave?

–Solo un placaje.

–¿Solo un placaje? ¿Está bien?

–Sí, pero voy a ver –se puso de pie–, vamos, chicos, bajemos a ver a Michael. Adiós Úrsula, encantado de conocerte.

–Igualmente. –Manuela la miró y las dos se levantaron.

–Voy a ir a ver qué pasa, me pone mala este juego, pero... en fin... dame tu teléfono, toma mi tarjeta, nos llamamos y si quieres vente a cenar una noche de estas a nuestro restaurante, yo invito y así te distraes un poco.

–No tengo con quién ir –confesó agarrando la tarjeta– y no creo que me dejen salir de noche.

–Vale, pues a comer. Vente, conoces el local y seguimos charlando, y, si no puedes, nos vemos la semana que viene, intentaré venir a ver el entrenamiento, aunque no me gusta demasiado.

–No te preocupes, te llamo cuando esté libre y me paso. Me encanta la idea, muchas gracias.

–De nada, llámame.

Se despidieron y la siguió con los ojos hasta que llegó al campo para inspeccionar a su hijo de arriba abajo ante la mirada paciente del entrenador. El padre y los hermanitos se quedaron charlando un rato con el señor McMurray mientras se reanudaba el juego y Úrsula leyó en la preciosa tarjeta color crema: *La Marquise S.L. Manuela O'Keefe. General Manager*.

Estupendo, pensó volviendo a la tablet y a sus apuntes, mi primera amiga en Irlanda.

Capítulo 4

Ese Jimmy Nolan era un verdadero cabestro. Dio un paso atrás y su gancho de izquierda solo le rozó la mejilla de puro milagro. Un mazazo como ese de lleno y te dejaba inconsciente, clarísimo. Se acercó a las cuerdas, se sacó el casco protector de un tirón, miró a su tío Sean y asintió con la cabeza.

–¡¿Qué?! –gritó él con el pitillo en la boca.

–Técnica, le falta técnica, pero tienes un filón.

–¿En serio, Paddy? –Nolan se le acercó por detrás, lo agarró por el hombro y lo giró con violencia para mirarlo a los ojos.

–Sí, en serio, pero no vuelvas a tocarme.

–Vale, vale –dijo él con sus dientes medio podridos y en ese preciso instante vio el problema. De repente lo vio cristalino, ese chico peleaba por pasta, solo por pasta, y eso nunca acababa bien, de ahí que Jimmy Nolan no le acabara de convencer–, no te mosquees, Paddy.

–Vale –saltó del *ring* y se acercó a su tío–, tienes mucho curro con él, pero tú mismo.

–¿No me ayudarás a entrenarlo?

—No, yo ya he tenido suficiente. —Se tocó la costilla donde ese salvaje le había incrustado su demoledor gancho de derecha y levantó las cejas—. El abuelo diría que le falta nobleza, tío, lo sabes.

—Es verdad, pero tiene talento natural, hay que pulirlo y ya está.

—Pues buena suerte, me voy.

—Vale y gracias por venir.

Se despidió con la mano y se fue al vestuario para ducharse y vestirse rapidito. Era domingo y había prometido a los niños ver con ellos el partido del Real Madrid contra el Barça que daban en el canal de deportes. Habían venido Borja y María, los mejores amigos de Manuela, desde Londres y habían acabado organizando una tarde de deporte y palomitas con los enanos. Luego podría pasar por casa y cambiarse antes de salir a tomar algo por Temple Bar.

No había mejor día y lugar para ligar turistas que un domingo por la noche en Temple Bar. Ya no le divertía mucho hacer ese tipo de chorradas, pero haría el esfuerzo para estar con sus primos, muchos sufridores hombres casados, a los que no veía demasiado. Era el típico plan idiota sin fundamento, pero le vendría bien para desconectar y echar unas risas.

Salió a la calle y comprobó que llovía con ganas, estupendo para estar en casa con la familia, corrió hacia el coche y sintió vibrar el móvil en el bolsillo, pero no contestó hasta que no estuvo sentado al volante. Puso el coche en marcha y activó el manos libres.

—Hola, mamá.

—Hola, Paddy, me han dicho que tienes un combate en Navidades.

—Estoy muy bien, gracias, ¿y tú? —dijo con sorna y ella reculó.

—¿Qué tal te va, cariño?

—Perfectamente, gracias, ¿y vosotros?

—El marido de April sigue en el paro y Bridget desbordada con todo lo que tiene encima. Tu padrastro te manda recuerdos, sabes que el trabajo ha bajado un montón y tu hermanito...

—¿Qué?

—Que no te olvides de tu madre cuando cobres el combate.

—Dios... —Respiró hondo pasándose la mano por la cara.

—Ya sé que te dije que no te volvería a pedir dinero, pero somos familia y si la familia no se ayuda...

—Madre, ya lo hemos hablado mil veces.

—No me puedes dejar colgada.

—¿Ah, no?

—Somos tu familia, aunque tú no vengas a vernos y me hayas dado la espalda para agradar a los malditos O'Keefe, sigo siendo tu madre.

—Madre...

—Ya sé que tu padre está forrado, cada día más y que tiene a su zorrita viviendo en un palacio mientras nosotros...

—¿Sabes qué? —interrumpió ya incapaz de callarse— no hables así de la mujer de mi padre, ni de mi familia. Si tienes la caradura de llamar a tu hijo para seguir sangrándolo, al menos intenta hacerle la pelota, ¿sabes?

—Eres un cabrón cruel, Paddy, igual que el hijo de puta de tu padre.

—Pues entonces déjame en paz. —Colgó el teléfono y enfiló camino de Ballsbridge.

Jamás había visto a sus padres tocarse, ni siquiera dirigirse la palabra, no recordaba haber compartido con ellos jamás algo parecido a una familia y, desde muy pequeño, desde que tenía uso de razón, se había convertido en el emisario entre ambos, en el mensajero y el recadero de sus asuntos porque, si alguna vez la mala suerte se conjuraba y debían mirarse a la cara, ardía Roma.

Patrick O'Keefe se había casado con Violet, su prima, cuando apenas tenía diecisiete años, a los dieciocho ya se había convertido en padre e inmediatamente empezaron los problemas con su mujer. Su abuela, que no soportaba a Violet, siempre decía que ella, que era bastante mayor que su primogénito, era una lista interesada y poco más. Eso convirtió la relación entre las familias en un infierno y su padre abandonó en seguida cualquier intento por mantener aquel matrimonio.

A él lo habían criado las abuelas, especialmente Bridget, su abuela paterna, que se lo llevó a su casa varias veces hasta que, en la adolescencia, y ante la insistencia de su madre por casarlo con una de sus sobrinas, su padre dio el golpe en la mesa, lo agarró de un ala y se lo llevó definitivamente a vivir con sus abuelos paternos a Dublín. Su madre no se opuso, a cambio de una buena compensación económica, y cuando al fin se divorciaron, tras muchos años viviendo separados, se desató la guerra definitiva y el escándalo final porque Violet confesó que sus hijas, Bridget y April, a las que durante años Patrick O'Keefe había reconocido y mantenido como suyas, no lo eran.

Aquella gigantesca escandalera lo pilló con dieciocho años y una tremenda sensación de vergüenza. Por supuesto no tenía culpa de nada, pero la gente hablaba, cuchicheaba a sus espaldas y oír que tu madre era una zorra mentirosa y embustera y tu padre un cornudo, afectaba a cualquiera, más aún si eras un chaval con muchas ganas de pelea.

Gracias a Dios, sus abuelos, sus tíos, sus primos y especialmente su padre, lo apoyaron y protegieron todo lo posible. Nunca había tenido una relación paterno filial muy normal con su padre, él era más un colega al que admiraba profundamente y un tío guay que nunca le negaba nada, que un padre al uso, sin embargo, fue entonces cuando sacó su vena paternal y consiguió mantenerlo ajeno al revuelo, todo lo que pudo, hasta que las aguas se calmaron. Violet se casó entonces con el verdadero padre de sus hijas y él se casó con la mujer de su vida, Manuela Vergara, una española diez años más joven que él, que le dio la estabilidad y la familia que tanto soñaba.

Con el divorcio, Patrick, a pesar del escándalo, cedió a su exmujer su casa de Derry y le dio un buen pellizco monetario para que lo dejara en paz y así fue, él nunca más volvió a mencionar el nombre de Violet, ni para bien ni para mal, y su abuela prohibió a todo Dios mentarla a ella o a su familia en casa. Además, tenía terminantemente prohibido acercarse por Dublín y el invento llevaba ya ocho años funcionando. De ese modo nunca más nadie volvió a acordarse de Violet, nadie salvo él que, por supuesto, siguió manteniendo una relación distante pero continua con ella, que, al fin y al cabo, seguía siendo su madre.

En su cultura, la gitana, a los mayores, sobre todo a tus padres y abuelos, se les respeta sobre todas las cosas y trató de ser fiel a su crianza y respetar siempre a Violet, pero ella solía ponérselo difícil. Si lo llamaba era solo para pedir dinero, para ella o sus hermanos, y así lo hizo siempre. Incluso cuando se fue con una beca a los Estados Unidos y no tenía de dónde sacar dinero para pasarle, ella siguió exigiendo, porque siempre daba por hecho que los demás tenían que ayudarla.

Y así se había pasado la vida él, ayudando y tratando de solucionar las desgracias de su madre, sintiéndose culpable y responsable de ella, aunque en realidad no tenía ninguna obligación. Siempre lo hizo, y lo hubiese seguido haciendo si no hubiera ocurrido algo, gracias a Internet, que le abrió los ojos y le permitió, al fin, cortar el grifo.

Acababa de volver a Irlanda y ella lo llamó para pedirle un montón de pasta, treinta mil euros para suplir una urgencia familiar tremenda, le juró, y él agarró las ganancias de un combate, se las mandó y se olvidó del tema (jamás devolvía lo que le pedía prestado), así que no le dio más vueltas hasta que su prima Grace, desde Nueva York, le mandó las fotos que su hermana Bridget había colgado en Facebook presumiendo de la moto que le había regalado al vago de su marido. Lo primero fue no creérselo y lo segundo fue llamar a Bridget, presionarla un poco y conseguir su confesión: su matrimonio iba fatal, su marido estaba deprimido y lo único que se les había ocurrido para tenerlo contento y evitar que se largara con otra, había sido pedirle el dinero para comprarle un capricho. Una brillante idea de su madre, que era tan insensata, inmadura e inconsciente como el par de hijas que había criado. Esa misma noche la llamó indignado, le cantó las cuarenta y le juró que jamás le volvería a pasar un duro.

Sin embargo, ahí estaba otra vez, como si nada, pidiendo pasta por todo el morro, con una facilidad pasmosa sin plantearse, ni en sueños, la posibilidad de que ella, sus hijas o sus yernos, se pusieran a trabajar, como todo el mundo.

–¡Hey! –gritó, abriendo la puerta principal de la casa de su padre y Liam y Aidan corrieron a saludarlo con sendas camisetas del Real Madrid.

–Mira, Paddy, somos del Real Madrid.

–Muy bien, qué guapos. –Les revolvió el pelo y entró al salón donde se encontró a todo el mundo. Borja y María, a los que saludó con un abrazo, a su padre, sus abuelos y Michael, que también iba con su camiseta del Real Madrid, Russell tumbado en la alfombra. Todos dispuestos para ver el partido con palomitas, ganchitos y unas cervezas. Se quitó la chaqueta y oyó la voz de Manuela.

–¡Paddy!, ¿qué tal? No te he oído llegar. –Se acercó a él y le acarició la espalda–. ¿Qué quieres tomar?

–Ya se lo pone él, ven aquí, *Spanish Lady,* ¿quieres? –Su marido la agarró de la mano y la obligó a sentarse a su lado–. Para ya, me canso de mirarte.

–Vale, es que...

–Es que nada –le besó la cabeza y la abrazó mientras Liam y Aidan se apresuraban a subirse a sus rodillas–, ya está bien.

Él suspiró y se fue a la cocina a por una cerveza, la sacó de la nevera y decidió olvidarse de su madre y sus cuitas, ya bastante tenía encima y no estaba para dramas ajenos. Volvió al salón y se sentó para ver el comienzo del partido a la vera de su abuela.

Capítulo 5

Increíble, pensó haciendo la cama de los niños. Las cuatro de la tarde y esa mujer se había largado de fin de semana con su marido dejando la casa patas arriba. ¿Quién podía hacer algo así?, ¿eh?, ¿quién?

Estiró los edredones y se dedicó a recoger la ropa del suelo. Desde luego, todas las noches dejaba más o menos impolutos los cuartos de los chicos, pero a primera hora era la madre la que los levantaba y se ocupaba de sus cosas y un día más, la santa señora, había salido sin mover un solo dedo, se había largado sin más, camino de Francia para esquiar, y cuando regresaron del cole, las extra escolares y todo lo demás, se encontraron con el tremendo panorama: la casa desordenada, los restos del desayuno en la cocina, el lavavajillas lleno y sin poner en marcha, una lavadora sin colgar y todas las camas desechas, incluida la del matrimonio, que había abandonado la casa a la carrera, como alertados por un aviso de bomba. Era de locos.

Pasó por el dormitorio principal y cerró la puerta, se encaminó al cuarto de baño de los niños, con Evan pegado a sus talones, y fue entonces cuando oyó que Tommy la llamaba desde la primera planta, se asomó a la escalera y lo vio con un cartón de leche en la mano:

–¿Qué pasa, Tommy?

–No hay leche, ni yogures, no puedo merendar.

–No puede ser, mira en la despensa.

–No hay nada.

–¿Cómo que no hay nada? –Miró a Evan y lo animó a bajar a la cocina, se fue directo a la nevera, abrió la puerta y el panorama la dejó perpleja. Salvo mantequilla, latas de cerveza y dos lechugas pochas, no había nada más. Nada fresco al menos, se fue a la despensa, encendió la luz y tampoco vio nada reseñable–. ¿No hizo la compra?, no me lo puedo creer.

–¿Y qué hacemos?

–Pues no lo sé, a lo mejor hizo la compra por internet y la traen ahora. –Les sonrió y empezó a entrar en modo pánico-cabreo total. Tenía que estar cuatro días sola con los dos niños ¿y no le había dejado la nevera llena?, ¿en serio? Agarró el móvil y llamó, llamó hasta que Beatrice Donnelly se dignó a contestar desde su lujosa estación de esquí francesa–. Beatrice...

–¿Qué pasa?

–¿No has dejado la compra?

–¿Cómo?

–¿Has hecho compra o algo? La nevera y la despensa están vacías.

–No me dio tiempo, hazla tú.

–¿Yo?, ¿y a qué hora?

–Pues pide unas pizzas.

–¿Todos los días?, si al menos me hubieras avisado antes, habríamos pasado por el súper de camino a casa. ¿Cómo...?

—Mira. —La mujer bajó el tono y se puso a susurrar—. Se me pasó hacer la compra, hazla tú y en paz, el lunes te doy tu dinero.

—No se trata de dinero, se trata de que me dejas sola con tus hijos cuatro días y... —suspiró—, ¿no prevees hacer una compra en condiciones?

—Vale, mira, tenemos reserva para cenar. Ya hablaremos. Adiós.

Y colgó, esa inútil impresentable colgó y ella respiró hondo y se giró hacia los niños, que la observaban con cara de pregunta, forzando una sonrisa. Pobrecitos, pensó antes de agarrar las llaves del coche y el abrigo, pobres críos con semejante esperpento de madre. Les hizo un gesto y volvieron a salir a la calle, aunque los tres estaban agotados. Se subió al coche y enfiló hacia el centro comercial donde estaba el súper y una hamburguesería donde decidió que les daría de cenar.

Llevaba cinco semanas con esa familia y la cosa no hacía más que empeorar. Otras *au pairs* del barrio le habían dicho que a los Donnelly no les duraban ni las niñeras, ni las asistentas, ni las *au pair*s, porque era imposible tratar con la señora Donnelly, que pasaba olímpicamente de todo, intentando que los demás se hicieran cargo de sus responsabilidades. Aquello no la sorprendió en absoluto, porque su jefa ni siquiera era capaz de disimular lo incompetente que era, así que seguía buscando nuevo destino en Irlanda, aunque le daba mucha pena dejar a esos niños a la deriva. Ellos no tenían culpa de nada y si se iba en ese momento, seguro que no encontraban a otra *au pair* que se hiciera cargo de ellos. Estaba atrapada en una pesadilla y por un momento pensó en Manuela O'Keefe y su familia, en su preciosa y acogedora casa, limpísima, ordenada y armónica, a pesar de tener tres niños pequeños.

Su amistad con ella había ido creciendo con el paso de los días. Su primera visita a su restaurante, La Marquise Dublín, el restaurante de lujo más de moda de la ciudad, le había dejado claro que la señora O'Keefe además de ser madre y esposa, era una alta ejecutiva, que se mataba a trabajar. Su despacho era precioso, amplio y luminoso, con un rincón adaptado para los niños, con una mesa, cuatro sillitas, una estantería con películas y cuentos, un baúl con juguetes y hasta un pequeño reproductor de DVD con su televisor. Estaba preparada para que se quedaran con ella cuando no podía dejar el local, le dijo, y asumía aquella necesidad con tanta naturalidad que a Úrsula le pareció lo más normal del mundo.

Manuela llevaba desde Irlanda los cuatro restaurantes La Marquise: Londres, Dublín, Sídney y Nueva York, y aunque contaba con ayuda en casa y en el trabajo, se ocupaba personalmente de todo. Era un dechado de energía y de atención a sus tres retoños, a los que adoraba, al igual que a su marido, que se dedicaba a otros negocios y a otras mil actividades en colaboración con ella.

—¿Siempre quisiste tener familia numerosa? —le preguntó una tarde en el entrenamiento de los niños y ella sonrió, negando con la cabeza.

—No, la verdad es que no. Patrick sí, él siempre quiso una familia grande y al final llegaron los tres... ha sido una sorpresa tras otra, pero estamos encantados. Ahora no me imagino nuestra vida sin los niños.

—Se ve que os organizáis muy bien.

—Bueno, cuento con la ayuda de mi suegra, de la familia, con un equipo estupendo en el restaurante y, además, vivo con Mary Poppins...

–¿Qué? –Se echó a reír y Manuela con ella.

–Patrick, no conozco a nadie que se le den tan bien los niños. Es firme e imparte disciplina, pero también es muy divertido, los tres están locos por él y eso facilita muchísimo las cosas.

Pocos días después la invitó a cenar a su casa y pudo comprobar que el señor O'Keefe, con esa pinta de actor de cine que tenía, era adorable y paciente con sus hijos, muy cariñoso, también con su mujer, y comprendió perfectamente a qué se refería Manuela. El tío era un diez y además la trató maravillosamente bien, los dos se volcaron con ella y por unas horas, muy pocas, volvió a sentirse a gusto y relajada, como un ser humano normal, y no como una loca agotada, continuamente cargada de trabajo, tareas y responsabilidades, por culpa de una jefa odiosa y egoísta como la suya.

–Vale –volvió a la realidad y miró a los niños–, nos vamos a la compra y de paso cenaremos en la hamburguesería del centro comercial, ¿de acuerdo?

– ¡Sí! –aplaudieron los dos.

Estaba claro que esa era la última que le montaba la señora Donnelly, la última, porque el mismo lunes por la mañana llamaría a la agencia y pediría un cambio de destino inmediato, tenía motivos de sobra para que le solucionaran la papeleta y pensaba exigir resultados o se largaría a su libre albedrío y los denunciaría. Lo sentía por Evan y Tommy, pero todo el mundo tenía un límite.

–¡Úrsula!

–¿Qué? –Los miró por el espejo retrovisor y ellos le indicaron el móvil.

–Te llaman.

–Oh Dios, estoy en la luna. Gracias, chicos. Hola… –dio al manos libres y una voz femenina, con ese acento imposible de algunos sitios de Dublín, preguntó por ella–, sí, soy Úrsula Suárez, ¿quién es?

–Lucy, Lucy Farrell, del Boxing Gym, la llamaba para confirmarle su plaza en el gimnasio.

–Estupendo, muchas gracias.

–Le he mandado un *email* con los horarios del boxeo, kickboxing y cardio, como pidió en su solicitud, y los datos bancarios para domiciliar los pagos.

–Muchas gracias, ¿cuándo puedo empezar?

–En cuanto pague la matrícula, cuando usted quiera.

–Gracias, es una gran noticia. Adiós.

–¿Qué es una gran noticia? –preguntó Tommy en cuanto colgó y ella sonrió, metiendo el coche en el parking del centro comercial.

–Me han dado plaza en un gimnasio muy bueno del centro, llevo mucho tiempo sin entrenar y lo necesito.

–¿Juegas al rugby? –preguntó Evan muerto de la risa.

–No, me gusta el boxeo, ¿qué os parece?, así que cuidadito conmigo.

Capítulo 6

El cuarenta y seis cumpleaños de su padre y Manuela había montado una fiesta estupenda en casa. Entró por la cocina, como era su costumbre, y saludó al pequeño servicio de catering que trajinaba en el office, unas cuatro personas que habían traído casi todo hecho desde La Marquise. Se quitó la chaqueta y antes de acabar con la maniobra sintió las manos de alguien en la cintura. Maldita sea, masculló y bajó la vista para encontrarse de frente con los ojos tiernos de esa chica nueva... la de Belfast... la prima de Johnny McCarthy...

–Hola, guapetón.
–Hola, ¿qué tal vas?
–Bien, he hecho malabares para que me dejaran venir a este servicio, ¿sabes?
–¿Ah, sí? –Entornó los ojos intentando recordar su nombre y ella se puso de puntillas para hablarle al oído.
–Ha sido la única forma de volverte a ver.
–Ah...
–Luego podemos ir a tu casa.
–¿A mi casa?

—¡Paddy! —sintió la voz de su abuela y se giró hacia ella con una sonrisa—, hijo, los niños andan buscándote, ¿cómo es que llegas tan tarde?

—Tuve que llevar un material a Dalkey, pero ya estoy aquí —se acercó para besarla en la frente y sintió como esa jovencita, la nueva, se le agarraba a la camisa con fuerza—, ¿dónde están los enanos?

—Despidiéndose de la gente, se suben arriba con el perro y con Cathy, que es la niñera oficial esta noche... ¿y tú quién eres? —Su abuela miró con el ceño fruncido, primero la mano y luego la cara de la camarera, antes de clavarle a él unos ojos de lo más inquisitivos.

—Yvonne, Yvonne McCarthy, señora O'Keefe —respondió ella ante el silencio de Paddy y la abuela se apartó para mirarla mejor—. La nieta de Gilbert y Shannon McCarthy, de Belfast.

—¿Y qué haces en Dublín?

—Vine a pasar una temporada con mis primos y me han conseguido empleo en La Marquise.

—¿Ah, sí? —Paddy se apartó con la mayor delicadeza posible y logró que le soltara la camisa, se acercó a su abuela y la abrazó por los hombros.

—Sí y hoy he venido de apoyo para la fiesta, ya sabe.

—Ya. —Se hizo un silencio espeso y finalmente la señora O'Keefe agarró a su nieto para llevárselo al salón—. Paddy...

—¿Qué abuela?

—¿No te habrás encamado con esta buscona?

—¡Abuela!

—De abuela nada —se detuvo en el pasillo y lo señaló con el dedo—, ya he pasado por esto un millón de veces, así que no me vayas a dar tú ahora un disgusto... que no tengo edad.

—Abue...

—A esa gentuza la quiero lejos de mi casa y de mi familia, son primos de tu madre, ¿no lo sabes?

—También nuestros.

—No tanto y para el caso es lo mismo... ¿ya te has encamado con ella?, porque si es así prepárate para que te reclame boda y bautizo bien prontito.

—¡Abuela por favor!

—¿No serás tan idiota?, ¿no, Paddy?

—No...

—¡Paddy! —Michael y Liam llegaron corriendo con Russell pegado a sus piernas y lo salvaron del rapapolvo que tenía visos de convertirse en un drama. Por supuesto no había tocado a esa chica, tenía edad para saber que a una gitana ni tocarla, y menos si era de la familia, y menos aún, si era de la familia de su madre—. ¿Vienes a jugar un rato al juego de la FIFA?, tenemos el último.

—Claro, hola Russell —se inclinó para acariciar la cabeza del golden retriever y vio aparecer por la derecha a su padre con Aidan en brazos. El pequeñajo venía llorando bien agarrado a su cuello—, ¿qué le pasa?

—Sueño, eso es lo que le pasa. ¡Vamos, toda la tropa arriba!

Se zafó de su abuela con la excusa de subir con los enanos y llegó a la habitación principal donde tenían preparado su propio festín: palomitas, zumos y la tele grande con el video juego nuevo. Muy apetecible todo. Ayudó a meterlos en la cama y se acostó al lado con la intención de no moverse, al menos por un rato. Su padre lo miró a los ojos y él sonrió.

—¿Qué?

—¿Te quedas con ellos?

—Sí, no hay problema, baja y dile a Cathy que yo me ocupo hasta que se duerman.

—¿En serio?

—Sí.

—Ok, cachorritos, os quedáis con Paddy, así que a portarse bien, ¿de acuerdo?

—¡Sí!

Observó como su padre se agachaba para besar a los niños, como Russell de un salto se acomodaba plácidamente a los pies de la enorme cama y una pereza deliciosa empezó a apoderarse de sus músculos. Llevaba una semana de locos con el trabajo en O'Keefe e Hijos, más unas entrevistas que había hecho para un par de equipos de fútbol juvenil, los entrenamientos y un montón de cosas más, incluida la marcha que le metía Andrea Higgins, su última conquista, una chica guapísima de Killiney, actriz en alza, que estaba en Inglaterra rodando una película. Había ido a verla un par de días a York y aquello se había convertido en una maratón sexual en toda regla. Necesitaba un descansito y no pensaba oponer resistencia, sintió como Aidan, con su mantita y el chupete, se le acurrucaba en un costado, cerró los ojos y se durmió.

—¡Mierda! —Se despertó de un salto y agarró el teléfono móvil que no paraba de vibrar en el bolsillo de sus pantalones, comprobó que se trataba de su hermana April, dejó que saltara el contestador y miró la hora: las diez de la noche. Se había dormido profundamente y los niños hacían lo suyo con la tele puesta. Se levantó, los arropó, apagó el aparato y salió al rellano de la escalera donde nuevamente el teléfono comenzó a dar la lata—. Hola, April.

—Joder, Paddy, ¿dónde te metes?

—Buenas, ¿qué tal estás?

—Tenemos una emergencia familiar y grave.

—¿Ah, sí?, espera un segundo —bajó las escaleras hasta el salón, llamó a Cathy y le indicó que los niños ya estaban fritos, ella subió para acompañarlos y él aprovechó para entrar en la cocina a buscar algo de comer—, muy bien, ¿qué ha pasado esta vez?

—No estoy bromeando.

—Yo tampoco.

—Se trata de Bridget, está metida en un buen lío con los O'Hara.

—¿Con los O'Hara?, ¿por qué?

—Se presentó en casa de Wanda, le dio una paliza y...

—¡¿Qué?!, ¿y eso por qué? —Pensó en los O'Hara, unos maleantes muy peligrosos, familia del marido de su hermana, y suspiró, sacando un bote de cerveza de la nevera.

—Se enteró de que Kieth estaba teniendo una aventura con ella, desde hace más de un año, y nadie pudo detenerla, mamá estaba en la peluquería y cuando llegaron para avisarle, Bridget ya había montado el pollo.

—La madre que os parió a todos.

—La rajó con el anillo que llevaba puesto y ya te imaginarás...

—¿Está detenida?

—No, intervino media barriada y la sacaron escondida en un coche, ahora está en Belfast, pero los O'Hara están clamando sangre y estamos todos muy asustados, Paddy.

—Ay, Señor —se asomó al salón y vio a todo el mundo bailando, tan felices, incluidos sus abuelos y su padre con Manuela, y regresó a la cocina para salir al jardín—, ¿y qué demonios puedo hacer yo?

—Nos han pedido dinero, sesenta mil euros y la dejarán en paz.

—No tengo tanto dinero.

—Es tu hermana.

—Y la tuya.

—¡Pero nosotros no tenemos de donde sacar tanta pasta!, ¿estás loco?, si no pagamos van a ir a por ella y a por todos nosotros, Paddy, no seas tan cabrón.

—Voy a colgar...

—¡No!, espera, por favor, te lo devolveremos, te lo juro por mis hijos, hasta el último centavo.

—¿Y qué hace Kieth?

—Abandonó la casa, dice que para él Bridget está muerta y su familia lo apoya... —April suspiró y él se quedó en silencio—, por favor, te lo suplico, esto es muy serio y estamos muertos de miedo.

—Puedo conseguir algo de dinero, pero no sesenta mil euros.

—Pídeselo a tu padre.

—No pienso meter a mi padre en esto.

—Si nuestra madre no hubiese sido tan honesta con él y no le hubiese confesado lo de mi padre y todo lo demás, aún estaría casado con ella y no viviendo como un payo rico junto a la mujer que tiene. Nos lo debe.

—¿Tú te estás oyendo? Si nuestra madre hubiese sido más honesta con él, jamás le hubiese encasquetado a dos hijas que no eran suyas, ni lo hubiese estado sangrando durante tantos años.

—Mientras él le ponía los cuernos con medio país.

—Vale, ¿sabes qué?, voy a intentar mandaros un poco de dinero, pero no cuentes con los sesenta mil, que no los tengo.

–Llamaré yo a tu padre o a tus abuelos.

–Estupendo, hazlo y a ver qué pasa… –Colgó, con la indignación subiéndole por el pecho y se agarró a la reja del jardín para respirar hondo. Obviamente un asunto semejante con gentuza como los O'Hara no era tema baladí, era un tremendo problema, pero no era su problema, o sí, porque le gustara o no, Bridget y todos los demás seguían siendo su familia.

–Ven aquí, *Spanish Lady*, todavía no me has dado un beso de cumpleaños en condiciones… –Levantó los ojos y vio a su padre intentando arrastrar a Manuela hacia el garaje–. Vamos… estás tan buena que me estoy poniendo malo…

–Te he dado mil besos hoy.

–Pero no de los que yo necesito.

–Patrick, por favor.

–Patrick, Patrick… tú sigue por ahí, *Spanish Lady*, tú sigue por ahí… –Tiró de ella y la abrazó por las caderas para besarla y, en ese momento, Manuela lo descubrió por el rabillo del ojo.

–¡Paddy!, ¿qué haces en la calle con este frío?

–Tomando un poco el aire –se metió las manos en los bolsillos y se encogió de hombros, su padre lo miró frunciendo el ceño y él levantó los ojos hacia el cielo estrellado–, hace una noche preciosa.

–¿Pasa algo?

–No, nada, voy a entrar, a ver si ceno.

–Gracias por ocuparte de los niños.

–Ha sido un placer. –Sonrió a su madrastra y se metió dentro de la casa pensando en llamar a su primo Diego a Nueva York, igual él le podía prestar una suma tan fuerte de dinero sin hacer muchas preguntas.

—Hola, chaval.

—Hey... —levantó los ojos y se encontró con su tío Sean—, ¿qué tal todo?

—Todo bien, ¿y tú?

—Después de lo de Bristol tengo dos propuestas para ir a pelear a Moscú.

—Depende de cuando sean, ya sabes que estoy buscando equipo y tengo mucho jaleo por aquí.

—Vale, pues lo vamos ajustando...

—Perfecto.

—¿Te pasa algo, Paddy?

—No, ¿por?

—No sé, solo preguntaba. Vente al salón, tu abuela lleva toda la noche preguntando por ti.

Capítulo 7

–Úrsula, a una semana de la Navidad me pones en un brete, te lo digo en serio –Marina Pujol, la gerente de la agencia de *au pairs* que la había llevado a Irlanda, la miró como si fuera una bruja desalmada. Úrsula respiró hondo y no abrió la boca–, aunque esa gente sea un poco desastre, es de lo mejorcito que hay, pagan bien y tienes un apartamento para ti sola fuera de la casa, si te soy sincera, es un chollo.

–Vale, pásale el chollo a otra afortunada, yo no puedo seguir ni un minuto más allí.

–No los puedes dejar tirados.

–No, pero me voy a España a pasar las fiestas y si no tengo otra casa antes de Reyes, me quedo allí y no vuelvo.

–¿Y tus clases?

–Eso es asunto mío.

–Tienes un contrato y…

–Qué especifica claramente que, si no estoy a gusto en la casa, tengo algún conflicto, no es lo que esperaba, etc. Puedo pedir un cambio de familia y vosotros estáis en la obligación de proporcionármela.

—Bueno, pero las cosas...

—Las cosas son como son y un contrato es un contrato. Me tomé la molestia de repasarlo bien antes de firmarlo.

—Vale —ella bufó bastante cabreada y tiró el boli en la mesa—, como lo veas, pero a ver qué te encontramos para enero, son fechas muy malas.

—Gracias y, si no tienes nada, también me lo dices con tiempo, rompemos nuestro acuerdo y ya me buscaré yo la vida... —Se levantó y se puso el abrigo—, no te preocupes.

—Muy bien, adiós.

—Adiós.

Dejó el local, que estaba a pie de calle, muy cerca de Temple Bar, y se encaminó hacia O'Connell Street para aprovechar a ir al gimnasio antes de tener que recoger a los niños del entrenamiento.

Afortunadamente, tenía el gimnasio, llevaba solo diez días yendo a diario, pero le encantaba. Las instalaciones eran estupendas, con un par de cuadriláteros profesionales, sala de pesas, sauna y un vestuario muy majo. No se trataba del gimnasio mega pijo al que iba todos los días su amiga Manuela O'Keefe en St. Stephen Green, pero era perfecto para sus necesidades y se lo estaba pasando genial. Tenían un entrenador veterano, de esos de vuelta de todo, que estaba por las mañanas, y se estaba acostumbrando a pasar por allí entre clase y clase, no le quedaba muy lejos de la facultad y la ayudaba a superar con algo de cordura las ocurrencias de su jefa y la casa de locos que tenía. La cosa no había hecho más que empeorar desde el dichoso viaje a Francia y apenas la podía mirar a la cara. No la soportaba, Beatrice Donnelly era capaz de sacar lo peor de su personalidad y no podía con la vida. Se sentía fatal, estaba incómoda, harta y a la defensiva todo el tiempo, era imprescindible dejar ese trabajo o se volvería completamente tarumba, estaba segura. Incluso había tenido la desfachatez de ir a buscarla a casa de Manuela, donde estaba disfrutando de la fiesta de cumpleaños de Patrick, porque no le cogía el móvil. Acababa de llegar y aceptar una copa de vino cuando se presentó tocando el claxon y haciéndole ostensibles gestos desde el coche para que saliera y volviera a casa.

–¿Qué haces aquí, Beatrice? –le preguntó, saliendo a la calle para que dejara de montar tanto alboroto.

–Tenemos una cena muy importante en Belfast y necesito que vuelvas a casa, los niños te están esperando.

–¿Qué?, no me dijiste nada y te avisé con tiempo de que necesitaba esta noche.

–Es igual, Francis me espera y es tardísimo, os pedí una pizza.

–¡¿Qué?!, ¿no me oyes?, tengo un compromiso y...

–Mira, bonita, me esperan en Belfast, ya llego tarde, vete a casa y ocúpate de los niños. Adiós. –Observó como miraba con interés desmesurado la casa de los O'Keefe y acto seguido como aceleraba para perderse por la carretera.

–¡Beatrice!

Por supuesto no volvió y ella solo pudo hacer lo más responsable y sensato: despedirse de sus amigos y volar a la casa para no dejar a los niños demasiado tiempo solos. Una verdadera locura, y cuando al día siguiente intentó discutir con ella sobre el particular, pasó olímpicamente y la dejó con la palabra en la boca varias veces, como si fuera idiota.

Así que estaba claro, lo sentía por los chicos, pero no pensaba volver allí después de las vacaciones de Navidad... por otra parte, otro tema sensible a tratar con Beatrice, que era incapaz de asimilar que el resto del mundo, incluso las *au pair*s, tenían familia, amigos y necesidades básicas como pasar la Navidad en casa si les daba la gana.

–Hola, Lola... –contestó el teléfono a una de sus mejores amigas y se ajustó el gorro de lana porque hacía un frío de muerte– , ¿qué tal?

–Yo bien, ¿has vuelto a ver al tío bueno?

–No, ahora voy al gimnasio, he estado en la agencia de trabajo.

–¿Y qué te han dicho?

–Qué la pongo en un brete, pero me da igual.

–Vale, tú mantente firme, tía, que no se pasen un pelo.

–Ya...

–Bueno, si ves al mozalbete, llámame.

–Vale, ¿qué tal por Madrid?

–Todo bien, he salido a fumar, pero tengo que volver a clase. Mamen se ha liado con el monitor de zumba.

–¡¿Qué?!, no me ha dicho nada.

–Ya te llamará, te dejo. Luego hablamos.

Colgó y pensó en el tío bueno. Un tío tremendo, guapísimo, al que había visto entrenando por casualidad hacía unos días en el gimnasio. Él, que no era profesional, pero al que todo el mundo parecía respetar mucho por allí, estaba acabando un combate cuando ella entró en la zona de entrenamiento y se quedó hipnotizada mirándolo. Tenía una técnica perfecta y también era grácil y elegante, a pesar de ser un tiarrón de metro noventa de estatura, o eso calculó a ojo de buen cubero.

Como era nueva, no se atrevió a acercarse demasiado para cotillear, pero lo observó todo lo que pudo de reojo y cuando él se quitó la máscara de protección, divisó con la boca casi abierta sus ojazos celestes, enormes, que parecieron iluminar todo el local al primer parpadeo. Era muy guapo y no encajaba para nada con el perfil de boxeador al que ella estaba acostumbrada, así que no lo perdió de vista hasta que desapareció por la puerta.

Haciendo algunas preguntas y poniendo atención descubrió que se llamaba Paddy, que era muy conocido en Dublín y que era campeón de boxeo sin guantes o algo parecido. ¿Boxeo sin guantes?, ¿pero eso no es ilegal?, se le ocurrió preguntar y todo el mundo la miró como si estuviera loca. Después de eso no volvieron a dirigirle la palabra y ella se concentró en sus cosas, pero no se olvidó del asunto y consultó con Javi, su novio, sobre el particular. Él le confirmó que el boxeo sin guantes no era considerado un deporte olímpico precisamente y que en España estaba muy mal visto, pero que en el Reino Unido e Irlanda tenía una tradición muy sólida. Al parecer no era ilegal como práctica deportiva, pero sí los combates clandestinos de boxeo sin guantes que se organizaban en Europa o en los Estados Unidos. Ahí residía la fina línea de la legalidad y le aconsejó que no metiera las narices donde no la llamaban.

Y no pretendía hacerlo, pero se quedó muy intrigada por el asunto y también por ese chico tan guapo que no volvió a ver en el gimnasio, aunque se moría de ganas de hacerlo. Ese era el tío bueno al que se refería Lola, nada más verlo la llamó para contárselo, y desde entonces soñaba con volver a verlo entrenar, menudo elemento... siempre se aprendía de los demás boxeadores, era muy instructivo ver pelear a un tipo con talento y esperaba volver a tener una oportunidad de ver a ese Paddy, seguro que le enseñaba muchas cosas y ella siempre estaba dispuesta a mejorar.

Llevaba practicando boxeo seis años, desde los dieciocho, cuando dejó el ballet, la zumba y el aeróbic y se pasó primero a la defensa personal y luego directamente a los guantes. Una compañera del colegio mayor sufrió un intento de agresión sexual volviendo a casa y una de las monjas les propuso hacer un seminario de defensa personal, estaban todas muy asustadas y aquello sirvió para darles un poco de seguridad. Su primera entrenadora fue una chica de la Policía Nacional y le gustó tanto que la invitó a su gimnasio, y pronto le presentó el boxeo femenino, una disciplina que la atrapó enseguida y que la metió de lleno en un mundo diferente y muy competitivo, uno perfecto para superarse y no parar.

Sus padres, él, un apacible juez de primera instancia de Valladolid, y ella, una profesora de Historia muy tradicional, casi sufrieron un infarto cuando se enteraron de que su única hija se dedicaba a esas cosas, pero pasados los años acabaron aceptándolo e incluso dándolo por bueno, por útil, decía su padre, y aunque jamás la habían visto en acción, se alegraban de que aquello la hiciera tan feliz.

Al menos algo la hacía feliz por aquellos días, masculló, llegando al Boxing Gym, y la mantendría cuerda hasta que pudiera largarse a España por Navidad, después de lo cual esperaba no volver a ver a Beatrice Donnelly en lo que le restara de vida.

Capítulo 8

Aparcó el jeep y se fue directo al gimnasio de su tío Sean. Era martes y mediodía así que tendría un poco de tranquilidad hasta la hora de comer, luego podría pasar por la oficina de O'Keefe e Hijos para solucionar algunos temas, ir a buscar a Michael al entrenamiento, porque su padre estaba de viaje, y después pasar por casa con tiempo suficiente para cambiarse antes de tener que ir a Killiney a recoger a Andrea. Ella acababa de llegar a casa para descansar unos días y aunque andaba un poco intratable porque después de la peli de York no tenía ningún proyecto a la vista, intentaría animarla, podrían cenar tranquilamente en La Marquise y tal vez acabar la noche en su piso. Plan redondo.

—¡Márcala sin miedo!, ¡vamos! —En cuanto salió de los vestuarios oyó la voz alta y clara de Teddy Rooney, el entrenador encargado del gimnasio, jaleando un combate que se desarrollaba en el *ring* principal, llegó con sigilo y vio a una chica, con el casco y los guantes de entrenamiento puestos, intentando enfrentarse a un tío pequeñito y miedoso que no daba ni un lamentable paso hacia ella—. ¡Joder, Billy!, te tiene por los huevos.

—¿Qué pasa? —preguntó y dos de los que observaban la pelea sin poder apartar la vista de la chica, se encogieron de hombros.

—La nueva, que ya ha tumbado a dos y Billy Kelly está acojonado.

—¿La nueva? —Miró mejor a la contrincante de Billy Kelly, un peso mosca sin ningún futuro, y se fijó mejor en su pelo oscuro, sujeto con una coleta y en su aspecto. Desde luego estaba buenísima, era muy sexy y silbó sin querer, recorriendo con los ojos ese cuerpazo atlético y menudo que se desplazaba por la lona con tanto oficio—. Vaya, vaya.

—Ya —contestó su compañero moviendo la cabeza—, está buena.

—Y es extranjera —dijo el otro.

—Española. Lucy dice que es española, como tu madrastra.

—Ahhhh, ahora lo entiendo, porque la mujer de tu padre... joder, macho, como está la...

—¿Qué? —Los miró de frente y los dos se callaron de golpe.

—Nada, nada... —se apresuró a contestar Gene y los tres volvieron la vista hacia la púgil, que, de pronto, se sacó el casco y lo tiró a la lona, indignada.

—Así no hay quien trabaje...

—Tranquila, tranquila —Teddy Rooney se subió al *ring* y largó a Kelly con un gesto—, apuntas maneras, jovencita, pero hay que tener más paciencia.

—Es que si no tengo *sparring* con quien entrenar, mal vamos... —Agarró la toalla y la botella de agua que le ofrecía el entrenador y Paddy pudo verle la cara. Además de estar buena era guapísima, tenía unos ojazos almendrados color miel, muy brillantes, y una boca preciosa, con unos labios carnosos muy sexys... un bombón, determinó, sin poder apartar la vista de sus hombros rectos y de ese trasero respingón que tenía, que parecía hecho de hormigón armado.

–Ya te buscaré uno... – Teddy Rooney miró de pronto hacia Paddy y le sonrió–. Venga, Paddy, sube aquí y dale un poco de guerra a la señorita.

–Le saco treinta centímetros de estatura y varios kilos de peso, así que no es posible, lo siento –contestó, sintiendo los ojos de ella encima–, no sería justo.

–Solo estamos entrenando un poco.

–Ni en broma, Rooney...

–¡¿Qué?! –ella se le acercó con los brazos en jarras–, ¿me tienes miedo?

–No voy a pelear con una chica, si vienes por la noche hay varias candidatas que seguro estarán encantadas de...

–Me tiene miedo –dijo ella y todos se echaron a reír–. Ponte los guantes y a ver qué sabes hacer.

–No peleo con guantes –se oyó contestar un poco intimidado. Se trataba de una chica, pequeña y frágil, y lo ponía contra las cuerdas incluso antes de pisar el *ring*, así que mejor retrocedió e hizo amago de largarse.

–¡Paddy! –llamó el entrenador separando las cuerdas–, ven aquí y no le hagas un feo a la señorita, hombre, tú no eres de esos.

–No...

–Venga, sube, ponte unos guantes, hazlo por mí... – Paddy bufó y saltó dentro del cuadrilátero para zanjar de una vez el tema. Teddy Rooney lo agarró del brazo y lo puso delante de la chica, que lo miró sonriendo–. Paddy te presento a Úrsula. Úrsula, te presento a Paddy, el mejor boxeador que tengo.

—Hola, encantada.

—No voy a pelear con una mujer —le soltó a modo de saludo y ella se agachó y se colocó nuevamente el casco protector— ni en broma.

—No te pongas protección y así llevo algo de ventaja —dijo ella dándole un golpe en los guantes—. Vamos, Paddy, no me dejes con las ganas.

Y le metió el primer *Jab*, directo y potente, con mucha técnica, dio un paso atrás y caminó por el *ring*. Volvió a intentarlo, pero la bloqueó con la defensa en alto, le apartó el brazo y a punto estuvo de meterle un puñetazo en plena cara, pero no se atrevió y oyó el murmullo del público a la espalda. Los miró moviendo la cabeza y vio por el rabillo del ojo como ella empezaba a moverse como una experta por todo el cuadrilátero, era buena, la muy condenada, y sonrió interiormente, dejó que se acercara, bastante, y cuando le quiso propinar un *Uppercut* perfecto, volvió a bloquearle la maniobra, le apartó el brazo y la empujó con el cuerpo. No hizo falta nada más, ella perdió el equilibrio y cayó arrastrándose por el suelo casi un metro, él levantó las manos en son de paz y se acercó para ayudarla a levantarse.

—Joder, sí que eres bueno.

—Y tú también —La levantó de un salto y ella se quitó el casco sonriendo.

—Lo sé, pero tengo mis límites.

—No creo que ninguna de las chicas que vienen por aquí puedan contigo y muchos de estos tampoco. —Le hizo un gesto hacia los demás parroquianos y le guiñó un ojo—. Tú tranquila.

—Gracias y gracias entrenador Rooney, ha sido un placer —se acercó al viejo Teddy Rooney y le dio la mano—, pero por hoy es suficiente para mí, tengo que trabajar.

—Claro, el placer ha sido nuestro, hasta otra.

—Gracias. Adiós, chicos —se despidió de todo el mundo, apartó las cuerdas y saltó al suelo con prisas. Paddy la observó sin poder articular palabra y se quedó quieto hasta que ella volvió sobre sus pasos y lo miró a la cara—. Me han dicho que los que pierden un combate invitan a una pinta, ahora no puedo quedarme, pero la próxima vez te invito, ¿vale?

—Hecho, pero yo suelo venir por las noches.

—Seguro que encontramos un hueco. Hasta otra y gracias por pelear conmigo, Paddy, en serio, muchas gracias.

—De nada.

Vio como corría hacia los vestuarios de las chicas y él se quitó los guantes sonriendo. Era una bomba de relojería la españolita y no pensaba perderla de vista. Guapa, con personalidad y mucho talento, podía ser un buen elemento para el gimnasio, y también para ir a tomar una pinta al pub de su primo Francis, para qué negarlo.

—Ya te la has metido al bolsillo, Paddy —le susurró uno de sus compañeros y pasó por su lado moviendo la cabeza—, a ver si un día dejas algo para los demás, tío. Para una vez que viene una tía realmente buena por aquí...

—Está bien, ¿hemos venido a entrenar o a hacer relaciones sociales? —levantó la voz y Teddy Rooney lo llamó desde los sacos—. Así me gusta, no estoy para perder el tiempo, señoritas.

—Paddy, no paran de llamarte al móvil y es tu madrastra... —Lucy, sonrojada hasta las orejas, le pasó el teléfono, que siempre dejaba a su cargo, y él le guiñó un ojo a modo de agradecimiento.

—Gracias, guapa... —contestó sin dejar de mirarla y ella se fue toda coqueta de vuelta a la recepción—. Hola, Manuela, ¿va todo bien?

—Sí, Paddy, todo bien. Solo llamo para decirte que tu padre acaba de llegar a Dublín y se va al entrenamiento de Michael. Lo recoge él, así que no te preocupes por eso.

—Ah, vale, genial, ¿y cómo es que ha regresado tan pronto?

—Acabó en seguida y las chicas de la oficina le consiguieron un vuelo de última hora, ha tenido mucha suerte.

—Estupendo.

—Así que muchas gracias, pero no hace falta que vayas al campo, solo espero no haber trastocado mucho tu agenda.

—Para nada, no hay problema.

—Mil gracias, un beso y te vemos mañana para cenar.

—Sí, hasta mañana. Adiós.

Colgó y miró a su alrededor intentando acordarse de lo que estaba haciendo allí. Sacudió la cabeza y se fue a los sacos para calentar. Era de locos, pero su abuela tenía razón, no había nada más efectivo para descolocar a un buen hombre que una mujer guapa. Sonrió acordándose de su abuela y decidió concentrarse en el entrenamiento. Estaba a solo cuatro días de un gran combate y no tenía tiempo para muchas bobadas.

Capítulo 9

Miró por la ventana del Café Gijón, en Madrid, y la lluvia cayendo a raudales sobre el Paseo de Recoletos la descolocó un poco. Estaban en invierno, en plenas Navidades, obviamente hacía frío, oscurecía pronto y era bastante probable que lloviera, pero una tímida esperanza en su corazón aún soñaba con encontrar la España soleada y luminosa de siempre, esa España que necesitaba para sus vacaciones.

Se repantingó en la silla y pidió un café con leche al solícito camarero, allí siempre atendían muy bien y muy rápido, y preferiría tomar algo caliente mientras Lucía, el motivo de su estancia en Madrid, se dignaba a aparecer. Su amiga, una de las de siempre, de las de toda la vida, había acabado periodismo en Valladolid y estaba de becaria en una televisión privada de Madrid, ganaba poco y trabajaba como una burra, pero estaba encantada en la capital, compartiendo piso con unas estadounidenses muy simpáticas y comiéndose el mundo, o eso le contaba por *email*. Lo cierto es que últimamente hablaban poco, las dos estaban muy ocupadas y muy sobrepasadas de obligaciones, pero la había llamado mil veces insistiendo en verla en Madrid, antes de que viajara a Valladolid, y había accedido porque ya había decidido quedarse en la ciudad y esperar a Lola y a Mamen, e ir juntas en coche a casa, así que tampoco le suponía ningún sacrificio, además, le había despertado mucha curiosidad y estaba deseando saber qué demonios le quería contar.

Agradeció el café que el camarero le puso en la mesa y llamó a Javier, su novio, que llevaba desaparecido en combate como una semana. Por supuesto no contestó. Estaba estudiando y muy liado, de acuerdo, pero estaba segura de que había más, estaba raro y ausente y ni siquiera le había mostrado algo de apoyo con todo el problema laboral que tenía encima. Para él la cosa se reducía a dejar a los Donnelly y pedir ayuda a sus padres para pagar una residencia o mandar todo al carajo y volver a España. Muy valiente y muy adulto. Habían discutido un par de veces por eso y él había decidido pasar. Ya hablarían en persona, pensó, total, acababa de aterrizar en Madrid, estaban a veintitrés de diciembre y le quedaba hasta el veintiocho para charlar con todo el mundo.

Tres días antes del viaje se sentó frente a su jefa y le dijo que dejaba el trabajo y que se despedía de ellos el veintitrés cuando saliera camino del aeropuerto. La reacción de Beatrice fue abrir la boca y replicar que de eso nada, que debía avisarle con más tiempo y bla, bla, bla. Acto seguido cogió su bolso y se largó, pasando olímpicamente de su aviso formal de dimisión, así que esperó a ver al señor Donnelly en persona y enfrentar con él la cuestión que, estaba claro, su mujer sería incapaz de gestionar como una persona normal.

—Francis, necesito hablar contigo —le dijo en cuanto pisó la casa, y él la miró con ojos de despiste—, he hablado con Beatrice, pero no me hace caso y es algo serio.

—¿Qué pasa ahora? —Le hizo un gesto para que lo acompañara a su despacho y ella lo siguió.

—He presentado mi dimisión en la agencia de trabajo, me voy de vacaciones de Navidad el veintitrés y ya no regresaré por aquí.

—¿Por qué?

—No puedo trabajar con vosotros, la carga de trabajo no es compatible con mis estudios, lo he hablado mil veces con tu mujer y ella parece no entenderlo o no querer considerarlo, así que, tras varios preavisos, ya es suficiente. Me voy, la agencia os mandará a alguien después de Navidad, en enero tendréis una nueva *au pair*.

—Pues lo siento mucho.

—Y yo, por los niños, pero esto es imposible, espero que me entiendas. Hoy se lo he dicho a Beatrice y también me ignoró, así que ya os doy por avisados y gracias por escucharme. —Hizo amago de irse y él la detuvo.

—Un momento, espera.

—No voy a ceder.

—Tampoco lo pretendo, solo te quiero pedir un último esfuerzo, por favor.

—¿De qué se trata?

—El veintiocho volvemos de pasar las Navidades con mi hermano en Nueva York y el mismo veintinueve nos volvemos a ir de viaje, Bea y yo, a Gstaad, para esquiar y pasar la Nochevieja allí. Este viaje se organizó hace un año, somos muchos amigos los que nos hemos implicado en esta escapada y no tengo con quien dejar a los niños, por favor, te lo suplico si es necesario, vuelve el veintiocho y el dos de enero podrás irte sin ningún impedimento. Te doy mi palabra.

–Lo siento mucho, pero…

–Te daré una paga extra, no lo contempla tu contrato, pero yo te daré dos sueldos en diciembre, si eso te compensa.

–Es que… –Se lo pensó y decidió ceder, porque ese dinero le serviría muchísimo hasta que pudiera empezar con una nueva familia–. Vale… solo hasta el dos de enero. Volveré el veintiocho.

–Trato hecho.

Y así quedaron, ellos se marcharon a Nueva York el veintidós por la noche y ella cogió su vuelo a Madrid el veintitrés por la mañana, con el compromiso de regresar el veintiocho para hacerse cargo de la casa y de los niños hasta el dos de enero. No le importaba nada no celebrar la Nochevieja en España, lo organizaría todo en Dublín con Tommy y Evan y lo pasarían bien. Si estaban los tres solos todo solía ir estupendamente, y, además, le daría tiempo a hacer las maletas con calma y despedirse como era debido de los pequeños. Los pobres no tenían culpa de nada y podría explicarles su marcha con todo el tacto posible.

De ese modo también conseguiría estar menos tiempo en casa de su amiga Paula, que era la que le iba a dar cobijo unos días hasta que pudiera empezar en un nuevo trabajo. Paula era prima de unos amigos de Valladolid, estaba casada y vivía en Irlanda con su marido y sus dos hijos, pero le había ofrecido generosamente su sofá y ella le había dicho que sí. Manuela también se lo había ofrecido, incluso su suegra, la señora O'Keefe, le dijo que tenía dormitorios de sobra en su casa para que se quedara tranquilamente con ellos, pero no se había atrevido a aceptar, no los conocía demasiado y tampoco se trataba de andar molestando a la gente. Ya se las arreglaría y al menos, de momento, tenía techo hasta el dos de enero y eso era bastante tranquilizador.

De repente pensar en Irlanda le provocó un pellizco de nostalgia, uno chiquitín, pero era muy buena señal. Dublín no la había tratado muy bien al principio, pero desde que conocía a Manuela y a su familia todo iba mejor. Era estupendo contar con su amistad. Aunque no pudiera verla mucho, seguían muy en contacto, incluso la había invitado a celebrar el seis de enero en su casa con chocolate y roscón de Reyes. Era una persona muy ocupada, ambas apenas tenían tiempo de respirar, pero sabía que estaba cerca y eso le daba algo de seguridad. Era bueno tener amigos, pero lo que más la entusiasmaba era la universidad y el gimnasio. Hacer ejercicio la liberaba de muchas tensiones y estaba conociendo a mucha gente nueva también, un par de chicas muy majas, algunos chavales muy simpáticos y por supuesto él, el tío bueno, con el que había tenido la oportunidad de entrenar una sola vez, y sin muy buenos resultados para ella, pero que la tenía completamente fascinada.

El famoso Paddy era, efectivamente, campeón de boxeo sin guantes. Lucy, la chica de recepción se lo confirmó sin ningún trauma, y le dijo que peleaba pocas veces al año, pero que era una especie de estrella, lo que la llevó derechito a preguntar si podía ir a un combate de esos. Lamentablemente era imposible, le dijeron Lucy y otros dos boxeadores, a eso solo se accedía con invitación y era un espectáculo privado. Privado e ilegal, concluyó tras meterse en Internet e investigar un poco. Javi tenía razón, había una fina línea que separaba el boxeo sin guantes de los combates de boxeo sin guantes, que solían mover apuestas millonarias y que se organizaban de forma clandestina por media Europa. Era un tema misterioso y muy canalla, y su alma aventurera empezó a fantasear con eso y con Paddy el Guapo en medio de aquello, luciendo cuerpazo y ojazos celestes, en un *ring* rodeado de millonarios y jeques árabes y fans de lo prohibido, con mucho dinero en los bolsillos. Era muy interesante y aquello no hizo más que aumentar de forma exponencial su interés por él.

Era todo un personaje el tío bueno y verlo de cerca y tocarlo casi la mata de un infarto, porque, contra todo pronóstico, además de ser guapo y una estrella del boxeo sin guantes, era educado, cortés, amable y olía maravillosamente bien. En cuanto se le acercó, un aroma a limpio y a tenue perfume masculino casi la tira a la lona, era raro, pero había ido a entrenar después de ducharse y aquello no tenía precio. Olía bien, peleaba bien y era adorable, tan majo no queriendo enfrentarse con una chica, dirigiéndose a ella con ese acento endiablado del Dublín profundo, pero con una voz ronca y cálida, digna de un actor de teatro. Mucho Paddy era ese Paddy y hasta había soñado con él. Muy fuerte.

Volver a Dublín se había convertido, por lo tanto, en un asunto muy interesante, estaba deseando seguir con su investigación sobre el boxeo sin guantes, incluso había pensado en consultar a Manuela sobre el tema, o a su marido, que estaban en hostelería y eran gente de mundo, pero le daba un poco de vergüenza, igual se hacían una idea equivocada y empezaban a preguntarse qué clase de ambientes y gimnasios frecuentaba ella en la ciudad. Mejor no les diría nada y buscaría otras fuentes, lo que estaba claro era que no pararía hasta que alguien la invitara a un combate de esos, con algo de suerte el propio Paddy el Guapo, al que había quedado de invitar a una pinta la última vez que se vieron. La excusa de perder el pequeño enfrentamiento con él se lo había puesto en bandeja y una cosa estaba clara: nunca hay que cerrar puertas... aunque una tenga un novio de toda la vida en Valladolid.

–Úrsula, ¿llevas mucho esperando? –Oyó la voz de Lucía y salió de sus ensoñaciones. Se le había enfriado el café y se levantó para darle dos besos.

–Hola, llegué antes –miró la hora y se desplomó en la silla–, pero tú llegas tarde, como siempre.

–Lo siento, el curro, ya sabes, ¿estás bien?

–Sí, pero quiero otro café y algo para comer, me muero de hambre. Lola y Mamen no tienen nada en la nevera, en serio, no sé cómo sobreviven –llamó al camarero y se fijó en los ojos de su amiga–, ¿pasa algo?

–Quiero un café también.

–Vale, ¿conoces el piso de estas dos? –La miró y Lucía esquivó la mirada de manera sospechosa. De repente, y sin venir a cuento, le saltaron todas las alarmas, pero carraspeó y se quedó quieta.

–Vivir sola es duro, aún les cuesta acostumbrarse. Gracias. –Sonrió al camarero y siguió hablando con los ojos pegados en el café–. La madre de Mamen viene cada quince días, les limpia y les llena la nevera... qué vergüenza.

–Ya, y... ¿tú qué tal?, ¿por qué tanta insistencia en vernos hoy en Madrid?

–¿Por qué?, ¿te venía muy mal quedarte?

–No, si nos vamos mañana por la mañana a Valladolid, en el coche de Alba.

–Vale...

—¿Tú cuándo te vas?

—Pasaremos la Nochebuena en Madrid, en casa de mi tía Asun.

—Vale..., ¿y qué te pasa?, me tienes súper intrigada... —Estiró la mano e intentó tocarla, pero ella la esquivó y se pegó al respaldo de la silla.

—Esto es lo más difícil que he hecho en toda mi vida, Úrsula.

—¿Qué cosa?

—Está bien —tragó saliva y le clavó los ojos marrones—, somos amigas y como tu amiga voy a ser honesta y leal contigo... espero que lo tengas en cuenta.

—Vale.

—Javier y yo, él y yo, nos hemos enrollado y ahora estamos juntos... ya lo he dicho. —Agarró la taza y se tomó el café de un trago. Úrsula sintió un jarro de agua fría bajándole por la espalda, pero no se movió.

—¿Qué?

—Javier y yo...

—Eso ya lo he oído, pero, pero ¿qué coño...?

—No nos atrevíamos a decírtelo, pero creo que nos conocemos desde hace mucho tiempo como para ocultarte algo así, me parecía una putada muy gorda y yo...

—¡¿Qué?!

—Úrsula, por favor.

—¿Te has enrollado con mi novio y me lo dices en la cara?, ¿así?, ¿por las buenas?

—Nosotros pensamos...

—¿Y dónde coño se mete Javier? ¿No tiene huevos para contármelo él?

—Yo creí que era mejor que lo habláramos entre nosotras, yo...

—¿Sabes qué, Lucía?, vete a la mierda. —Se levantó con unas ganas enormes de abofetear a esa pija estúpida y recalcitrante y ella la agarró por el brazo.

—Úrsula, por favor, estas cosas es mejor saberlas y...

—Claro, pero por boca del imbécil de mi novio, no por la tuya, gilipollas, que aquí no pintas nada.

—¡Úrsula!

Oyó que gritaba con su voz de rata traidora, pero no le hizo ni caso, salió a la calle, se puso el abrigo y no abrió el paraguas. No lo hizo, enfiló el Paseo de Recoletos y luego el Paseo del Prado camino de la casa de las chicas bajo la lluvia, a buen ritmo, con ganas de estrangular al capullo rastrero, pusilánime y traidor de Javier. Menudo cobarde de mierda, diez años de noviazgo, diez años aguantando sus gilipolleces y a estas alturas era capaz de ponerle los cuernos y con una como Lucía Toledano, eso era demasiado, demasiado y no pensaba escucharlo, ni verlo, ni volver a mirarlo a la cara, nunca más. Jamás.

¿Qué se habían enrollado?, ¿en serio? Paró el paso y pensó en volver al café para mirar nuevamente a Lucía a los ojos, igual era una broma o una chorrada de las suyas y ella había reaccionado muy rápido. Se detuvo casi llegando a Neptuno y miró hacia atrás decidiendo si volver o no sobre sus pasos, pero decidió que no, seguramente ya había salido huyendo del Gijón y, obviamente, no le iba a mentir con algo semejante, no, seguro que era cierto, al cien por cien y en el fondo estaba esperando que algo así sucediera algún día. Las cosas no iban muy bien y su traslado a Irlanda solo había empeorado su historia, él lo llevaba fatal y seguro que la buena de Lucía le había dado el consuelo que tanto necesitaba. ¡¿Sería posible?!. Los iba a matar a los dos, pero a él primero. Agarró el móvil y lo llamó, pero comunicaba, seguro que estaba hablando con ella, y le dieron ganas de echarse a llorar a gritos en medio de la calle.

—¡¿Qué?! —ladró al teléfono, que le empezó a vibrar en la mano y siguió andando—. ¡¿Quién es?!

—¿Úrsula?, soy Marina Pujol, de Dublín.

—¿Marina?, perdona, me pillas en mal momento, voy andando y…

—Solo será un minuto y necesito urgentemente una respuesta. Tengo una nueva familia, viven en Dalkey, él es artista y ella una alta ejecutiva en una empresa de telecomunicaciones. Está en las afueras, pero tiene buen transporte y lógicamente te facilitan un coche y… ¿Úrsula?

—El Ulises de James Joyce —soltó, pensando en ese pueblito costero, precioso, cerca de Dublín, que aparece en el Ulises y donde cada año se celebra el Bloomsday[1].

—¿Perdón?

—Nada, es que Dalkey me recuerda al Ulises, de Joyce —suspiró—, me encanta Joyce y conozco bien Dalkey.

—Vale, perfecto, ¿qué te parece?

—Tengo que hablar con ellos, pero en principio me parece bien… ¿saben lo de mis horarios en la universidad?, ¿cuántos niños tienen?

—Solo una niña de diez años y saben lo de tu especialidad en el Trinity College.

---

[1] N. de la A. El Bloomsday es un evento literario que se celebra en honor a Leopold Bloom, personaje principal de la novela Ulises de James Joyce. Se celebra todos los años el día dieciséis de junio.

–Genial, pues vuelvo el veintiocho y podría verlos en persona el dos o el tres de enero.

–Yo te paso sus datos ahora, se llaman Liz y Cillian Kavanagh, mándales un *email* y así ya vais tomando contacto.

–Gracias. ¿Ya has encontrado alguien para los Donnelly?

–Sí, pero no española, tengo una italiana y una francesa, aunque seguro que no les importa.

–Vale, está bien y gracias por llamar.

–Adiós, feliz Navidad.

Colgó ya llegando a Atocha y giró a la derecha para ir a casa de Lola, que estaba en la calle Toledo. Iba empapada y estaba muerta de frío, temblaba de pies a cabeza, pero se temió que aquello no era culpa del invierno, sino de lo que acababa de pasar en el Café Gijón, un golpe demasiado rastrero e inesperado como para encajarlo con algo de cordura.

Capítulo 10

Diego y Grace acababan de dar la entrada para su primer piso en propiedad en Nueva York y no le podían dejar los sesenta mil euros que necesitaban en Derry para aplacar a los dichosos O'Hara. Una lástima, porque estaba empezando a desesperarse, acosado por las llamadas de su madre y de April, que no entendían cómo no disponía de sesenta mil euros en efectivo para salvar la integridad física de la loca de su hermana. Una verdadera mierda. Por descontado, el combate de Bristol había salido redondo y había ganado una bolsa de noventa mil euros, lo que le permitía hacer frente de lejos a la deuda de Bridget, pero, lamentablemente, no cobraría ni un céntimo hasta finales de enero y para eso aún faltaba un mes, así que había tenido que pensar en otras soluciones más convencionales y urgentes para salir del paso.

Abandonó el banco, tras solicitar un crédito personal de cincuenta mil euros, del que tendría noticias en cuarenta y ocho horas, y enfiló hacia St. Stephen Green pensando en que le dolía una barbaridad sacar los diez mil euros que tenía en la cuenta de ahorros para cubrir el vil chantaje. Era un delito, como delito había sido el que había cometido su hermana yendo hasta la casa de la amante de su marido para agredirla de esa forma. Según sus primos de Derry, Bridget casi mata a palos a la susodicha y delante de sus hijos, así que tanta culpa tenían la una como los otros, pero el caso es que el pato lo acababa pagando él, que estaba a kilómetros de distancia.

Era injusto y absurdo y estaba meditando la posibilidad de subirse al coche, ir a Derry y denunciar el asunto a la policía. Lo más normal es que la autoridad se ocupara y él se lavara las manos, pero esa posibilidad era imposible si no quería agravar la situación. La ley gitana se cumplía a rajatabla aún entre algunos de sus conocidos y no iba a ser él el que se metiera por medio, de eso nada y, además, se trataba de su familia y no podía darle la espalda y pasar. No podía, por mucho que quisiera ignorarlo, no podía hacerlo.

Llegó andando al parque y algo lo llevó a desviarse un poco para pasar por La Marquise, no tenía nada que hacer en el restaurante, pero de repente se encontró caminando directo hacia allí. Se acercó a la esquina de Proud's Line e inmediatamente vio mal aparcado un coche que le sonó una barbaridad, se le tensaron los músculos de todo el cuerpo y apuró el paso imaginándose lo peor, llegó a la puerta que daba al jardín delantero del local y ahí estaba, la peor de las posibilidades, su madre y su marido abordando a Manuela, algo que tenían terminantemente prohibido. Ni siquiera podían pisar Dublín si no querían sufrir la ira desatada de los O'Keefe. Cruzó corriendo e inconscientemente rezó para que su padre no apareciera por allí o habría un problema, uno grave, y entonces no podría hacer nada por solucionarlo.

−¡¿Qué demonios hacéis aquí?! −gritó, acercándose a su madrastra para apartarla de la pareja. Manuela lo miró con los ojos muy abiertos y él le hizo un gesto con la cabeza.− Entra al restaurante, Manuela, yo me ocupo.

−Hola, hijo −susurró su madre sin sacarse el cigarrillo de la boca. Iba muy maquillada, con sus mejores galas y se puso en jarras avanzando hacia él con muy malos modos−, ¿no le das un beso a tu madre?

−¿Qué coño hacéis vosotros dos aquí?

−Vengo a por mi dinero, necesitamos sacar a Bridget de un embrollo grave y si tú no ayudas, vengo a que tu padre me...

−¿Mi padre?, ¿estás loca...? Walter... −miró a su padrastro y él cuadró los hombros, muy digno−, ¿no sabéis lo que ocurrirá si mi padre...?

−Me debe mucho más de lo que me dio cuando me abandonó para casarse con otra... −miró a Manuela despectivamente y Paddy dio un paso al frente para interponerse entre las dos−, y ahora necesito que me ayude, es por Bridget, tu hermana está en peligro de muerte y tú no haces nada por solucionarlo.

−Os dije que necesito tiempo, no dispongo de ese dinero en efectivo ahora, pero...

−Mentira, sé que en Bristol ganaste mucha pasta, mientras nosotros pasábamos una Nochebuena horrorosa...

−Vale, está bien... −se giró hacia Manuela, que estaba blanca como el papel, agarrada a su bolso y al portátil, e intentó sonreír−, entra al restaurante, no es nada, ya me ocupo yo de esto, ¿sabes dónde está mi padre?

−Dentro −respondió ella y frunció el ceño−, ¿de qué dinero hablan?, ¿qué está pasando, Paddy?

—Entra, por favor, no quiero que...

—¿Qué te pasa, Paddy? —su madre lo agarró del brazo y lo hizo girar—, ¿te avergüenzas de tu madre?

—No me toques —soltó él esquivando su manaza y Walter intervino con los puños cerrados.

—No hables así a tu madre, mocoso insolente, cómo te...

—¡¿Qué?! —Cuadró los hombros y avanzó hacia él empezando a cabrearse de verdad.

—¡Ya está bien! —Manuela lo agarró de la chaqueta y lo apartó de su padrastro, respiró hondo y miró a Violet a la cara—. ¿De qué dinero se trata?, ¿qué pasa con Bridget?

—A mi hija ni nombrarla... —ladró ella y Paddy bufó indignado—, solo llama a tu hombre, dile que estoy aquí y que necesito hablar con él, si no sale en cinco minutos entro al restaurante de mierda este que tenéis y monto un escándalo del que te acordarás el resto de tu vida, ¿qué te parece?

—Si sale mi padre y te ve aquí, madre, sí que tendrás algo de lo que acordarte el resto de tu vida. ¿No lo sabes?, ¿se te ha olvidado el trato que firmaste con él?, ¿eh?, ¿quieres bronca?, pues tendrás una buena... voy a llamarlo.

—No, Paddy, por favor... —intervino Walter—, no queremos más problemas, sabemos que no debimos venir, pero tu madre está desesperada y tu hermana... tiene tres niños esperándola en casa, no podemos seguir así.

—¿Qué pasa con Bridget? —insistió Manuela y Violet ladró en su dirección haciéndola retroceder.

—Ya te he dicho que a mi hija ni nombrarla, paya asquerosa...

—¡¿Cómo te atreves?! —ya harto, Paddy se le acercó

hecho una furia–, ¿cómo te atreves a faltar el respeto a la mujer de mi padre?, ¿eh?, ¿quién demonios te crees que eres?... Si vienes a pedir dinero al menos ten la decencia de mostrar algo de respeto.

–A mí no me hablas así, Paddy.

–¡Cállate!

–Paddy... –Manuela, a punto del desmayo, pensó mirándola de reojo, lo agarró de la manga otra vez y lo apartó de la pareja para mirarlo a los ojos–. Escucha, no me ofende, me da exactamente igual lo que tu madre me diga, lo que quiero saber es qué dinero necesitan y por qué te lo exigen a ti.

–Mi hermana dio una paliza a la amante de su marido, miembro de una familia gitana de Derry, le marcó la cara y salió huyendo de la ciudad, está escondida en Belfast y la tienen amenazada. La única forma de zanjar el asunto es pagándoles lo que piden, sesenta mil euros que ellos no tienen y que yo estoy intentando reunir. Contaba con lo de Bristol, pero no me lo pagan hasta finales de enero.

–¿Y la policía?

–La ley gitana, Manuela.

–Vale... entra conmigo y te hago un cheque.

–No, oye, mira...

–¿Qué quieres?, ¿qué salga Patrick y se encuentre con este panorama?

–No –se atusó el pelo y miró hacia el jardín donde los de seguridad seguían la escena con atención. Un mal gesto más y se montaría un pollo considerable a la puerta del restaurante más caro y elegante de Dublín, y no era eso lo que querían, nadie lo quería y menos que su padre se enterara y saliera a ver qué estaba pasando, porque entonces...–, está bien.

—Vale, diles que ahora sales con un talón, pero que vayan a su coche y te esperen allí.
—Bien.

No le hizo falta abrir la boca, Walter y su madre oyeron la charla y en cuanto los miró, ellos se dieron la vuelta para caminar hacia su coche. Él confirmó que se alejaban y entró al restaurante haciendo una venia tranquilizadora a los dos guardias de la entrada, bajó hacia el despacho principal y se encontró allí a Manuela hablando con su padre. Entornó la puerta y pasó mirando cómo ella se sentaba en su escritorio, buscando la chequera.

—¿Pero qué te pasa, *Spanish Lady*?, ¿te encuentras bien?
—Sí, cariño, solo necesito que Paddy se lleve este talón urgente.
—¿Para quién?
—Unos proveedores.
—¿En serio?, mírame.
—¿Qué?
—Parece que hayas visto un fantasma. ¿Qué demonios está pasando aquí?
—Nada, toma, Paddy. —Extendió el cheque y su marido lo interceptó, lo agarró con una mano y luego los miró indistintamente a los dos.
—¿Qué está pasando, Paddy?
—Nada.
—¿Paddy?
—Manuela me deja ese dinero para Bridget, se ha metido en un lío considerable con los O'Hara de Derry, no tengo que explicarte quienes son...
—¿Qué? —observó la cifra del talón y movió la cabeza—, ¿qué coño ha hecho?

–Dar una paliza de muerte a una de las O'Hara, le marcó la cara y ahora está amenazada y escondida en Belfast –miró a su madrastra, que había perdido ya el poco color que aún le quedaba en las mejillas, e intentó sonreír–. El pago por dejarla en paz son sesenta mil euros y Manuela me los va a prestar.

–¿Y por qué tienes que pagar tú?

–Porque ni mis hermanas, ni mi madre, tienen suficiente dinero.

–No me gusta que sigas involucrándote con ellos, te lo he dicho un millón de veces, no eres responsable de tus hermanas, Paddy. Esto es asunto suyo, no tuyo y si les das este dinero solo facilitas que te sigan sangrando y...

–Lo sé, pero es una emergencia y si no salgo ahora con el dinero, mi madre entrará aquí y montará un escándalo, ¿es eso lo que quieres? –Vio como abría mucho los ojos, le quitó el cheque e hizo amago de salir–. Yo tampoco, así que si me disculpas...

–¿Tu madre se ha atrevido a venir hasta aquí?

–Sí, ahora vuelvo, mil gracias Manu, te debo una...

–¿La has visto? –miró a su mujer y no le hizo falta la respuesta–, ¿qué te ha dicho?, ¡¿qué coño te ha dicho, Manuela?!

–Nada, a mí nada... ¿Adónde vas?... ¡Patrick! –Se levantó de un salto al ver que se giraba hecho una furia hacia la salida y Paddy reaccionó rápido cortándole el paso. Eran casi de la misma estatura y su padre estaba en plena forma, así que se paró firme, lo sujetó con fuerza y lo miró a los ojos.

–Por favor, déjame a mí, ¿sí?, por favor te lo pido.

–Apártate, Paddy –susurró él con esa voz oscura que

usaba muy pocas veces, pero que daba miedo, y Paddy miró a Manuela, que se había echado a llorar.

—No asustes a Manuela, ¿eh?, la estás asustando.

—Déjame pasar...

—Cariño, te lo prometo, no ha pasado nada y mejor que Paddy se encargue de esto... No salgas y empeores las cosas..., por favor.

—¡Maldita sea! —bufó él y se giró para mirarla a los ojos—, no llores por esta mierda, *Spanish Lady,* ¿eh? No me llores o salgo y mato a esa panda de impresentables ahora mismo.

—No lloro, es que no me gusta verte así. —Sonrió ella enjugándose las lágrimas. Él estiró la mano y la abrazó contra su pecho—. Te juro que no ha pasado nada y Paddy se ocupa, ¿sí? Tú no te metas.

Paddy los miró con alivio, comprobando, una vez más, que Manuela era la única persona en el mundo a la que su padre escuchaba siempre, salió al *hall* del restaurante y caminó con paso firme hacia la calle. Su madre y Walter fumaban tranquilamente apoyados en el coche y lo miraron con desgana cuando se acercó y les entregó el talón al portador.

—Aquí lo tienes y no vuelvas a molestarme, nunca más, con chorradas de este tipo, te lo advierto, esta es la última vez que consigues algo de mí.

—Gracias, tesoro —dijo ella y se puso de puntillas para besarle la mejilla—. Es por tu hermana y la familia es lo primero, lo sabes.

—Ya... —soltó asqueado y le dio la espalda.

—Gracias por el dinero.

—Dáselas a la mujer de mi padre, que es la que te lo ha dejado.

Violet masculló algo, pero él ya no la escuchó, llegó nuevamente a la puerta de La Marquise y se detuvo en seco, no tenía por qué entrar y exponerse a otra discusión inútil. Su padre jamás entendería que se pasara la vida apagando fuegos ajenos y él no tenía ya energía para explicarle sus argumentos, estaba demasiado cansado para eso, así que con las mismas se cerró mejor la chaqueta y giró hacia el parque. Ya llamaría a Manuela para agradecerle otra vez lo del cheque, eso podía esperar, de momento era más urgente regresar al banco y anular lo del préstamo, después se iría al gimnasio y se machacaría un par de horas para matar todo el mal rollo que tenía encima.

Capítulo 11

Se sentó en la mesa central de esa enorme e inmaculada cocina y suspiró viendo lo ordenado que tenían todo los O'Keefe, igualito que la casa de los Donnelly, con la pánfila de su jefa dando órdenes a diestro y siniestro, sin mover un dedo y sin soltar el móvil. Espantoso. Calma, Úrsula, respira hondo, se dijo y se levantó para mover las patatas que se freían a buen ritmo en la enorme sartén que le había dejado Manuela.

Estaban a tres de enero y sus jefes no habían vuelto de Nueva York. En una decisión de última hora optaron por quedarse en los Estados Unidos, pero nadie se acordó de avisarla, así que había aterrizado en Dublín el veintiocho de diciembre, tal como había prometido, y se había encontrado completamente desorientada, en una casa sola y helada sin saber qué hacer, hasta el día siguiente, cuando se le ocurrió llamar a Beatrice y ella le informó de las novedades. Demasiado absurdo para ser cierto, pero lo era.

El mismo día que llegó a Dublín se fue al gimnasio, a ver si veía a Paddy el Guapo, pero no tuvo suerte, así que se fue a saludar a Manuela al restaurante y se la encontró muy liada y algo tensa porque, le contó, acababa de tener un encontronazo surrealista con la exmujer de su marido y aún le temblaban las rodillas. No quiso darle detalles, ella tampoco se los pidió, y como apenas pudo atenderla, la invitó, encarecidamente, a que fuera a pasar la Nochevieja a su casa, que se llevara a los niños y que se lo pasarían genial, sin embargo, no quiso ir, ni siquiera se atrevió a llamarla para contarle que los Donnelly finalmente no pensaban volver a Irlanda, y se quedó sola en su apartamentito disfrutando de la primera Nochevieja en soledad de su vida, con un cuenco con uvas y viendo las doce campanas desde la Puerta del Sol de Madrid, gracias a Televisión Española Internacional.

Tampoco le importó, ella era un bicho muy solitario y se metió en la cama pronto, se vio una maratón de *El Mentalista* y se durmió antes de las dos de la madrugada, tan relajada, con el móvil en silencio y sin pensar demasiado en las Navidades tan extrañas y puñeteras que le había tocado vivir.

Por supuesto estaba triste, más que triste, cabreada y dolida con Javier, el fiel novio de toda la vida que no había tenido reparo en engañarla con una de sus amigas. Sus padres, que lo adoraban, aún no se lo podían creer e incluso habían tenido la pésima idea de llamarlo por teléfono para intentar arreglar las cosas. Muy mal. Javier se había negado a hablar con ellos y al final la propia Lucía se había dedicado a hacer oficial su relación por todas partes, sobre todo en Valladolid, Salamanca y Madrid, por medio planeta, en realidad, en cuanto colgó en Facebook y en sus redes sociales fotos de los dos besándose y queriéndose como un par de imbéciles. Era patético.

Él ni siquiera había tenido la decencia de hablar con ella personalmente. Cuando lo llamó para pedirle explicaciones, el muy idiota le recordó que ella lo había dejado dos veces durante su noviazgo, dos veces, con dos tíos extranjeros del Erasmus, con los que le puso los cuernos, le dijo, sin que él pudiera hacer nada. Y era verdad. En cuanto se fue a Italia con el Erasmus se enamoró de un compañero de facultad, un italiano estupendo, Marco, con el que estuvo saliendo seis meses, luego, de vuelta en Salamanca, conoció a otro chico, un Erasmus francés muy majo, Étienne, un tío cultísimo y brillante con el que salió un curso entero, pero con el que no llegó a concretar nada porque era un espíritu libre. Por lo tanto, era cierto, lo habían dejado dos veces, pero él había querido volver con ella, la había perseguido durante meses, y ella había decidido darle otra oportunidad, todo muy legal, porque en realidad nunca le había sido infiel, técnicamente jamás le había puesto los cuernos, porque las dos veces rompió con él en cuanto vio que se estaba interesando demasiado por otra persona y no después, cuando ya se había liado con ellos.

Sin embargo, lo que estaba claro es que, a esas alturas del partido, ya todo daba igual. Javier se había enamorado de otra, aprobaría las oposiciones a la abogacía del estado y se casaría con ella. Y, siendo sincera, Lucía Toledano era perfecta para él, seguro que sus padres la acabarían adorando y ella, con su pedigrí inmaculado y su buen gusto para vestir, acabaría siendo la mejor compañera de viaje para Javier Benavente. Estaba cantado, tampoco lo iba a negar.

Con semejante cambio de vida, provocado por entes ajenos a su persona, se pasó toda la Navidad pensativa y tristona. No le dolía tanto el engaño y la infidelidad como la falta de lealtad por parte de Javier, que había decidido enamorarse de otra y provocar un terremoto en su vida sin previo aviso. Él debió avisarle, desde un principio, y podrían haberlo hecho bien. Podrían haber actuado como personas civilizadas, pero no, no pensó en las consecuencias ni en nada y ni siquiera tuvo la valentía de decírselo a la cara. Él era de los que odiaba el conflicto y las peleas, huía como de la peste cuando ella estaba enfadada, se escondía en sus libros si alguien le gritaba y la expectativa de romper con su novia eterna debió parecerle inasumible, no pudo y mandó a la tercera en discordia para soltar el bombazo. Qué cobarde y miserable, jamás se lo perdonaría y, seguramente, jamás volvería a confiar en los hombres porque, siendo prácticos, si un tío al que conocías desde los catorce años te trataba tan mal, ¿cómo te tratarían los demás? Mejor ni pensarlo.

Acabó de remover las patatas y se fue a buscar los huevos.

Después del Año Nuevo llamó a Manuela para saludarla, quedaron a tomar café en el restaurante y le contó su drama entre lagrimones, lo que provocó que ella la invitara a cenar a casa para animarla un poco, estaba muy sorprendida e indignada con su novio, por capullo, le dijo, pero lo que le parecía gravísimo también era la actitud de sus jefes, para ella unos imbéciles desconsiderados a los que ya no les debía ningún compromiso laboral, y tenía razón.

Desahogarse con Manuela le había venido genial y al final había accedido a ir a cenar a su casa si le permitía hacer su famosa tortilla de patatas, que le solía salir espectacular, y ahí estaba, guisando en su preciosa cocina mientras ella bañaba a Aidan, que estaba un poco malito, y esperaban la llegada de Patrick con Michael y Liam, que venían del entrenamiento. Era un buen plan y le permitiría distraerse y estar acompañada mientras fantaseaba, de paso, con el misterioso Paddy el Guapo, que era su mayor entretenimiento, y su gran fuente de consuelo, desde que se había enfrentado con él en el gimnasio. Lamentablemente, Paddy el Guapo no aparecía por ninguna parte, no había podido invitarlo a una pinta, pero sí se había enterado por Lucy que el combate de boxeo sin guantes había sido un éxito y que él había vuelto a ganar.

–¡Hola! –La puerta de la cocina que daba al jardín se abrió y se giró a tiempo de ver entrar a la señora Bridget O'Keefe, la suegra de Manuela, con una caja de galletas enorme. Dejó de cocinar y se fue a saludarla–. Úrsula, hija, ¿cómo estás?

–Muy bien, gracias, ¿y usted? ¿La ayudo?

–No, solo son las galletas favoritas de Paddy, no pesan nada. Me las acaban de traer, ¿no ha llegado?

–Sí, pero se fue con Liam a recoger a Michael y Manuela está arriba con Aidan.

–¿Ya está mejor?

–Ya no tiene fiebre, la pediatra le dijo que solo es un catarro.

–Ay, pobrecito mío... ¿y qué bien huele, Úrsula?, ¿tortilla española?

–Sí, ¿le gusta?

–Me encanta y mi nuera me ha enseñado mil veces a hacerla, pero nunca me sale tan buena...

–Ya estamos aquí –Manuela entró con Aidan en brazos y bien sujeto a su cuello y dejó el móvil en la encimera–, ¿qué tal, Bridget?, ¿qué tal la espalda?

–Estupendamente, hija... ¡¿y cómo está mi niño precioso?! –exclamó al ver que él no la miraba–. ¿Has visto, Úrsula, qué nieto tengo? Cariño, ¿no me vas a mirar con esos ojazos negros que Dios te dio?, ¿eh?, ¿hoy no quieres a la abuela...?

–Está un poco mimoso –susurró Manuela y Aidan se aferró más a ella.

–Es mi nieto más pequeño y también el más guapo, ¿sabes Úrsula?, mira qué ojazos. Mírame, cariño, no dejes a la abuela así...

–¡Buenas! –Úrsula dio otro respingo y se giró para comprobar que era el abuelo O'Keefe el que ahora entraba tan animado–. ¡Pero si es Aidan O'Keefe!, ¡el chico más guay de todo Dublín!, ¿qué tal estamos?

–Ya estamos mejor –contestó Manuela sacando el mantel y los cubiertos–, y en cuanto lleguen papá y los niños cenaremos un poquito, ¿verdad, cariño?

–No.

–¿Cómo qué no, Aidan?, tienes que comer y ponerte bueno porque mañana me tienes que ayudar en el invernadero –el pequeño miró a su abuelo de reojo y prestó atención–, tenemos que decidir lo que hacemos con los helechos de la abuela y con esas rosas tan bonitas que nos trajo tu tío Jon, ¿recuerdas?

–Sí.

–¡Hola a todo el mundo! –La puerta volvió a abrirse y entraron Michael y Liam corriendo, seguidos por Russell y Patrick–. Buenas tardes. Michael, derechito a la ducha.

–Sí, papá.

–Hola, *Spanish Lady* –Úrsula sonrió al oír nuevamente ese apodo tan gracioso y observó como la besaba en la boca quitándole a Aidan de los brazos–, hola, cachorrito, ¿ya estás mejor?

—Sí. —Él se le acurrucó en el cuello y Patrick les guiñó un ojo.

—Muy bien, cuánto me alegro. ¿Os quedáis a cenar? —Miró a sus padres y los dos negaron con la cabeza.

—No, solo hemos venido a traer las galletas y a ver cómo seguía el peque, pero ya nos vamos...

—De eso nada, ya que Úrsula nos ha hecho tortilla de patatas os tenéis que quedar a probarla —intervino Manuela sacando más cubiertos—, además, viene Paddy, estará al caer.

—No, Paddy no viene —comentó Patrick saliendo hacia la escalera—, se le ha estropeado el jeep y se ha quedado tirado en Killiney, me acaba de llamar... yo me ocupo de los baños...

—No sé cuándo va a cambiar ese cacharro —susurró el abuelo quitándose el abrigo.

—Mientras las arpías que tiene en Derry lo sigan sangrando, ¿cómo va a poder el pobre comprarse un coche nuevo? —protestó la abuela y miró a Manuela—. Subo a ayudar a Paddy con los niños.

—Gracias. Úrsula... —Úrsula se quedó una décima de segundo pensando en que por allí todo Dios se llamaba Patrick, y por ende Paddy, pero no le dio más vueltas y miró a Manuela con gesto inquisitivo— ¿necesitas algo más?, ¿en qué te puedo ayudar?

—En nada, pero podríamos hacer una ensalada, ¿no?

—Perfecto, yo la hago.

Capítulo 12

−Paddy...
−¿Qué? −Giró la cabeza y miró a los ojos a Laura, su amante neoyorkina de paso por Dublín, que acababa de regalarle una ronda espectacular de polvos, uno tras otro, durante toda la noche. Ella encendió un pitillo y le sonrió.
−¿Sabes que si tu madrastra se entera de esto me matará, no?
−A mí me preocuparía más tu novio.
−Ese no se entera de nada.
−Vale, tú misma...
−No te duermas, quiero preguntarte algo muy serio.
−Vale, pero que sea rapidito, necesito dormir un poco antes de...
−¿Serías mi donante de esperma?
−¡¿Qué?! −Se incorporó y vio que estaba hablando en serio, así que reculó en seguida para no parecer muy descortés y le sonrió.
−Quiero un bebé, tengo treinta y cinco años y mi reloj biológico empieza a preocuparme, todas mis amigas tienen niños, mira a Manuela, ya con tres y yo... pues...

—Vale, pero tú tienes novio.

—No me parece un buen candidato.

—Pero...

—No tendrías que ocuparte de nada, solo quiero tu material genético casi perfecto —se le acercó y le besó el pecho—, ¿eh, *Gypsy King*? Somos amigos, no puedes decirme que no.

—Es algo muy serio y en realidad... —se sentó en la cama, agarró la almohada y se la puso en la espalda ya completamente despierto— creo que tienes otras muchas opciones.

—No es cierto.

—Claro que sí, uno de tus ex, un banco de esperma o...

—No es lo mismo —le acarició el pelo poniendo morritos y él sonrió—, conozco a tus abuelos, a tu padre, a tus tíos, a tus hermanitos... yo quiero uno como los de Manuela, Paddy.

—No es un argumento muy sensato, si te soy sincero.

—Pero es la pura verdad. —Buscó sus ojos y él negó con la cabeza.

—Lo siento mucho, Laura, pero, como bien dices, somos amigos y no voy a marearte con esto, ni te diré que me lo voy a pensar, porque no me lo voy a pensar: No, muchas gracias, no puedo, me siento halagado, pero no.

—¿Por qué no puedes?

—Porque no me siento preparado para algo así.

—Tú no tendrías nada que ver con él.

—Precisamente por eso.

—Ay, Paddy, no me seas ñoño, no me vengas con rollos paternales y chorradas varias, tienes veintisiete años.

—Seré un rollazo, pero el tema de la paternidad me parece algo más serio.

–Vale, muy bien, eras mi primera opción... tendré que seguir buscando.

–Lo siento mucho.

–Por mí se lo pediría a tu padre o a tu tío Sean, pero dudo mucho que sus señoras esposas lo permitieran.

–Y aunque lo permitieran, seguro que ellos te dirían lo mismo que yo, en nuestra cultura la...

–Bla, bla, bla... no me interesa nada vuestra cultura –apagó el pitillo y se le acurrucó en el pecho–, he sido idiota, debí venir sin ninguna protección y seguro que me hubiese ido preñada de Dublín.

–Por el amor de Dios.

–Es cierto..., mierda..., ¿quién te llama a estas horas?

–Ya son las nueve de la mañana... –agarró el móvil y vio que era Grace, su prima que estaba de paso por Dublín, así que se aclaró la voz y contestó con total normalidad–. Hola, prima.

–Hola, Paddy, ¿dónde te metes?

–En mi casa, ¿qué ocurre?

–No ocurre nada, estoy en casa de mis padres, recógeme aquí para ir al brunch y tempranito, para poder charlar un poco, tengo que hablar contigo.

–¿Sobre qué?

–Tú ven en seguida y en paz.

–Vale, vale, pero aún es pronto.

–¿Pronto?, seguro que la zorra esa no te deja salir de la cama hasta las tantas, así que ponte las pilas y andando que es gerundio.

–¡Grace!

–Es una vergüenza que te sigas encamando con esa golfa, Paddy, una vergüenza.

–No sé de qué me hablas, luego te veo. –Le colgó y miró a Laura que seguía la charla muy atenta.

–Tu prima me adora.

–Ya, ya... –Se bajó de la cama y se fue directo al cuarto de baño.

–No me perdona que me tirara a su maridito antes que ella, pero la vida es dura, debería asumirlo de una puta vez.

–Vale, voy a ducharme, ¿te quedas o te vas a tu hotel?

–Creo que voy a ducharme contigo y después me voy al hotel a recoger a Bradley, tengo que llevarlo al brunch de Manuela. Menudo coñazo, no sé qué le ha dado a mi amiga por jugar tanto a las casitas, en serio, es un tostón.

Paddy le sonrió y se metió debajo del potente chorro de agua caliente. Laura había llegado a Dublín con su prometido, un hombre de negocios muy respetado en los Estados Unidos, en visita exprés porque en realidad su destino era Londres. Iban a pasar una temporada en Inglaterra por asuntos laborales, pero había decidido viajar primero a Dublín para ver a Manuela y a los niños, y de paso, escaparse con él a su piso y recordar viejos tiempos. Había sido imposible negarse, y, además, le encantaba Laura, era una tía directa, experta y divertida, y tras un primer encuentro en La Marquise, ella facturó al madurito multimillonario al hotel y se presentó en su piso con un par de botellas de champán y muchas ganas de juerga. Una noche loca que solo podía quedar en eso, sexo y champán, nada más, ella tenía novio, él su vida y pocas ganas de complicarse la existencia. Fin de la historia.

Era increíble que le saliera con el rollo de la donación de esperma a esas alturas del partido, pero decidió pasarlo por alto, ducharse con ella, despedirla en el rellano de su edificio y comenzar el día con la mejor disposición. No pretendía pensar más en el asunto y quería disfrutar de la comida organizada por Manuela en su casa. Grace y Diego habían llegado desde Nueva York para asistir a la reunión anual de los directivos de La Marquise S.L., también estaban María Pérez del Amo de Londres y Robert McContray de Australia, además de los segundos de Londres y Dublín, toda gente con la que compartía años de amistad, y esperaba disfrutar de una divertida y agradable tarde de relax sin pensar en nada más, se lo merecía tras superar unos meses desquiciantes, atacado por todos los flancos.

—¿Qué pasaría si el novio de la golfa esa se te encabrita y tienes que plantarle cara? —fue el saludo de Grace en cuanto le abrió la puerta.

—Hola, prima, ¿cómo estás?

—Tú eres idiota, Paddy.

—No es asunto tuyo, Grace. ¿Y tu marido?

—Mira, Paddy, Laura Cooper, o como coño se apellide ahora —levantó la mano para hacerlo callar—, es una tía chunga, una golfa de mucho cuidado y ya te tuvo cogido por los huevos en Nueva York, vale, ¿pero ahora?

—¿Tú desde cuándo hablas tan mal?

—¿Cuándo te vas a echar una novia en condiciones y vas a apartar a mujeres como esa de tu vida, Paddy?

—Mira, Gracie, estoy encantado de verte, de qué estés por aquí, pero como sigas en este plan me largo y en paz, ¿de acuerdo?

—Vale —vio como se arreglaba el pelo y cuadraba los hombros—, pero soy tu prima, te quiero y quiero lo mejor para ti.

—Lo sé y te lo agradezco. ¿Nos vamos?

—Sí, deja que coja mi abrigo... Diego ya está en casa de los tíos, se fue antes para ayudar un poco con la comida.

—Genial... ¿y de qué querías hablarme?

—Pues... —suspiró y se agarró de su brazo—, tengo que contarte algo, he tenido noticias de Derry.

—¿Qué ha pasado ahora?

—Me llamó April, dice que Kieth se presentó en casa de tu madre, agarró a Bridget y le dio un par de bofetadas. Les dijo que el dinero que le habían dado a su familia la libraba de ellos, pero no de él, que seguía siendo su marido y que no se iba a quedar sin ponerla en su sitio.

—¡¿Qué?! —Detuvo el paso y respiró hondo.

—Te lo juro.

—¿Y qué han hecho?, ¿lo ha denunciado?

—¿Denunciarlo? Ella está como loca, rogándole que vuelva, que empiecen de cero, pero él se mudó a Dios sabe dónde con uno de sus hermanos. Tu hermana está completamente loca, Paddy, ya lo sabemos.

—Hostia puta, Grace, esto... —Se atusó el pelo pensando en que su deber era ir hasta allí y machacar a ese cabrón, pero Grace lo agarró por la solapa del abrigo y le habló muy seria.

—Te lo he contado para que sepas de qué va tu hermana, porque seguro que se apresura a llegarte con el cuento, ¿vale?, pero no quiero que muevas un solo dedo, esa gentuza es de lo peor y solo te arrastran al fango cuando les coges el teléfono...

—Pero...

—Tienes que prometerme que te alejarás definitivamente de tu madre y su familia, primo, no hacen más que sacarte el dinero, hacerte responsable de sus vidas e involucrarte en sus chanchullos cuando por ti no han movido jamás un solo dedo, lo sabes.

—Siguen siendo mi familia.

—La familia es mucho más que la sangre, Paddy.

—Lo sé, pero...

—Pero nada, ahora, cuando te llamen para contarte sus dramas les cortas el teléfono, o mejor aún, deberías cambiar el número de móvil... y los más importante... mírame —le agarró la cara y lo obligó a mirarla a los ojos—, no te pongas a pensar en lo que deberías hacer con tu cuñado, Paddy, te conozco.

—Ha pegado a mi hermana.

—Y ella encantada, rogándole de rodillas que vuelva, después de que tú le salvaras el pellejo pagando el chantaje de su propia familia. Bridget es una imbécil, una inconsciente y tú le importas una mierda, así que prométeme que no harás nada o voy y se lo cuento a tu padre y a ver qué pasa.

—No metas a mi padre en esto.

—Lo meteré si es necesario y entonces arderá Roma.

—Señor...

—Estoy convencida de que te llamará para que vayas a machacar a Kieth y entonces te meterás de lleno en un lío, uno gordo. Los O'Hara no son trigo limpio, Paddy, lo sabemos y si intervienes ya sabes lo que ocurrirá... la cosa empeorará y ya no será solo Bridget la que tenga una deuda con ellos.

—¡Chicos! —Los dos se giraron y vieron a Borja, el marido de María, bajándose de un taxi—. Han llegado los roscones.

—¡Qué bueno! —Grace corrió a saludarlo y Paddy miró al cielo intentando despejarse un poco—, ahora sí que es Día de Reyes, ¿no?

—Ahora sí… —dijo Borja y caminó hacia la casa—, venga, venid a probarlo.

—¡Paddy! —Grace lo llamó y él se puso las manos en las caderas sintiendo de repente unas ganas enormes de salir corriendo de allí—, ¿adónde vas?

—Creo que voy a dar un paseo o al gimnasio, la verdad es que no me apetece nada comer ahora.

—¡No!, ni lo sueñes, no pienso perderte de vista.

—No, Grace, yo me largo.

—¡Patrick Sean O'Keefe, ven aquí inmediatamente!

Capítulo 13

La familia O'Keefe era realmente peculiar, pensó apoyándose en la pared, mientras observaba a Manuela, su suegra y sus cuñadas, poner la mesa del bufé con tanto mimo. El salón resplandecía con las luces navideñas y el fuego de una chimenea inmensa. Era igual que una postal de Navidad clásica, aunque estaban a seis de enero y en Irlanda ya todo el mundo había dado por finiquitadas las fiestas navideñas.

Su amiga le contó que quería mantener la celebración del Día de Reyes viva en su casa, al menos hasta que los niños fueran mayores, y eso estaba haciendo apoyada por su familia política, que parecía encantada con la idea de tener una excusa más para reunirse a comer y a beber tan a gusto. Todo el mundo participaba, eran en su mayoría muy simpáticos y, como bien le había comentado Manuela, había alguna gente de su edad para hacer amigos, sobrinos de Patrick, de más de veinte años y con muchas ganas de juerga, que ya le habían tirado los tejos nada más pisar la casa. Muy halagador teniendo en cuenta lo hecha polvo que se sentía desde la ruptura con Javier, y todo lo demás.

A seis de enero y sus jefes seguían sin aparecer por Dublín. De Nueva York se habían ido a Aspen a esquiar y el doctor Donnelly había acabado con un pie roto tras la primera jornada en la nieve, así que allí seguían, mientras los niños empezaban a perder clases y ella no sabía ya qué hacer con el trabajo. Los Kavanagh la llamaron para conocerse y, tras una entrevista en el elegante despacho de su futura jefa, la volvieron a llamar y le dijeron que estaba contratada y que el quince de enero la necesitaban en su puesto. Estupendo, ya tenía curro nuevo, pero no podía despedirse formalmente del antiguo porque Beatrice se negaba a hablar con ella del asunto.

Apelando a la promesa del doctor Donnelly, de que podría irse sin dramas al finalizar las vacaciones de Navidad, le mandó un mensaje y le dejó claro, por escrito, que se largaba ya de la casa y que adiós muy buenas y ella le respondió que esperara un poco y que cuando llegara ya hablarían seriamente del tema. Más largas y aunque, lógicamente, no pensaba quedarse allí, decidió esperar a que volvieran a Irlanda en su apartamentito, que era gratis y cómodo, y al fin y al cabo no hacía daño a nadie quedándose allí.

Manuela le dijo que se fuera ya, que plegara y cerrara la puerta sin mirar atrás, para evitarse más malos rollos, sin embargo, Marina Pujol, la gerente de la agencia de *au pair*s le aconsejó no abandonar su puesto de trabajo hasta que pudiera hablar personalmente con la familia y entregarles las llaves en mano. Así que se había comprometido a esperar y lo estaba haciendo con calma, rogando al cielo porque aparecieran antes del quince de enero y no tuviera que retrasar su llegada a casa de los Kavannagh, porque eso sí que sería un mal rollo, otro más que añadir a la mochila, y ya iban muchos.

A todas esas preocupaciones se había sumado una última llamada de Javier, su ex, pidiéndole perdón y diciéndole que se sentía fatal por todo lo que había pasado. Tras reflexionar a su ritmo, como era habitual en él, había decidido que tal vez se habían precipitado, que jamás debió permitir que Lucía le fuera con el cuento y que tenían mucho de lo que hablar, a lo que ella respondió colgándole el teléfono. No quería saber nada de él, ni de Lucía, ni de sus gilipolleces, tampoco tenía energía para hablar y descargarle la conciencia, no tenía ganas de nada y como todo le iba fatal últimamente, decidió ser mala y no concederle ni el beneficio de la duda. Solo quería pasar página y empezar de nuevo, ya que estaba en un país nuevo, en una ciudad nueva y con nuevos amigos, era momento de abrirse a nuevas experiencias y dejar atrás todo lo demás, incluido Javier, que se había portado como un cerdo con ella, eso tardaría en olvidarlo y mejor no remover la mierda... aunque sonara fatal, así lo sentía.

Además, seguía fantaseando con Paddy el Guapo y eso no era buena señal, no al menos en lo referente a Javier, y en lo más profundo de su corazón soñaba con tenerlo a tiro y poder intentar algo con él. Seguro que era el típico guaperas que solo salía con modelos, actrices o reinas de belleza, si es que no estaba casado ya y con tres niños, pero soñar era gratis y se lo pasaba en grande cada vez que iba al gimnasio e imaginaba encontrárselo allí, o cuando paseaba por el centro y miraba a todas partes soñando con verlo en alguna parte... ese era su deporte favorito últimamente, distraerse rememorando a Paddy el Guapo, y eso no encajaba para nada con el perfil de la novia formal y seria que era hasta hace bien poco.

–Hola, ¿un ponche? –Diego Vergara, el encantador

primo de Manuela, la sacó de sus ensoñaciones poniéndole un vaso en la mano, ella lo miró y sonrió–. ¿Te escondes de alguien?, ¿no te dejan en paz?

–No, que va –se echó a reír y él con ella–, estaba pensando en mis cosas. Qué bonita está la casa, aunque siempre es bonita, me encanta como la tienen decorada.

–Sí, vamos, es una propiedad espectacular –comentó agarrando al vuelo a Aidan, que correteaba cerca de la alfombra–. Hola, pequeñajo, ¿no me das un abrazo?

–Sí… –contestó él abrazándolo con fuerza.

–¿Sabías que Aidan es mi ahijado, Úrsula? Mío y de la tía Grace…, ¿verdad, enano? –el niño asintió tan contento y Diego lo peinó con los dedos–. Dicen que nos parecemos. Es más Vergara que O'Keefe, desde luego, será por eso que la tía Gracie está loca por él.

–¿Y qué te han traído los Reyes, Aidan? –preguntó Úrsula.

–Dos coches.

–¡Qué chuli!

–Muy chuli, hala, vete a jugar con tus hermanos, pero con cuidadito, ¿eh?… Vamos… –Lo dejó en el suelo y lo siguió con los ojos hasta que llegó cerca de su padre, se le abrazó a la pierna y Patrick, sin mirarlo, lo agarró con una mano y lo cogió en brazos. Úrsula sonrió y miró a su paisano con atención. Diego Vergara era un tío alto y moreno, guapísimo, tenía los mismos ojos de Manuela, los mismos que había heredado Aidan, y se quedó observando la pinta espectacular que tenía. Era muy atractivo y recordó que estaba casado, felizmente casado con una sobrina de Patrick, Grace, con la que vivía en Manhattan desde hacía tres años, donde dirigía La Marquise Nueva York–. Está feliz con sus coches.

–¿No tenéis niños?

–De momento no, mi mujer es muy joven y queremos esperar, pero no demasiado, a los dos nos encantan los niños.

–¿Qué edad tiene?

–Pues más o menos como tú, veinticuatro, este año cumple veinticinco.

–Somos de la misma quinta.

–Sigo teniendo buen ojo para las mujeres –bromeó– y lo dicho, aún tenemos tiempo.

–Claro. –Miró hacia la mesa principal y vio a Patrick abrazando a Manuela por detrás, inmovilizándola completamente, para algarabía de sus hijos, que los observaban muertos de la risa–. Me hace mucha gracia que Patrick llame *Spanish Lady* a Manuela.

–¿Y sabes por qué es, no?

–Bueno, por razones obvias, me imagino.

–Claro, pero principalmente es por una canción tradicional irlandesa, *Spanish Lady*, ¿no la has oído?

–No, no la he oído, qué bueno...

Por el rabillo del ojo vislumbró un movimiento extraño y se giró para ver qué estaba pasando, se trataba de la señora Bridget saludando muy efusiva a una chica pelirroja guapísima, de esas que se veían, y muy poco, solo en Irlanda, con el pelo largo y de un rojo intenso, la piel blanca y cubierta de pequitas, y esos ojazos enormes y verdes que tiraban para atrás. Era un bellezón y sonreía llevando a alguien de la mano, levantó la vista y lo vio, no podía ser verdad, pero ahí estaba, Paddy el Guapo en persona, saludando también a la abuela O'Keefe con un beso en la frente.

Sintió como, literalmente, las piernas se le convertían

en lana y se atragantó con el ponche. Tosió para sorpresa de Diego, que le golpeó la espalda muy atento y ella se apartó, pensando en una vía de escape urgente, le daba una vergüenza enorme encontrarse con Paddy el Guapo allí y delante de su preciosa novia pelirroja, así que la única salida digna que le quedaba era huir como una fugitiva, aunque claro, pensó de repente, qué sabría él de sus fantasías y sus sueños de romance adolescente, nada... «no sabía nada, así que calma, Úrsula y compórtate como una mujer educada antes de que todo el mundo se dé cuenta de que estás completamente chiflada...».

–¡Hola! –oyó la voz de la chica e inconscientemente se arregló el pelo sin atreverse a levantar la cabeza–, ¿dónde te metes, cariño?

–Hola, preciosa, ya ves, charlando con Úrsula, la amiga de Manuela.

–Al fin –dijo ella en español y Úrsula se volvió rápido para mirarla a los ojos–. Soy Grace, la tía Manuela nos ha hablado mucho de ti.

–¿Grace? –susurró como una idiota y observó que Diego la agarraba por la cintura besándole la cabeza. Era su mujer, no la novia de...–. Hablas muy bien español.

–Eso intento, me encanta y en casa solo hablamos en castellano...

–Vaya por Dios... –la voz grave y cálida de Paddy el Guapo se oyó alta y clara y Úrsula sintió como se le caían las bragas al suelo, así, sin contemplaciones–, no me lo puedo creer.

–Hola. –Lo miró a los ojos muy segura y él se puso las manos en las caderas–. Vaya sorpresa.

–¿Tú eres la nueva amiga española de Manuela?

–Sí, ¿y tú...?

–Yo soy su hijastro.

–¿En serio? –resopló realmente sorprendida y se echó a reír– ¿tú eres Paddy Jr.? Creía que se trataba de un preadolescente o…

–¿Pero vosotros os conocéis? –interrumpió Grace y los dos la miraron con atención.

–Sí, del gimnasio –respondió Paddy–, tuvimos un interesante *round* hace poco.

–Antes de Navidades… –dijo ella sin poder apartar la vista de los ojazos celestes de Paddy el Guapo, que al final era un O'Keefe. Demasiado *heavy* para ser cierto. Cuando se lo contara a las chicas no se lo podrían creer.

–¿Y no habíais coincidido nunca por aquí? –quiso saber Diego y los dos negaron con la cabeza.

–No, aquí no y en el gimnasio solo una vez, ¿no? –preguntó Paddy y ella no se atrevió a decirle que ya lo había visto antes, así que asintió–. Qué casualidad.

–¿Qué es casualidad? –Manuela llegó con una bandeja y Liam en brazos y los miró indistintamente–. Eh, ¿un poquito de jamón?

–Que Paddy y Úrsula se conocían del gimnasio, pero no sabían que tú eras su nexo de unión.

–¿En serio?, qué curioso…

–¿Y a ti que te pasa, enano? –Paddy se inclinó para mirar a su hermanito a los ojos y Úrsula siguió el movimiento como hipnotizada. Iba con vaqueros y una camisa blanca, abierta los tres primeros botones y pensó en lo varonil que era. De hecho, si prestabas atención, tenía la misma pinta y los andares de su padre, la misma estatura, el tono de voz y esos ojazos tan brillantes, pero de cara no se parecían en nada, no como Michael o Liam, que eran su vivo retrato, sin embargo, ¿cómo demonios no los había relacionado antes...?–. ¿Eh?, ¿qué ha pasado?

–Michael ha roto mi balón.

–Vaya...

–El de rugby que me trajeron los Reyes.

–Ay, Señor.

–Ha sido sin querer, mi vida, no es para tanto –dijo su madre besándole la cabeza. Úrsula cruzó la mirada con Paddy y él le guiñó un ojo antes de estirar los brazos para coger al niño y subírselo al hombro.

–Vamos a ver ese balón, seguro que podemos arreglarlo. Hasta ahora... –Se despidió del grupo y Úrsula lo siguió con los ojos hasta que sintió la mirada de Grace encima.

–¿Qué haces mañana, Úrsula? –le preguntó de repente y ella se puso roja hasta las orejas sin poder abrir la boca–. ¿Te gustaría venir a pasar el día a Kilkenny? Hay un castillo espectacular y es una ciudad preciosa, nosotros vamos a buscar unos papeles de mi abuela, pero si te apetece venir, pues...

–¿En serio?, me encantaría.

–Genial, el tío Paddy nos ha dejado su coche, así que te recogemos mañana a las ocho, ¿te parece bien?

–Me parece perfecto, no he salido de Dublín desde que llegué.

–Estupendo, ¿verdad, mi amor? –Miró a Diego y él asintió con los ojos entornados, lo mismo que Manuela, que finalmente les sonrió y se fue con la bandeja hacia la cocina.

Capítulo 14

No se podía creer la suerte que estaba teniendo, miró hacia su derecha y observó disimuladamente a Paddy el Guapo poniéndose el cinturón de seguridad. Después de disfrutar de una tarde estupenda en casa de Manuela, charlando un montón con Grace, que era divertida y muy cariñosa, conociendo a todos sus parientes, incluido el hermano de Patrick, Sean, que era el dueño del Boxing Gym, y a un montón de gente más, por supuesto a toda la plana mayor de La Marquise S.L. alrededor del mundo, se había ido como en una nube a casa, soñando con Paddy el Guapo, que no solo era guapo, sino también un verdadero encanto, maravilloso con sus hermanitos, adorable con sus abuelos, con sus primos y sus tíos... gracioso e inteligente, sexy a rabiar, la vida parecía querer compensarla aún más por sus últimos nefastos meses y le daba un último regalo de Navidad: Paddy iba a Kilkenny con ellos.

La invitación de Grace de pasar el día fuera de Dublín le había parecido súper generosa y necesitaba tanto salir con gente de su edad que no había dudado ni medio segundo en ir con ellos a Kilkenny, sin imaginar, ni en sus mejores sueños, que su primo Paddy haría de chófer en la excursión, así que cuando a las ocho en punto de la mañana tocaron el claxon de un coche, salió corriendo y se lo encontró al volante de un jeep del año de la polca, casi le da algo. Era demasiado perfecto para ser cierto y se subió al vehículo decidiendo que lo primordial para disfrutar de su buena fortuna era no perder el norte. Él debía tener un rosario de novias y ella acababa de romper con su novio de toda la vida, así que fin de la historia. Lo importante era disfrutar del paseo y nada más. Nada más, Úrsula.

Viendo cómo ponía en marcha el coche, apoyaba el brazo en el respaldo de su asiento para hacer la maniobra de retroceso, casi se ahoga. Olía maravillosamente bien, como a jabón de toda la vida, y no había gesto más sexy en un tío que ese, con los ojazos celestes mirando por la luna trasera y la boca entreabierta... Tragó saliva y fijó la vista al frente contando hasta diez. Paddy suspiró muy cerca de ella, giró el volante y aceleró el jeep con total naturalidad, aunque parecía el modelo de un anuncio de perfume. No llevaba jersey ni chaqueta, solo un polo azul celeste y unos vaqueros desteñidos, tenía un cuerpazo, y esos brazos fuertes cubiertos por ese vello rubio precioso, las manos grandes y bonitas, con las uñas muy cuidadas, y un reloj deportivo que era una verdadera pasada...

—Ya verás tú cuando Grace vea mi coche —le dijo encendiendo la radio.

—¿Por qué?

—Porque querían llevarse el 4X4 de mi padre, pero yo prefiero mi cacharro, por viejo que sea.

—Pues a mí me parece una pasada.

–Gracias. –La miró de reojo y sonrió, disolviéndole los huesos de todo el cuerpo.

–¿Qué música es esa? –Desvió los ojos y el tema, y él asintió subiendo el volumen.

–¿Te gusta?, son The Kilkennys, me encantan, tocan música tradicional irlandesa y ya que vamos a Kilkenny...

–¿Y tocan *Spanish Lady*?

–Pues sí –soltó una risa suave indicándole con la cabeza que Grace y Diego ya estaban esperándolos en la acera–, tocan *Spanish Lady*, de hecho, es la primera canción de este CD. Escucha.

No conocía gente así, definitivamente no, pensó al poco tiempo de compartir viaje con Grace, Diego y Paddy. Los tres eran gente normal, con sus vidas, sus responsabilidades y problemas, como todo el mundo, pero, sobre todo, eran personas súper cálidas, divertidas y con mucho sentido del humor. Se rio un montón con ellos antes de llegar a Kilkenny, no escuchó ninguna queja durante el trayecto, ningún chisme o crítica, como solía ser habitual entre sus amigos, y antes de llegar a la ciudad ya estaba completamente enamorada de los tres.

Principalmente, para que negarlo, viajó todo el tiempo obnubilada con Paddy, mirando de reojo sus gestos, oyendo su voz grave y preciosa, con ese acento endiablado que compartía con Grace y que tanto a Diego como a ella les hacía mucha gracia, pero también aprovechó para admirar el paisaje, la lluvia que caía a raudales y el centro de Kilkenny, donde llegaron para recoger en el ayuntamiento unos papeles de la abuela paterna de Grace, antes de dar un paseo por ahí y acabar comiendo en el restaurante de un amigo de la familia O'Keefe. Una mañana perfecta, redonda, que a ella le dibujó una sonrisa perpetua en la cara.

—¿París?, ¿una La Marquise París?, qué interesante, Manuela no me había dicho nada.

—Es que Manu es muy discreta —comentó Diego tomando un sorbo de su copa de vino. Habían pedido pescado para comer y el dueño del local había insistido en que probaran un vino blanco español que tenía en la bodega—. Muy bueno, probadlo, chicas, está delicioso.

—¿Tú no bebes, Paddy? —Se atrevió a preguntar cuando él llegó a la mesa y se sentó a su lado cogiendo la servilleta.

—Muy poco y menos si tengo que conducir.

—Nuestro Paddy es un deportista, Úrsula, se cuida muchísimo —dijo Grace y le sonrió—. ¿Tú también haces mucho deporte, no?

—Lo que puedo.

—Boxea muy bien —opinó Paddy y ella se sonrojó negando con la cabeza.

—Ojalá, tengo mucho que aprender.

—No es verdad, hay que tener cuidado con ella —insistió y suspiró, probando su salmón al horno— es muy peligrosa.

—¿Y cuándo inauguran en París? —Desvió el tema al ver los ojos atentos de Grace sobre ella y Diego la miró.

—El veintiocho de enero.

—¿Enero?, ¿es una buena época para inaugurar un local?

—Phillipe Levallois, el chef responsable de La Marquise Londres, es mundialmente conocido, tres estrellas Michelin desde hace cinco años... —intervino Grace— y París será suyo, una empresa de La Marquise S.L., pero él lo llevará al cien por cien y la gente está como loca por ir a probar su cocina. Ya tienen reservas hasta abril y eso que faltan veinte días para la inauguración.

—Vaya, qué increíble, ¿y dónde está?

—En la Place Vendôme...

—Precioso lugar.

—Sí, el tío Patrick tiene mucha suerte para dar con locales...

—¡Paddy O'Keefe Jr.! —dijo alguien a su lado y los cuatro lo miraron con sorpresa—, dichosos los ojos que te ven, macho.

—Hola, Shane, ¿qué tal estás?

—No tan bien como tú. —El tipo, que era moreno y lucía un tatuaje muy llamativo por todo el cuello, la miró a ella y le guiñó un ojo. Úrsula dejó de comer, observó a los demás y notó que Grace se tensaba en la silla—. ¿No me presentas?

—A mi prima Grace y a su marido Diego ya los conoces. Úrsula, te presento a Shane O'Hara.

—Hola, encantada.

—Hola, Úrsula, ¿de dónde eres?

—España.

—¿España?, les van mucho los españoles a los O'Keefe, ¿sabes?

—¿Cómo dices? —apenas le entendió, porque tenía un acento incluso más cerrado que el de los O'Keefe, y se fijó en cómo Diego extendía la mano y la posaba sobre el brazo de Grace, lo que empezó a preocuparla un poco.

—Oye, Paddy —susurró el tipo rascándose la barbilla—, mi hermano Kieth está ahí fuera y ya que te hemos visto le gustaría hablar contigo, si haces el favor. Quisiera limar asperezas, ya sabes que él no tiene nada que ver con Bridget y…

—No tenemos nada que hablar con tu hermano –soltó Grace y Diego dejó de comer y la miró a los ojos–. Es verdad.

—Si me levanto y salgo –intervino Paddy, sin apartar los ojos de la mesa– alguien acabará en el hospital y no seré yo, así que déjame en paz, Shane, estamos comiendo.

—Vale, vale, hombre… está claro que te han informado muy mal, pero, bueno, tú mismo, yo solo… –Paddy tiró el tenedor encima del plato, Úrsula dio un respingo y vio como se apoyaba en el respaldo de la silla y miraba a ese tipo tan raro fijamente, sin mover un solo músculo de la cara–, muy bien, tío, lo siento. Buen provecho.

—Gracias.

—Adiós. Adiós a todos –se despidió el otro y ella localizó por el rabillo del ojo al dueño del restaurante y a dos de los camareros observando la escena con el ceño fruncido. Miró a Paddy y comprobó que respiraba hondo antes de volver a coger los cubiertos.

—¿Pedimos otra ensalada? –preguntó como si nada y llamó con la mano al camarero.

—Sí, está buenísima –dijo Diego y ella miró a Grace a los ojos intentando entender qué estaba pasando.

—Jimmy, otra ensalada y más agua, por favor.

—Claro, Paddy y lo siento, no vimos a…

—Está bien, no pasa nada.

—¿Qué ha pasado? –se atrevió al fin a preguntar y los tres la miraron como si hablara en otro idioma–. Lo siento, yo…

—No pasa nada, ese tipo es familia política de mi hermana Bridget, acaba de separarse y no quiero meterme en sus líos.

—Entiendo —había sido muy violento y le temblaban un poco las rodillas, pero decidió no ser impertinente y no hacer más preguntas, así que sonrió y bebió un poco más de vino—, ¿y vosotros cuándo volvéis a Nueva York?

—Mañana por la noche.

La comida siguió como si nada, como si nadie hubiese amenazado con salir a la calle y mandar a alguien al hospital, y cuando se subieron otra vez al coche para regresar a Dublín ya había olvidado esos minutos tan raros, entretenida con las historias de Paddy sobre su paso por los Estados Unidos o las de Grace y Diego sobre La Marquise Nueva York, que daban para escribir un libro, o dos, decían ellos muertos de la risa, haciendo que el tiempo se pasara volando y que ella no pensara ni una sola vez en su incertidumbre laboral, la infidelidad de Javier o los malos rollos de sus últimos meses. Un verdadero relax que acabó cuando los Vergara se bajaron en casa de Manuela y Patrick y Paddy el Guapo enfiló hacia la suya para dejarla sana y salva en su apartamentito helado y vacío, por otra parte, una casa que ni siquiera era suya sino propiedad de los Donnelly, pensó de pronto con una congoja enorme abriéndosele en el pecho, deseando, con toda el alma, que ese día no terminara jamás, aunque terminó, claro, justo en el momento en que Paddy aparcó frente a la casa y la miró levantando las cejas.

—Me lo he pasado genial, muchas gracias.

—Sí, ha sido estupendo, tenemos que repetir.

—Claro, cuando quieras, yo no tengo coche así que... en fin...

—Ya nos veremos y organizamos algo.

–Claro, gracias otra vez... –Se quitó el cinturón de seguridad y se acordó de su anorak–. Mi abrigo.

–Está aquí detrás –él medio giró hacia el asiento de atrás, se estiró y agarró el anorak con una mano mientras Úrsula no hizo nada por contenerse y lo miró abiertamente, de muy cerca, sin poder apartar la vista de esos ojos preciosos y claros bordeados por unas pestañas tan espesas...–, aquí lo tienes.

–Gracias...

Y entonces ocurrió, ya daba igual la vergüenza o el sentido común, simplemente siguió mirándolo hasta que pasó de sus ojos a su boca sin querer, Paddy se inclinó un poco hacia ella y ya está, lo agarró por el cuello y lo besó, directamente, con la boca abierta, sintiendo su aliento cálido pegado a ella y el sabor delicioso de esa lengua enérgica y experta que le devolvió el beso inmediatamente, sin ningún reparo, mucho rato, porque era insuperable y no podía dejarlo, hasta que algo le pinzó la espalda, se apartó de un salto y levantó las manos.

–Lo siento, lo siento, Paddy, acabo de romper con mi novio y estoy un poco perdida, lo siento mucho, no debí... discúlpame –intentó abrir la puerta del Jeep y los dedos temblorosos se lo impidieron, percibió perfectamente cómo se ponía roja hasta las orejas y como él, muy amable, pasaba el brazo por encima para abrir sin ninguna dificultad el seguro y cierre de la puerta–, lo siento.

–No sé por qué te disculpas, a nadie le amarga un dulce.

–¿Cómo dices? –Lo miró a los ojos y entonces fue él el que la agarró por la nuca y la besó, varias veces, hasta que se apartó y le guiñó un ojo.

–Ya estamos en tablas.

–Vale, buenas noches... –abrió la puerta y saltó a la acera, estaba lloviendo y se salpicó de agua, pero eso era lo de menos, siguió su instinto, respiró hondo y se asomó dentro del jeep–, oye, Paddy.

–¿Qué? –La miró con una media sonrisa y en ese preciso instante decidió que al carajo con todo.

–¿Tú tienes novia?

–A veces.

–¿Y ahora?

–No, ¿por qué?

–Porque si no tienes una novia esperándote para cenar te invito a mi casa, bueno, a mi apartamento, podemos cenar y... si te apetece.

–Voy a aparcar.

–Estupendo... –Observó con el corazón desbocado como se alejaba de ella y como a media calle frenaba y ponía las luces de emergencia para aparcar. Por un segundo tuvo dudas y calibró la dimensión de lo que estaba haciendo. Jamás en la vida había besado primero a un tío, ni lo había invitado descaradamente a su casa, no al menos a uno al que casi no conocía, pero le dio igual. Tenía veinticuatro años, estaba en un país extraño, en una ciudad extraña y se moría por estar con Paddy el Guapo, así que menos prejuicios estúpidos y más naturalidad, se repitió, viéndolo caminar hacia ella con tanta seguridad, guardándose las llaves del coche en el bolsillo del pantalón... con la lluvia mojándole el pelo y la cazadora de cuero...

–¿Entramos?

–Sí, claro. –Respiró hondo y abrió la reja de la casa, entró por el caminito de piedra y giró hacia la izquierda para subir la escalera junto al garaje que la llevaba a su apartamento, entró y lo dejó pasar. Él dio un paso dentro del saloncito y se detuvo, se giró, superó la distancia que los separaba, la sujetó por la nuca y la besó.

Cayeron sobre la cama a los tres minutos de entrar en el piso, se quitaron los abrigos y el resto de la ropa mientras no paraban de besarse y Úrsula concluyó que, si había tenido arrestos para llegar hasta ese punto exacto, tendría que ir hasta el final y sin cortarse un pelo. En un pis pas lo desvistió y se lanzó como una leona a besar ese pecho marcado y suave que tenía, a lamerle el cuello y la boca sin muchas florituras y cuando lo tuvo encima de las sábanas, completamente desnudo y a su merced, se le puso encima y propició que la penetrara con un movimiento preciso, demoledor, porque era mucho más de lo que esperaba, y gimió al borde de un orgasmo antes de que sus caderas pudieran reaccionar.

Paddy sonrió sobre su boca, la agarró por el trasero con las dos manos y, sin dejar de penetrarla, la giró en la cama y se le puso encima. Todo lo demás fue un no parar, como locos y como jamás lo había hecho con nadie. Con un estilo canalla y algo salvaje que la dejó jadeando y con los ojos llenos de lágrimas cuando llegaron juntos a un primer clímax largo y potentísimo que la hizo, literalmente, gruñir pegada a su cuello.

–Úrsula... –sintió que le acariciaba el pelo y abrió los ojos. Era de día, porque la luz entraba por las ventanas y se acordó de que no había cerrado las cortinas antes de irse a dormir. Imposible hacerlo estando devorando a Paddy el Guapo hasta la madrugada. Giró, se tapó con el edredón y lo miró a los ojos. Ya estaba vestido, con el abrigo puesto y sujetaba una tarjeta con los dedos–, buenos días, tengo que irme.

–Claro, ¿qué hora es?

–Las ocho, tengo trabajo, toma. –Le entregó la tarjeta, se acercó para darle un beso rápido en la mejilla y se puso de pie–. Llámate tú, no tengo tu número y tengo prisa.

–Vale, adiós.

–Adiós. –Le guiñó un ojo antes de abrir la puerta, salió, cerró despacio y Úrsula sonrió con el cuerpo agradablemente dolorido, se pasó la mano por el pelo y se echó a reír.

Capítulo 15

Llevar el departamento de logística y suministros de O'Keefe e Hijos era a veces un verdadero fastidio. Todo problemas, y, aunque no quería ejercer oficialmente como jefe de mando medio en la empresa y ni siquiera quería tener despacho propio en la oficina, no hacía más que asumir responsabilidades, tapar agujeros y dedicarse poco a lo que lo había hecho volver a Irlanda: buscar un equipo de fútbol para empezar a entrenar.

El curso de entrenador lo había hecho en Inglaterra y todo eran parabienes de parte de sus profesores y muchas promesas vacías que, lo sabía fehacientemente, no se concretarían jamás. Al no haber jugado nunca al fútbol profesional tenía pocas puertas abiertas en un medio tan cerrado como ese, además era muy joven, había cumplido veintisiete años a mediados de septiembre y lo normal en esos casos es que estuviera en activo como jugador, no como entrenador profesional, y empezaba a desesperarse.

Hacía un año que había contratado a un agente de primer nivel para que llevara sus asuntos, Bill Harper, y gracias a él había hecho dos entrevistas en clubes de segunda división en Inglaterra, para colaborar como segundo entrenador, y en Escocia, también uno en Gales, pero no conseguía entrar ni trabajando gratis, así que estaba pensando en olvidarse del tema durante unos meses y concentrarse en su trabajo en la empresa familiar, en sus entrenamientos con su equipo habitual de rugby y, por supuesto, en el boxeo.

Boxeo... se apartó de la mesa de la sala de reuniones de O'Keefe e Hijos, donde estaba revisando un montón de papeles, y se apoyó en la butaca mirando hacia la calle. Estaba lloviendo, eran ya las cuatro y media de la tarde, y Úrsula seguía sin llamar, un día y medio después de haberla dejado en la cama, ella no llamaba y obviamente estaba en su derecho, pero le comía la curiosidad, igual no volvía a aparecer y todo se quedaba en un polvo y poco más. No lo sabía, ella no parecía de esas, pero le había dicho que acababa de romper con el novio y seguramente no estaba para complicarse la vida, lo habitual en esos casos, y normalmente él no se comía el coco con ese tipo de chorradas, así que estaba muy asombrado de que le importara la dichosa llamada, con la cantidad de trabajo que tenía encima.

Por supuesto, jamás se negaba a pasar la noche con una chica, nunca, como tampoco le daba por seducir mujeres e intentar llevárselas a la cama, eso se lo dejaba a ellas, que eran expertas en echar el lazo y dejarte a su merced en un abrir y cerrar de ojos, así que con Úrsula tampoco había sido diferente. Era obvio que le gustaba, desde el minuto uno notó que se ponía nerviosa cuando la miraba o le dirigía la palabra, y durante el viaje a Kilkenny pudo comprobar que a él también le gustaba, era inteligente, lista, con cientos de inquietudes, divertida y atenta, prestaba atención a todo y se reía con facilidad, además, estaba buenísima. Sin embargo, que fuera una chica guapa era lo de menos porque habitualmente le iban las chicas guapas, lo mejor de Úrsula no es que fuera preciosa, es que era natural, no llevaba maquillaje, se perfumaba poco y se miraba menos en los espejos. Era la típica tía saludable y llena de energía que disfrutaba del deporte y la actividad, y ese tipo de chicas eran precisamente las que a él le ponían a cien.

En los Estados Unidos había conocido a dos o tres de ese perfil y las dos o tres casi le hacen perder el norte. No había nada mejor que compartir una maratón o un entrenamiento con una chica a la que luego te podías llevar a la cama. Aquello le parecía sublime y en cuanto vio a Úrsula boxeando en el gimnasio pensó que era un buen fichaje, para qué lo iba a negar, pero no había vuelto a pensar en ella hasta que la vio en casa de su padre y, después, cuando la llevó a Kilkenny y pudieron hablar y mirarse con tranquilidad.

Así pues, que la despedida se transformara en una noche de sexo no le sorprendió. Estaba preparado para eso y dejarse llevar le costó poco, ella dio el primer paso, sí, pero de una forma bastante sexy, y no porque fuera una pantera devora hombres, sino por todo lo contrario. Estaba nerviosa y parecía gustarle de verdad, así que imposible no entrar al trapo y pasárselo estupendamente con ella en ese apartamentito diminuto en el que vivía. Había estado a la altura de sus expectativas y fue muy agradable hacer el amor con alguien así, que era muy natural, silenciosa e intensa, muy apasionada, nada excéntrica ni sofisticada, alguien que no necesitaba chillar o mirarse todo el tiempo en un espejo para comprobar lo buena que se veía follando con él.

Sus últimas conquistas habían sido modelos-actrices muy peculiares, buenísimas, pero muy locas. En muchas primeras citas había acabado en la cama haciendo malabarismos, satisfaciendo todo tipo de caprichos y, aunque aquello era muy excitante, siempre terminaba desorientado y agotado. Incluso con Andrea, con la que llevaba quedando dos meses, se sentía ajeno al final de todo el ceremonial, y como ella era de esas a las que le gustaba hacerlo delante de un espejo o, en su defecto, delante de una ventana o cualquier cristal que pudiera devolverle su imagen desnuda y teniendo relaciones sexuales como una desesperada, la cosa empeoraba. Su primo Brian siempre decía que había gente que follaba con ella misma, aunque estuviera acompañada, que por eso se deleitaban mirándose, y era verdad, eso lo había experimentado ya muchas veces y necesitaba otra cosa, necesitaba normalidad, y, si parecía muy carca o muy aburrida la idea, le daba igual, era lo que quería, al fin y al cabo, venía de vuelta de todo y hasta de eso un tío se podía cansar.

A esas alturas del partido había tenido todo tipo de novias, ligues y rollos, no necesitaba mucho para estar satisfecho, solo quería estar con alguien agradable, que le gustara y con la que pudiera tener buen sexo sin dejarse la piel en el intento. No quería dramas, gritos, prácticas sadomasoquistas o tener que follar en el baño de un bar para excitarse más, ya había pasado por todo eso de largo, había ido y vuelto varias veces, y le apetecía algo más sencillo. Llevaba algún tiempo pensando en que era hora de poner el freno y experimentar otra historia con alguien más normal, alguien como Úrsula, con la que había hecho el amor dos veces en una noche, muy a gusto y sin adornos, simplemente habían disfrutado el uno del otro y en paz.

Ahora solo faltaba que ella llamara, diera señales de vida y pudieran volver a quedar, aunque si no lo hacía, tampoco pasaba nada.

—Paddy, qué suerte que te pillo aquí...

—Hey ¿qué tal? –Vio entrar a su padre con una carpeta y delante de él a Liam con su mochila–. Pues estoy de milagro.

—Necesito que alguien revise estos papeles y si lo haces tú mucho mejor... iba camino de casa y los del Golden Belfast me saltan con esto. No puedo estar encima de todo.

—¿Qué ha pasado? Hola, enano. –Le dio un beso en la cabeza cuando el pequeñajo se le acercó para saludar y lo sentó a su lado mientras su padre le enseñaba los papeles de una orden de suministros, de la obra que estaban haciendo en un hotel de Belfast, donde faltaba un montón del material encargado–. Esto no lo llevo yo.

—Lo sé, pero necesito que lo revises y, de ahora en adelante, si hay cualquier problema, que se pongan en contacto contigo. Sean anda en sus cosas y todo está manga por hombro.

—Vale, perfecto, no pasa nada –miró como Liam se apoyaba en la mesa y le sonrió–, ¿de dónde venís?

—De un cumpleaños, Manuela ya está en casa con Michael y Aidan y...

—Vale, vale, tranqui, tío, que yo me hago cargo.

—Tío... –repitió Liam y se echó a reír a carcajadas. Su padre suspiró y se puso las manos en las caderas sonriendo también.

—Ok, de acuerdo, gracias. Venga, cachorrito, nos vamos a casa, mamá nos está esperando...

–Señor O'Keefe –uno de los asistentes junior del despacho se asomó y le enseñó unos papeles–, ya que ha venido necesito que me firme esto, se lo iba a mandar a La Marquise, pero...

–Muy bien, de qué se trata... –Se sentó para leer los documentos y Paddy miró como Liam sacaba de su mochilita un cuaderno para pintar. Los tres niños estaban tan acostumbrados a que sus padres se liaran continuamente con el trabajo, que no protestaban jamás y en seguida buscaban entretenimiento, eran unos críos buenísimos. Sonrió y se acercó para revolverle el pelo rubio.

–¿De quién era el cumple?

–De Kevin Moore.

–¿Y cuántos cumplía?

–Seis.

–Pero si es mayor que tú.

–Sí, había pizza y Coca Cola.

–Vaya festín, ¿eh?

–Y muchas chuches...

–¿Paddy? –La secretaria entró y les sonrió mirando a Liam–. Lo siento, una llamada por la línea uno, no funciona la centralita.

–Gracias. Espera, pequeñajo... –Le guiñó un ojo y contestó al teléfono fijo–. Patrick O'Keefe.

–¿Paddy?

–Sí, ¿quién es?

–Soy Úrsula.

–¡Hey! Hola, ¿qué tal? –Le encantó oírla y se levantó para mirar por el ventanal que daba a la calle Dame.

–No sabía si llamarte al móvil o al fijo y opté por este, ¿cómo estás?

–Bien, pero llámame siempre al móvil, es un milagro que me pillaras aquí.

–Vale, pues siento no haberte llamado ayer, no sabes lo que me ha pasado, es de locos y estoy al borde de un ataque de nervios…

–¿Qué ha pasado?, ¿estás bien?

–Sí, estoy bien, gracias, pero ayer mis jefes mandaron a los niños a Dublín. Mi jefa me llamó desde Nueva York cuando acababa de facturarlos en un avión, sin contar con si yo estaba o no aquí, o si ya tenía otro trabajo o…

–La madre que los parió. –En Kilkenny ya les había contado sus problemas con esa familia y movió la cabeza, muy sorprendido de que la gente hiciera esas cosas.

–Así que tuve que ir a recogerlos, hacer una compra, arreglar un poco la casa, prepararlos para el cole… en fin.

–Pues menudo fastidio, lo siento mucho.

–Sí, bueno y quería volver a verte, pero ahora tengo a los niños y me han puesto la vida del revés, incluso tengo que dormir en la casa porque no los puedo dejar solos.

–No te preocupes, ya nos veremos.

–Ya han vuelto al colegio y a las clases extraescolares y algo de tiempo tendré, pero realmente no sé…

–No te preocupes, en serio, no pasa nada.

–Vale… –se hizo un silencio y se volvió para ver como su padre cogía en brazos a Liam para comérselo a besos ante la mirada del asistente y la secretaria, que le estaban diciendo un montón de piropos–, me apetecía mucho…

–Y a mí también, pero no te preocupes, ya te llamo yo, ¿vale?, tú tranquila. Dame tu número. –Agarró el móvil y lo apuntó viendo entrar una llamada de Andrea, la puso en espera y volvió a hablar con Úrsula–. Te llamaré.

–Estupendo, hasta otra. Un beso.

–Un beso, adiós. –Pulsó el móvil y dejó entrar la llamada–. Hola, preciosa.

–Hola, cariño, ¿vienes a buscarme?, podríamos tomar algo por aquí y luego…

–Bueno, yo… –se pasó la mano por la cara calibrando realmente las ganas que tenía de ir a Killiney y decidió rápido–, no puedo, lo siento, tengo mucho trabajo.

–¿En serio?

–En serio, mañana te llamo.

–Mañana me voy a Londres, ¿no me vas a llevar al aeropuerto?

–Tampoco puedo, seguramente tendré que ir a Belfast por un tema de la empresa y….

–Joder, tío, me haces una faena.

–Lo siento, es una crisis de última hora.

–Vale, pues, adiós, ya te llamaré.

–Ok… –Colgó y se acercó a su padre para quitarle a Liam, se lo cargó al hombro y los acompañó hasta la puerta principal–. ¿Ya te vas, enano?

–Sí.

–¿No te vienes a cenar, Paddy? –preguntó su padre y él negó con la cabeza pensando en la faena que le estaban haciendo a Úrsula, igual hasta era ilegal y necesitaba consultarlo con un abogado.

–No, gracias, voy a solucionar lo de Belfast y mañana iré a verlo personalmente si hace falta. –Le entregó al niño y le palmoteó la espalda–. Adiós. Hasta luego, Liam. Mañana, si puedo, voy a veros.

–Vale –le dijo él con una gran sonrisa y bien agarrado al cuello de su padre. Los vio desaparecer en el ascensor, les dijo adiós con la mano y decidió regresar al trabajo.

Capítulo 16

—No puede ser normal, no me digas que esto es normal. —Miró a Marina Pujol y ella se encogió de hombros. Como responsable de la agencia de *au pairs* obviamente solo podía intentar apagar fuegos, pero Úrsula estaba cada vez más cabreada con esa actitud suya tan poco solidaria.

—A ti te contrataron para cuidar a sus hijos y eso haces.

—Renuncié antes de las Navidades. Francis Donnelly me aseguró que me podría marchar en cuanto regresara de España, me hacen volver antes de tiempo, aunque ellos estaban en los Estados Unidos, me obligan a esperarlos y en medio del lío me mandan a sus hijos como si fueran un par de maletas... ¿en serio te parece bien?

—Estás trabajando, tienes un techo y no tienes que aguantar a tus jefes, es un buen trato, cuando vengan ya arreglaréis cuentas.

—¿Y qué pasa con los Kavanagh?

—Estamos a diez de enero y no pienso correr riesgos, les mandaré a otra chica española que acaba de llegar.

—¿Me voy a quedar sin ese trabajo?

—Mira, Úrsula, es lo que hay, no sé qué quieres que haga.

—Quisiera que te pusieras de mi parte por una vez e hicieras algo por mí, como llamar a los Donnelly para presionarlos y explicarles lo irregular que es todo esto, deberían volver lo antes posible. Un poco de tu ayuda no estaría mal.

—Cuando vengan...

—Cuando vengan yo ya no tendré otro curro y con tu apoyo seguro que me tengo que quedar en esa casa aguantando sus chorradas, así que... —se puso de pie y agarró la mochila—, mi acuerdo contigo se rompe desde este momento también, ya no necesito de tus servicios. Voy a esperar a que esta gentuza vuelva, agarraré mis cosas y me buscaré la vida por mi cuenta.

—No puedes hacer eso, tenemos un contrato...

—Demándame —le dijo abriendo la puerta para salir de ahí a la carrera. Tenía muchas ganas de echarse a llorar, pero no pensaba hacerlo delante de esa capulla insolidaria.

Llegó andando al Trinity College y se quedó a la puerta de su facultad sin ánimos de entrar. Llevaba dos días de locos, con una angustia tremenda partiéndola por la mitad, así que no estaba para entrar en clase y aprovechar la mañana, giró sobre sus talones, se cerró el abrigo y decidió ir al gimnasio. Un poco de ejercicio le vendría bien y seguro que conseguía centrarla.

Tras pasar una noche de cine con Paddy el Guapo, al que ya no pensaba llamar más así porque era infantil y estúpido, se había despertado en una verdadera nube. Haber sido capaz de invitarlo a casa y meterlo en su cama la primera vez que salían juntos, y no en una cita precisamente, había sido lo más osado que había hecho en toda su vida y estaba encantada. Él había accedido y todo había salido tal y como cabía de esperar: maravillosamente bien.

Paddy era un tío con experiencia, se le veía venir, tenía más tablas que ningún otro chico con el que hubiese estado antes, y había hecho con ella lo que se le había antojado, para su propio deleite, claro, porque le encantaban los hombres con pulso firme y actitud en la cama. Se pasaba la vida luchando por sus derechos y reivindicando su capacidad como mujer fuerte e independiente en todos los ámbitos de su existencia, sí, pero en la cama le ponían los hombres con personalidad y un poco de chulería, con autoridad, vamos, aunque fuera al principio, y se había divertido un montón con él.

Estaba buenísimo, con ese cuerpazo de tío sano y deportista, sin tatuajes ni cosas raras, solo con tres o cuatro cicatrices del rugby o el boxeo, marcas súper sexys que se dedicó a besar y lamer con devoción en cuanto lo tuvo satisfecho y relajado a su lado. Él se había dejado hacer y luego había vuelto a la carga, habían hecho el amor dos veces en una noche y se había quedado flipando. Era muy raro, pero sentía como si lo conociera de toda la vida y había estado muy cómoda con él... además era tan, tan guapo, con esos ojazos y esa sonrisa... y no se había cansado de mirarlo y acariciarlo, oliendo ese aroma delicioso que desprendía. ¡Señor!, Paddy O'Keefe Jr. era un diez y esperaba no perderlo de vista nunca más.

Sin embargo, y como venía siendo habitual en su vida los últimos meses, nada podía ir del todo bien y esa mañana, en cuanto despidió a Paddy, durmió un poco, se metió en la ducha y se preparó para desayunar, Beatrice, con su descaro habitual, la llamó desde Nueva York para avisarle que los pequeños acababan de subirse a un avión con destino Dublín y que llegaban en unas nueve horas a casa.

—¿Cómo dices?

—Ya van camino de Irlanda, tienes tiempo suficiente para ir a recogerlos al aeropuerto.

—¿En serio?, ¿y qué pasaría si no puedo?, ¿si ya estoy en otro trabajo?

—Mira, ¿estás en casa o no?

—Sí, pero...

—Vale, pues haz tu puto trabajo y déjame en paz, hemos pasado unos días muy preocupados por Francis y no puedo ocuparme también de ti. Tú solo cuida de los niños, no pueden seguir perdiendo colegio y ya está. Adiós.

Y eso fue todo, no le volvió a coger el móvil y tuvo que hacer lo único sensato que le quedaba por hacer, ir al aeropuerto y llevar a Tommy y Evan a casa, no sin antes limpiar un poco y hacer la compra para esperarlos con algo de normalidad. Una verdadera locura, ¿qué padres podían hacer eso y sin contar con que su niñera estuviera dispuesta? Solo unos padres como los Donnelly, que eran de lo peor que había conocido en su vida, un completo desastre, una gente a la que sería fácil denunciar a los servicios sociales, aunque, obviamente, no lo hizo.

Con esa carga de responsabilidad extra pasó más de un día sin poder llamar a Paddy, aunque no dejara de pensar en él, y en cuanto tuvo un segundo lo llamó al trabajo, O'Keefe e Hijos, y él respondió muy sexy: «Patrick O'Keefe». ¡Señor! solo oír su voz la dejó muda, pero se mantuvo serena, respiró hondo y le explicó sus circunstancias. Era jodido, pero tendrían que esperar para verse, solo esperaba que él no se aburriera y pasara inmediatamente de ella, al fin y al cabo, apenas se conocían, no eran amigos, y él, seguramente, tendría cosas mucho más interesantes que hacer, que esperar la llamada de una niñera ocupada y estresada sin tiempo para nada.

Una pena, una verdadera lástima, porque además de todo eso, tenía otras cosas importantes que solucionar. Oficialmente sin el trabajo en Dalkey con la familia Kavanagh, en la práctica estaba sin casa y sin empleo, así que le tocaba encontrar alojamiento antes de que regresaran Beatrice y Francis de los Estados Unidos, y no quería algo provisional, quería algo más permanente. Desde su nueva casa podría buscar otro trabajo, tal vez no cuidando niños, sino dando clases de español o como camarera, no estaba claro, la cuestión primordial era encontrar un techo y luego ya solucionaría lo del curro. Sus padres, a los que, por supuesto, no contaba nada de sus desvelos laborales, se habían ofrecido muchas veces a pagarle una residencia, podían permitírselo de sobra, era hija única y además estaba estudiando, no andaba de juega en Irlanda y tal vez, en último caso, sería la solución más acertada. Eso le permitiría dedicarse de lleno a la universidad, que desde que estaba en Dublín, trabajando en esa casa, había pasado al último lugar de sus prioridades. Le había costado mucho entrar al Trinity College, conseguir una beca y no podía permitirse el lujo de seguir perdiendo el tiempo, agobiada con problemas ajenos, no podía, no quería y algo tendría que cambiar de manera radical, y ya, antes de que se volviera majara de verdad.

–Necesitas que alguien te sujete el saco. –Paró el golpe y miró a su derecha, Paddy en persona había agarrado el enorme saco de boxeo y le sonreía de oreja a oreja.

Sintió como perdía el aire de los pulmones y dio un paso atrás. Ni siquiera se había enterado de su última hora allí, completamente concentrada en el ejercicio, y le pareció maravilloso que fuera él el que interrumpiera su entrenamiento.

—¡Hola!, no te oí llegar.

—Ya veo que estás muy concentrada, ¿qué tal?

—Bueno, ya sabes, pero bien ¿y tú?, ¿no entrenas? —Miró su ropa de calle, esos vaqueros tan monos y su jersey de punto azul marino y él negó con la cabeza.

—A esta hora no, vine para hablar con mi tío Sean y me asomé a ver si te veía. He tenido suerte. —Ella se arregló el pelo sintiendo como le subían los colores y él sonrió—. ¿Ya has acabado?

—Sí, bueno, llevo al menos una hora, pensaba quedarme un rato más, pero… ¿no quieres cambiarte y hacer un poquito de *sparring* conmigo?

—No peleo con chicas.

—Es solo un entrenamiento, venga.

—No, pero si quieres, vamos a tomar algo y charlamos.

—¿En serio? —miró la hora y comprobó que eran las once de la mañana—, ¿no tienes trabajo?

—Ahora no, mi tío se ocupa.

—Vale, genial, pues espérame un momento, me ducho y…

—No te duches aquí, dúchate en mi casa.

Cómo o cuándo llegó al piso que Paddy tenía en St. Stephens Green fue irrelevante. En cuanto él le dijo aquella frase tan sexy agarró su mochila y lo siguió al jeep, entraron en el parking subterráneo de su edificio y lo besó, no pudo aguantarse y lo agarró por la cara para darle un beso y salieron así, besándose, hasta el ascensor y luego hasta su casa, y finalmente cuando la agarró por las caderas y la sentó encima de la barra de su cocina americana, ella paró de besarlo y lo observó con la respiración agitada, deleitándose en cómo se quitaba el jersey y se abría los botones de los vaqueros, y en cómo la agarraba con propiedad por la cintura para pegarla a él y penetrarla sin ningún miramiento. Era todo lo que quería y necesitaba en ese momento y se entregó a una sucesión de deliciosos orgasmos que la hicieron llorar de pura felicidad.

–Tienes una casa muy bonita –acabó de ducharse, se envolvió en un albornoz que encontró en el armarito de su precioso baño inmaculado y se fue al salón, donde él había puesto la mesa con un montón de comida. Estaba desnudo, pero se había enrollado una toalla alrededor de las caderas y le pareció el tipo más adorable y más guapo de todo el universo–, ¿cómo la mantienes tan limpia y ordenada?

–Alguien viene a limpiar tres veces por semana. Venga, siéntate y come algo, me muero de hambre.

–Gracias –se sentó y se apoyó en el respaldo de la silla cogiendo un sándwich de pan integral con jamón y queso–, está muy rico, muchas gracias.

–¿A qué hora tienes que recoger a los niños?

–A las tres y media –miró la hora–. La una y media, aún tengo tiempo.

–Genial... ¿has hablado con tus jefes?

–No cogen el teléfono y he hablado con la responsable de la empresa que me colocó en esa casa y hemos acabado fatal, al final he roto el contrato con ella. En cuanto vuelvan los Donnelly me voy a vivir a un piso compartido o algo así y buscaré otro tipo de trabajo.

–Bueno, eso es muy buena idea, ¿no?

—Sí, porque creo que lo de vivir permanentemente con una familia es un riesgo y no pienso volver a pasar por eso, lo importante es mi curso en el Trinity College y si quiero acabarlo bien, necesito un poco de tranquilidad. Pensé que era una idea excelente lo de ser *au pair*, porque me ahorraba la casa y la comida, pero está visto que no funciona, al menos no a mí, que tengo una suerte últimamente qué... —levantó la vista y miró sus preciosos ojos celestes, estaba sonriendo y se calló de golpe—, lo siento, siento soltarte este rollo.

—No me importa.

—Es que no he hablado con nadie sobre todo esto y bueno, lo siento...

—¿Con nadie?

—No, no he querido preocupar a mis padres, ni a mis amigas de España y...

—¿Tus padres no saben lo que ocurre?

—No, no quiero preocuparlos, ellos querían que viniera a una residencia, pagada por ellos, y me negué, no quería abusar ¿sabes?, tengo veinticuatro años y ya es hora de que empiece a ser independiente.

—Pero son tus padres, no creo que les importe ayudarte a seguir estudiando.

—No, pero... —suspiró— cuando estaba en el colegio me pagaron un curso entero en los Estados Unidos, luego quise estudiar fuera de casa y me pagaron todo en Salamanca, también hice un curso de Erasmus en Italia, más muchos veranos en Londres o... en fin... acabada la universidad no me parece justo seguir cargándolos con mis decisiones.

—Son tus padres. ¿Tienes muchos hermanos?

—No, soy hija única.

—Entonces no veo el problema, yo no tengo hijos, pero mataría por darles lo mejor a Michael, Liam o Aidan, es lo natural, es lo que hacen las familias, Úrsula.

—Ya, pero, no sé... no quiero...

—Deberías dejarte ayudar.

—No sé... –repitió y meditó por primera vez, seriamente, en esa posibilidad, tal vez debería dejarse de chorradas y orgullos raros y aceptar un poco de ayuda. Javi se lo había dicho muchas veces y siempre le había parecido una estupidez, pero en boca de Paddy el consejo sonaba de lo más razonable–, a lo mejor tienes razón.

—Siempre la tengo. –Le guiñó un ojo y se apoyó en su silla con una sonrisa de oreja a oreja. Úrsula parpadeó, sintiendo que otra vez quería comérselo entero, pero carraspeó y cambió el tema.

—¿Qué pasa con el boxeo sin guantes?

—¿Qué? –Soltó una carcajada–. ¿Qué va a pasar?

—He oído que eres campeón de boxeo sin guantes, me gustaría ir a uno de esos combates.

—No es lugar para ti.

—¿Ah no?, ¿y eso por qué?

—Porque va gente muy rara.

—¿En serio?, ¿y qué opina tu familia de que tú te metas en eso?

—¿Mi familia? –Volvió a reírse y ella movió la cabeza.

—¿Qué?

—Mi familia lleva doscientos años participando en ese tipo de combates, mis tatarabuelos ya recorrían el Reino Unido e Irlanda, de arriba abajo, peleando por dinero.

—¿En serio?, ¿y tu padre?

—Mi padre, mi abuelo, mis tíos, algunos primos, todos ellos... aunque mi padre hace años que lo dejó, desde que conoció a Manuela, ella no está muy de acuerdo con todo eso y decidió retirarse.

—¿En serio? —repitió, rememorando la pinta elegante y apacible de Patrick O'Keefe, en realidad de toda la familia, y no pudo evitar seguir preguntando—. ¿Es verdad que es ilegal, que no se considera boxeo regulado? ¿Que hay apuestas y...?

—Ya sabes lo que dicen: «Si no hay jueces, ni guantes, no es boxeo», así que se podría decir que sí, que muy legal no es. —Se levantó de la mesa y Úrsula decidió seguirlo a la cocina.

—¿Y las apuestas?

—Hay apuestas, como en casi todos los deportes que conozco.

—Ya, pero se dice que estas son multimillonarias.

—¿Quién lo dice?

—Lo he leído y mi no... mi exnovio me dijo que...

—¿Tu exnovio?, ¿le gustaba el boxeo sin guantes?

—No, para nada, no es aficionado a ningún deporte, salvo al fútbol y solo para verlo en la tele...

—Ah... —Se giró y le regaló una enorme sonrisa—. ¿Seguimos hablando o volvemos a la cama, Úrsula?

—¿No quieres hablar del tema? Tengo curiosidad.

—Prefiero hacer otras cosas... —La agarró con facilidad y se la echó al hombro como un saco de patatas, la llevó al dormitorio y la tiró encima de la cama mientras ella se moría de la risa.

—¿Es un secreto?

—¿El qué...?

—Lo del boxeo sin guantes.

—Nah, simplemente no me apetece hablar de eso contigo...

–No te apetece hablar de eso conmigo, tampoco te apetece entrenar conmigo, ¿qué más cosas no harás conmigo?... no sé, para tenerlo en cuenta. –Le guiñó un ojo y él se acarició la barbilla, pensativo.

–Mmm... jamás te dejaré conducir mi jeep y ahora, señorita, no te dejaré marchar sin volver a ver esa mariposa tan sexy...

–¿Eres de los que no deja el coche?

–Sí... –Le abrió el albornoz y le acarició el vientre con la mano abierta, se detuvo en la mariposa diminuta que tenía tatuada en la ingle, se la recorrió con un dedo y ella sintió igual que una descarga eléctrica, sacudiéndola de arriba abajo, por todo el cuerpo–. ¡Dios!, me encanta.

–Me gustaría mucho ir a un combate.

–Schh...

–Es casi curiosidad profesional, yo también boxeo, ¿sabes?, puedo pagar mi entrada.

–¿Y puedes quedarte calladita un rato?

–¿Hablo demasiado?

–Pues sí... –sonrió con picardía y se acomodó entre sus piernas–, y si insistes en seguir de cháchara, Úrsula, te voy a castigar de cara a la pared.

Capítulo 17

Era increíble que la gente llamara a eso «apartamento» y metiera a vivir a sus empleados allí, pensó, recorriendo la «casita» externa que los Donnelly tenían destinada a sus niñeras y que era donde vivía Úrsula desde hacía más de cuatro meses. Según ella le explicó, ese «apartamento» fuera de la vivienda principal era precisamente el mayor reclamo que aquella familia tenía a la hora de contratar a sus *au pairs*, porque a todas les parecía maravillosa la idea de tener su propio espacio una vez finalizada la jornada laboral, y podía entenderlo, pero la realidad es que esa buhardilla mal iluminada de encima del garaje, era una miniatura fría y húmeda, muy mal acabada y una chapuza considerable.

Caminó por la estancia mirando los fallos de construcción. La ventana principal estaba torcida, el suelo, alfombrado con la moqueta de peor calidad, estaba desnivelado, los rodapiés desconchados y la pintura de las paredes era plástica, de piscina, lo que le hizo imaginar que la habían sacado de algún sobrante de otra obra. Una pena. Además, solo podía andar erguido hasta la mitad de la habitación, porque estaba abuhardillada de manera brusca y radical y a mitad de camino ya se tenía que agachar si no quería darse con el techo. Desde luego, si esa obra hubiese sido suya, la habría hecho demoler de arriba abajo, no se podía salvar nada, absolutamente nada y era obvio que los Donnelly habían encargado el asunto a un aficionado o a un cuñado al que le gustaba el bricolaje, porque un profesional medianamente cualificado no habría entregado algo así ni gratis.

Se fue al cuarto de baño y encendió la luz, no tenía ventana y disponía de un plato de ducha más pequeño de lo normal, lavabo y una taza también de las más baratas, claro que Úrsula lo tenía todo limpísimo y ordenado, con una cortina colorida y velas aromáticas, lo mismo la cocina americana, donde disponía de un infiernillo eléctrico y cafetera, así como de una mini nevera y un armarito con servicio para dos. Todo era lamentable, a ojos de un profesional de la construcción y las reformas como él, pero ella lo había convertido en su hogar y en el fondo era acogedor, muy en el fondo, porque no podía dejar de sentir que en cualquier momento se vendría abajo y acabaría en el jardín, en medio de los escombros. Era increíble que la primera, y única, noche que había pasado allí no se hubiese fijado en nada de aquel desbarajuste, mejor, porque si lo hubiese hecho, habría salido corriendo.

Afortunadamente, a Úrsula solo le quedaban veinticuatro horas en esa casa, los Donnelly llegaban el veintidós de enero y entonces ella podría coger sus cosas y mudarse a la residencia de estudiantes que había conseguido en la universidad.

Hacía doce días que estaba sola a cargo de los niños y las cosas habían cambiado bastante. Tras hablar por primera vez con ella de ese tema que la angustiaba tanto, le hizo caso y se lo contó a sus padres, dos días después su madre se presentó en Dublín para abrazarla y ocuparse personalmente de su dilema laboral. No podía dejar solos a los niños Donnelly, pero sí la ayudó a conseguir una residencia de estudiantes, una bastante cara, en el campus del Trinity College, y la dejó pagada y lista para que ella se mudara allí en cuanto se librara de sus responsabilidades como *au pair*. Una verdadera suerte, y aunque Úrsula le confesó que no estaba muy orgullosa de que su madre fuera la que apareciera por allí apagando fuegos, aceptó la ayuda, y ya quedaba poco para que empezara de cero y en una habitación, estaba convencido, bastante más confortable y segura que esa.

En cuanto a lo suyo, todo iba viento en popa. Los últimos doce días no se habían dejado de ver. Por supuesto no podía quedarse con ella en su casa y ella tampoco podía ir a su piso después de las tres de la tarde, pero se las habían arreglado para encontrarse, siempre sin proponérselo, por las mañanas, y pasaban un par de horas juntos, haciendo el amor como locos, porque ella era una tía bastante normal, sí, sin gustos raros, sí, pero muy apasionada y muy caliente, y lo estaba volviendo loco. Hacía tiempo que no compartía una intimidad tan potente con alguien y lo tenía medio tarumba, se pasaba el día pensando en esa piel de terciopelo que tenía, en sus besos largos y juguetones, en cómo se desinhibía tanto con él, mientras en su vida normal parecía una chica tímida y tan comedida. Era un peligro cada vez que se le ponía a tiro y se lo estaban pasando genial.

Incluso con su madre en Irlanda, ella buscó tiempo para verlo y un día acabaron haciendo el amor en el cuarto de baño de La Marquise, mientras su madre hablaba con

Manuela en su despacho y él, se suponía, que no andaba por allí, porque no se la quiso presentar. Con su madre había ciertos límites, le explicó, era una mujer adorable, pero muy convencional, seria y anticuada, una señora de Valladolid muy conservadora a la que le estaba costando horrores aceptar su ruptura con el novio de toda la vida, y prefería no mezclar las cosas. «Ya sé que no somos novios ni nada parecido, Paddy, pero mi madre notará que me acuesto contigo, lo sé, no se le va una y no quiero que se coma el coco», le dijo, y él lo aceptó sin rechistar porque, para ser honestos, tampoco es que le interesara demasiado conocer a la buena señora.

En resumen, llevaba unos días estupendos junto a la señorita Úrsula Suárez Alonso, se había olvidado de sus preocupaciones laborales en el mundo del deporte, de la familia de Derry, que llevaba semanas sin dar señales de vida, de la carga de trabajo en O'Keefe e Hijos y de todo lo demás. De repente esa aventura sexual con ella estaba eclipsando favorablemente sus cuitas domésticas y se sentía bastante a gusto. Era una tía estupenda, divertida y le gustaba cada día más.

–Grace... –contestó al móvil comprobando por la ventana que se había puesto a nevar–, ¿qué tal, prima?

–Hola, Paddy, ¿cómo te pillo?

–Bien, dime, ¿qué pasa?

–No pasa nada, solo quería saber de tu vida.

–Gracias, todo perfecto –se sentó en la silla que Úrsula tenía frente a su diminuto escritorio y miró sus libros de Literatura Medieval–, ¿y vosotros?

–Todo bien, con los follones de siempre. Diego dice que no vuelve a salir de Nueva York en diez años, porque todo se va al carajo si no estamos aquí.

—Suele ocurrir.
—¿Y qué tal con Úrsula?
—¿Qué?, ¿con Úrsula? —se extrañó de la pregunta y abrió un facsímil escrito en inglés antiguo— , ¿por qué lo preguntas?
—¿No la has seguido viendo?
—Sí. —Se rindió al instante, sabiendo que con Grace no podría disimular y suspiró.
—¡Lo sabía!, y Diego diciéndome que estaba loca. Era obvio que había mucha química entre vosotros... si es que soy muy buena, debería poner una agencia de contactos.
—No corras tanto que solo somos amigos.
—¿Pero con derecho a roce, no?
—Ay, Gracie, en serio...
—No me vengas con chorradas, ¿te acuestas con ella o no?
—Un caballero...
—Genial, claro que sí, si es que lo sabía y me alegro un montón. Nos encantó Úrsula, es una chica guapísima, tan inteligente y culta, ¿no?, a Diego y a mí nos dejó flipando con todo eso que estudia... y me hace mucha ilusión verte con una chica lista y normal, por una vez, colgando del brazo.
—Vaya por Dios, qué pesadita eres, ya te digo que solo somos amigos.
—De momento, tiempo al tiempo.
—Estás chiflada. ¿No tienes trabajo?
—¿Y no te la llevas a París?
—¿A París?, ¿a la inauguración? No, claro que no.
—¿Por qué no?, sería un comienzo muy romántico.
—Solo somos amigos, Grace, la acabo de conocer y...

—La tía Manuela la conoce desde hace meses y que solo seáis amigos es irrelevante, te he visto hacer cosas mucho más serias por tías a las que conocías de una hora... invítala a París, será divertido y como nosotros no podemos ir, hacéis bulto.

—Señor —se puso de pie y miró otra vez por la ventana, la nieve caía con fuerza sobre el jardín, era noche cerrada y hacía un frío de muerte—, te voy a colgar, prima.

—Tú invítala a París, compórtate como un caballero, que es una tía muy guay... y otra cosa, Paddy.

—¿Qué?

—¿Sabes si la tía Manuela está embarazada?

—¿Embarazada?, no, ¿por qué?

—Mi madre y la abuela creen que está embarazada otra vez. ¿No has notado nada?, ¿al tío Paddy más feliz de lo normal o algo?

—La verdad es que no y anoche cené con ellos.

—Pues sería estupendo y, si Dios quiere, podría ser una niña.

—No tengo ni idea, pero mi padre siempre dice que tener una niña no le permitiría volver a dormir en paz y, si te soy sincero, a mí tampoco.

—Oh Dios, qué idiotas sois... y machistas, esa es la mala conciencia que tenéis...

—Tal vez...

—Vale, te dejo, si sabes algo avísame y saludos a Úrsula.

—Ok, lo mismo para Diego, adiós. —Colgó, se giró hacia la puerta y vio entrar a Úrsula a la carrera y sacudiéndose el pelo cubierto de nieve—. ¡Hey!

—Hola, al fin, siento la espera. —Se quitó el abrigo y puso un intercomunicador de bebés encima de la mesa—. Les he dejado el móvil, pero por si acaso he conectado este cacharro, si necesitan algo me enteraré seguro. ¿Estás bien?, ¿quieres un té? Hace un frío de muerte.

—¿Te vienes a París el veintisiete de enero? —soltó sin pensar y ella se quedó quieta—. La Marquise París se inaugura el veintiocho, pero nos vamos un día antes y podemos pasar el finde allí.

—Aún no hemos ido ni al cine juntos ¿y me invitas a París? —Se echó a reír, pero él permaneció serio.

—Ya habrá tiempo de ir al cine.

—¿En serio? —se cruzó de brazos y sonrió—, no sé... ¿y qué dirá Manuela?, ¿tu padre...? ¿Por qué ellos también van, no?

—Claro que van, es su negocio, ¿te importa lo que digan?

—No, pero, no sé...

—Estarán tan liados que no se enterarán y, además, van sin niños, así que andarán a lo suyo.

—No sé, Paddy, me da un poco de vergüenza que Manuela... yo no le he dicho nada de...

—Yo sí se lo he dicho.

—¿Qué?

—Ayer, después de la cena, me lo preguntó directamente y se lo confirmé, que somos amigos y nos estamos viendo con regularidad. Se alegró bastante, la verdad.

—¿Y cómo se dio cuenta?

—Nos vio comiendo hace dos días en La Marquise. ¿Qué más da?

—Es que..., oh Dios, qué corte —soltó sincera y él sonrió.

—Venga, un finde en París no te matará, yo invito.

—¿En serio? —él asintió y ella sonrió de oreja a oreja—. Vale, gracias, me parece perfecto. Muchas gracias.

—Nah, no me des las gracias, no es nada.

—¿Cómo qué no? —se acercó y de un saltó se le abrazó al cuello—, es la primera vez en mi vida que alguien me hace una invitación así y me encanta que seas tú, Paddy... eres la leche.

—Muy bien... —La besó y se quedó con los ojos cerrados, sintiendo su aliento cálido pegado a la boca, le lamió los labios y la besó otra vez, con mucha calma. Era delicioso besarla. Deslizó la mano por su espalda, la metió por debajo del jersey y comprobó que no llevaba sujetador. Se la llevó a la cama y ella protestó—. ¿Qué pasa?

—¿No quieres un té?, he hecho unos *cupecakes* y no has tomado postre.

—Vale... —La dejó en la cama y empezó a desnudarla—. Luego tomaré un *cupecake*, ahora déjame mirarte.

—No hay mucho que ver, Paddy. —Se dobló de la risa cuando le quitó los vaqueros y se quedó hipnotizado otra vez mirando su tatuaje.

—Dios bendito, me encanta. —Lamió la mariposa, que era pequeñita y celeste, y ella arqueó la espalda suspirando. Él estiró la mano y le atrapó un pecho con la mano abierta. Percibió perfectamente el pezón erecto contra la palma y levantó la cabeza para mirarla a los ojos—. Eres preciosa, Úrsula.

—Eso se lo dirás a todas. —Le sonrió con los ojos brillantes y en ese mismo instante se desplomaron todas sus defensas. Se desabrochó los vaqueros, se pegó a ella para besarla y la penetró, soltando un quejido profundo y satisfecho, percibiendo con claridad como sus caderas respondían inmediatamente a ese balanceo delicioso y candente, lleno de energía, que le abrazaba todo el cuerpo.

Capítulo 18

Como unas castañuelas, así estaba. Agarró la maleta grande y la acercó a la puerta, la mochila también estaba preparada y los libros ya a salvo y esperando en la residencia. Genial, solo quedaba un último vistazo y se podría ir del apartamento y de la casa de los Donnelly de una buena vez.

Según lo previsto, Beatrice y Francis Donnelly aterrizaron en Dublín a las tres de la tarde y a las cuatro y media llegaron a la casa cargando unas muletas y una cara de dos metros que dejó claro que estaban muy enfadados, pero le dio igual. Los esperó con los niños en el salón, los saludó lo más cordialmente posible y cuando les pidió un momento para despedirse y salir pitando, Bea, muy solemne, le rogó que les diera un par de horas para reponerse y después podrían hablar, porque querían hablar con ella.

Muy bien, se ocupó de los niños un par de horas más y llamó a Paddy para decirle que no fuera a recogerla. Él, que era de naturaleza protectora y muy amable, se había ofrecido para acabar la mudanza. Por la mañana ya la había ayudado a llevar las cajas de libros a su nuevo cuarto, y no quería molestarlo más, pero él era así, incluso estaba muy dispuesto a estar con ella en el momento de entregar las llaves y despedirse, por si esa gente se ponía difícil, le dijo, pero ella, que no estaba acostumbrada a tanta caballerosidad, se negó en redondo.

Le encantaba esa actitud tan gentil y caballeresca que Paddy tenía con todo su entorno, sobre todo con las mujeres, le parecía adorable, pero por otra parte su alma feminista y autosuficiente oponía resistencia natural al asunto y prefería mantener ciertos límites, al fin y al cabo, se acababan de conocer, así que le dijo que se olvidara y que hiciera su vida, lo que hizo, porque acababa de mandarle un mensaje contándole que se iba de urgencia a Belfast y que seguramente estaría allí un par de días.

Estupendo, con Paddy fuera de la ecuación, llamaría a un taxi y se iría a la residencia para ordenar sus cosas, se daría un baño, cenaría y se metería en la cama para asimilar el cambio radical de vida que suponía dejar la casa de los Donnelly, empezando por olvidar los horarios draconianos, las clases extraescolares, la tremenda responsabilidad que había asumido cuidando de una casa y de unos niños que no eran suyos, sin el apoyo de nadie. Habían sido los meses más duros de su vida y estaba agotada.

Afortunadamente, se había atrevido a pedir ayuda y, como tenía unos padres estupendos, quedaba muy poco para pasar página y abandonar esa casa. Su madre había movido todos los hilos para conseguir una residencia en el campus y estaba a un tris de cerrar la puerta y no volver a mirar atrás. No podía sentirse más agradecida por contar con ellos siempre, y les había prometido relajarse y disfrutar de sus estudios y, sobre todo, no volver a ocultarles sus problemas, por muy adulta que fuera. Ahora solo le quedaba recuperar su vida, retomar a tope la universidad, el gimnasio y empezar a soñar con París.

París.

Pensar en la invitación de Paddy a París la hacía sonreír de oreja a oreja... era tan mono... ¡por Dios!, nunca había imaginado que un tiarrón como ese, guapísimo y popular, con todo el mundo a sus pies, podría ser tan tierno y tan generoso, tan adorablemente delicioso, y daba gracias a Dios todos los días por haberlo conocido, por haber tenido los arrestos de ligárselo y porque él estuviera igualmente feliz con esa amistad con derecho a roce que habían iniciado tan de prisa y sin ningún control.

Le encantaba Paddy O'Keefe Jr., adoraba el sexo con él, era estupendo lo que sentía cuando le ponía un dedo encima, cuando se acercaba o la miraba, cuando reía con esa voz profunda y cálida que Dios le había dado. Cuando lo tenía a su entera disposición, entre sus muslos, suspirando de placer y sonriendo sobre su boca. Él era un regalo, la recompensa a los últimos nefastos cuatro meses y medio que acababa de pasar, y esperaba que la relación durara, al menos el tiempo suficiente para curar heridas y volver a sentirse la tía fuerte y serena de antes, con el control de su vida y de sus emociones, y no la loca nerviosa y agotada de las últimas semanas.

Todo iba sobre ruedas. No discutían, se entendían a la perfección, dentro y fuera del dormitorio, se reían por las mismas cosas, se gustaban un montón y ella estaba muy a gusto con él. Le daba igual lo que pensara de ella porque se había vuelto una lanzada en la cama, le daba igual todo y estaba convencida de que esa desinhibición total que experimentaba con Paddy tenía que ver con los sentimientos. No estaba enamorada, no se amaban, solo se gustaban y se disfrutaban, y aquello distaba mucho de las tensiones o los malos rollos que siempre acababan surgiendo en las parejas románticas. Estaba convencida de eso y esa teoría la tranquilizaba también porque, estaba claro, Paddy no era de los tíos que se quedaban y te juraban amor eterno. Seguro que tenía miles de amigas con derecho a roce donde elegir, con las que pasar el tiempo hasta que llegara la chica perfecta, la más guapa y espectacular, el amor de su vida, esa que le pondría la vida patas arriba, y, entonces, todas las demás pasarían al olvido.

Con eso bien claro y la cabeza bien despejada, pensaba seguir viendo a Paddy y pasándolo en grande con él el tiempo que durara aquello, lo que viniera después le daba igual, total, pensaba volver a España en junio, acabado el curso y, por lo tanto, no había futuro en el que pensar, solo un presente, uno muy bueno, grandioso, en el que se lo estaba pasando genial.

Sintió vibrar el teléfono móvil y comprobó que era Beatrice, con un mensaje le anunciaba que al fin se dignaba a recibirla, así que miró por última vez el apartamentito, cogió sus cosas y bajó al jardín, dejó todo en la entrada de la cocina y se fue al despacho del doctor Donnelly donde la esperaba su jefa a solas y con cara de pocos amigos.

—Siéntate.

—No, gracias, Beatrice, es tarde y tengo prisa.

—No queremos que te vayas, no hemos contratado todavía a ninguna candidata y...

—Lo siento, me voy, lo avisé antes de las Navidades.

—¿Y por qué?, los niños te adoran.

–¿Por qué?, ¿en serio? –bufó y movió la cabeza–, por la carga excesiva de trabajo, de responsabilidad, por la absoluta indiferencia con la que llevas tu casa y a tus hijos, porque no soy la responsable de tu vida...

–¿Cómo te atreves a hablarme así?

–Mira, ¿sabes qué?, solo quiero marcharme y no discutir contigo. Toma –dejó las llaves del coche, de la casa y el mando de la alarma encima de la mesa–. Me voy, buenas noches.

–Has tenido un comportamiento imperdonable con nosotros.

–¿Imperdonable?, ¿cuándo?

–Nos abandonas cuando más te necesitamos y, además, le has dicho a la de la agencia de *au pair*s que no sé cuidar de mis hijos y...

–Y es verdad, me marcho.

–No puedes andar hablando mal de tus superiores, de la intimidad de un hogar y quedarte tan pancha, deberías al menos pedir disculpas.

–¿Disculparme yo? –volvió sobre sus pasos–, ¿y cuándo te vas a disculpar tú conmigo por todo el trabajo que me echaste encima?, ¿por abusar de mi tiempo y no respetar jamás la naturaleza de mi trabajo o mis horas libres?, ¿por hacerme volver antes de España cuando ni siquiera estabais aquí?, ¿por mandarme a tus hijos como bultos para que cuidara de ellos...? ¿Cuándo piensas disculparte tú por ser tan desconsiderada y egoísta?

–Eres una hija de puta.

–¡¿Cómo?!

–¿Te crees muy importante por los amigos que tienes?, ¿crees que te van a ayudar en Dublín?, ¿te sientes muy poderosa por ser amiga de los O'Keefe?

–¿Qué...?

–¿No sabes que son unos putos *tinkers*?, ¿no lo sabes? –Úrsula sintió que sin querer daba un paso atrás y fruncía el ceño un poco desconcertada–. Yo que tú me alejaría de ellos porque pueden ser peligrosos y a ver dónde acabas. Con esos aires de señoritinga y de prepotente que te traes y te fuiste a mezclar con lo peor de la ciudad.

–No sé de qué me hablas.

–El tal Patrick O'Keefe puede tener mucha pasta y un casoplón en Ballsbridge, una mujer guapa y elegante, ser dueño del restaurante más fino de Dublín y llevar a sus hijos al colegio más caro del país, pero sigue siendo lo que es, un puñetero *tinker*... a ver si lo pillas, y, ¿sabes qué?, mejor que te largues ya, no quiero a gentuza como tus amigos cerca de mis hijos... ya me dijo Tommy que te ves mucho con ellos y que ayer uno de esos cenó aquí, en mi propia casa. Podría denunciarte ¿sabes?, no tenías ningún derecho a meter un *tinker* en mi casa.

–¿Qué? –repitió y la vio apurar un vaso de whisky, seguro que estaba borracha y desvariando y decidió salir corriendo, pero no pudo, ella seguía mascullando algo sobre los *tinkers*, que no tenía ni idea de lo que significaba, hasta que soltó con claridad *gypsy*... gitano, y entonces se paró en seco y preguntó–. ¿*Gypsy*?

–*Gypsy*, sí, gitanos, *tinkers*... chatarreros, gitanos nómadas irlandeses, ¿no lo sabías? –se echó a reír y Úrsula bajó la cabeza cada vez más confusa–, tus amiguitos son gitanos y antes de que te des cuenta te meterán en un buen lío... a saber de dónde sacan la pasta que tienen.

–Adiós, Beatrice.

La oyó gritar más cosas sobre los O'Keefe, los gitanos y los dichosos *tinkers*, que era un término que no había oído jamás, y salió a la calle arrastrando la maleta y la mochila con un peso enorme en el pecho. No quiso llamar a un taxi y decidió caminar para pasar el mal trago. Aquella mujer era una loca peligrosa, absolutamente desquiciada, y se preguntó qué demonios pretendía diciendo que los O'Keefe eran gitanos, *tinkers* o Dios sabe qué, qué intención tenía al soltar tantas chorradas juntas: ¿asustarla?, ¿hacerla volver? Ni en broma, se dijo, enfilando hacia la calle principal de Ballsbridge, al fin había salido de allí y lo sentía por Tommy y Evan, pero no pensaba volver en lo que le restara de vida.

Capítulo 19

No pudo dormir. Toda la noche dándole vuelta a los gritos de Beatrice y sus maliciosos comentarios, sus malos modos hasta el final, y aunque hizo todo lo posible por olvidarse de ella y sus historias raras con los O'Keefe, no pudo y empezó a darle vueltas al tema sin parar. Se levantó temprano y se fue a la universidad para investigar un poco, se metió en la biblioteca y buscó en Internet toda la documentación disponible sobre los *tinkers*, que efectivamente era el argot con el que se denominaba a los gitanos irlandeses nómadas, aunque literalmente significaba «chatarreros». Llevaban asentados en el Reino Unido e Irlanda desde tiempos inmemoriales, pero se les seguía considerando una raza diferente, y ellos seguían manteniendo sus costumbres, su propio acento y una forma de vida muy peculiar que continuaba levantando prejuicios y desconfianzas en gran parte de la sociedad británica e irlandesa, más o menos como en España, pensó, viendo un par de documentales al respecto.

También leyó que muchos de ellos se habían convertido en grandes empresarios, con negocios completamente «legales» como la cría de caballos, la hostelería, los negocios inmobiliarios o los desguaces, pero que aún había una leyenda urbana que los relacionaba con las carreras de galgos ilegales, las apuestas ilegales, los chanchullos en la construcción, el tráfico de drogas, todo tipo de actividades fuera de la ley... o, el boxeo sin guantes... en cuanto leyó aquello se le paralizó el corazón y se fue a mirar todo lo que podría relacionar ese tipo de combates con los O'Keefe, pero no aparecía nada en ningún sitio, lo que era muy extraño teniendo en cuenta que por allí todo el mundo los conocía y que el propio Paddy le había contado que su familia llevaba siglos peleando por el país.

A mediodía tenía más o menos las piezas encajadas con respecto a los *tinkers* y a los gitanos irlandeses, que gozaban de una mala fama considerable, seguramente injusta, pero importante, que era lo que pasaba en España y en otros países europeos con personas de su misma etnia, y entonces empezó a inquietarse. Ella era hija, sobrina y nieta de jueces y la habían criado con un sentido de la ley y el orden estrictos y muy rígidos, y cualquier cosa, por nimia que fuera, que apuntara a negocios oscuros o delincuencia, le ponía los pelos de punta. Era superior a sí misma, se trataba de puro instinto y la sola perspectiva de que Beatrice Donnelly tuviera razón y que los O'Keefe, que su adorable Paddy, fueran algo parecido a unos *tinkers* con negocios oscuros, rayando la ilegalidad, le provocó náuseas y acabó vomitando en el cuarto de baño de la facultad.

De repente le vinieron a la cabeza situaciones muy extrañas, como en Kilkenny, cuando ese tipo tan raro había interrumpido la comida y Paddy lo había amenazado directamente: «Si salgo, alguien va a acabar en el hospital y no seré yo», le dijo y aunque ella jamás, salvo en las películas, había visto a una persona hablar así a otra, lo dejó correr obnubilada como estaba con sus ojazos celestes y su pinta tan espectacular, pero, pasados los días, le parecía espantoso y un comportamiento propio de personas acostumbradas a la violencia o la coacción.

También estaba lo de la clandestinidad del boxeo sin guantes, eso de «no es sitio para ti» o el secretismo con respecto a las apuestas y, lo peor de todo, lo que le había soltado Lucy, la recepcionista del Boxing Gym, cuando se dio cuenta de que entre ella y Paddy O'Keefe Jr. había algo más: «Aunque su padre se haya casado con una como tú, él jamás te tomará en serio, él es como nosotros y no le van los *gorgios*... así que yo no sonreiría tanto, bonita».

En un principio pensó que se refería a las españolas, o a las extranjeras en general, y no le hizo caso, porque estaba demasiado feliz disfrutando con Paddy como para pararse a entender lo que decía esa chica que hablaba, además, con un acento imposible... pero ahora la cosa empezaba a encajar.

Se levantó de la mesa, agarró sus cosas y se acercó a un compañero del curso. Era español, pero vivía en Irlanda desde hacía años y seguro que además de saber inglés, latín o gaélico, algo conocía del argot local, se le sentó al lado y él la miró por encima de las gafas.

–Hola, guapísima.

–Hola, Felipe, una pregunta concreta: ¿Qué significa «gogo» o «giogo» o «gorgio» o algo así?

–¿En qué contexto?

–No sé, alguien me dijo que yo era una «gogio» o...

–Ah, ya, *gorgio*, es como los gitanos de este país llaman peyorativamente a los no gitanos.
–O sea, payos.
–Exacto, payos.
–Vale, mil gracias.
Ya estaba claro, se despidió de Felipe y salió a la calle, caminó un rato por el campus, intentando encajar tanta información y tratar de comprender, de paso, porque le importaba tanto y decidió llamar a Lola y a Mamen a Madrid, para ver qué opinaban ellas de todo aquello, pero solo contestó Lola.
–¿Pero no dices que es de piel clara y ojos celestes y…?
–No me seas paleta, Lola, son irlandeses, llevan más tiempo aquí que muchos locales, por supuesto que no son morenos aceitunados como los gitanos españoles, son como la gente de aquí.
–Vale, vale, es que intento hacerme un mapa de la situación –contestó Lola y ella se sentó en un café al lado del río– y lo primero que me sale es decirte que te alejes cagando leches de toda esa gente.
–¿Ahora somos racistas?
–No es una cuestión de racismo, tía, hablamos de negocios raros, de mucha pasta, ¿no?, porque eso del boxeo sin guantes y las apuestas y toda la pesca me producen urticaria, si tus padres llegan a enterarse de…
–Mi madre quedó fascinada con Manuela.
–Pero Manuela no es gitana, ¿o sí?
–No lo es. Es una niña de clase media de Madrid, con carrera universitaria y una pinta que te echa para atrás de lo guapa que es… no creo que sea gitana.
–Yo conozco a muchas gitanas que son unos bellezones de revista.

—No se trata solo de que sea un bellezón, no es eso, tiene mucha clase, estudios superiores y tanto su primo como ella se nota que son gente bien, ya me entiendes.

—A veces te sale una vena vallisoletana de lo más clasista, amiga.

—Joder, Lola, ¿me ayudas a aclararme o qué?

—Es que no sé qué decirte, igual la cabrona de tu jefa estaba desvariando, ¿qué sabrá ella de los O'Keefe?

—Viven en el mismo barrio, los niños juegan juntos al rugby, se conocen de vista, aquí todo el mundo parece conocer a los O'Keefe. Dublín es muy pequeño y al final, más o menos, todos saben quién es quién.

—Pues está claro, son gitanos, ¿qué piensas hacer?

—No lo sé, pero, si te soy sincera, no quiero ni imaginar que es cierto y que Patrick, Manuela y los demás, incluido Paddy, tienen tanta pasta porque están metidos en cosas opacas o extrañas... me da algo, en serio –tomó un sorbo de té y suspiró– desde luego, desde que pisé esta ciudad todo me va fatal.

—Bueno, tienes a tu Paddy el Guapo.

—Claro, claro, un posible delincuente o mafioso o vete a saber qué... no veas como lo respetan en el gimnasio, si parece que no respiran cuando él les dirige la palabra, es muy raro... ahora empiezo a entender por qué, aunque claro, y eso es otra cosa, ese gimnasio, si lo miras bien, es muy peculiar, siempre hay grupos de hombres hablando en susurros, se callan si paso cerca, y todos son como muy chulitos, con relojes caros y con ese acento tan extraño...

—¿Y qué haces tú metida en ese gimnasio?

—Era el único que me venía bien, tienen boxeo y unas instalaciones muy buenas y, por supuesto, hasta ahora no me había parado a pensar en lo que se cocía por allí.

—Joder, Úrsula, si tus padres...

—Lo sé, los puedo matar de un infarto.

—Ante la duda, pliega y olvídate de todos ellos, ya sé que Paddy el Guapo te vuelve loca, pero hija, antes de ir a más, aléjate de esa gente y tú a tus cosas en la universidad y con tus compañeros de facultad, no necesitas nada más y en junio adiós muy buenas, ¿has presentado la solicitud a Oxford?

—Sí... —Tenía ganas de echarse a llorar y no entendía muy bien por qué.

—Vale, pues piensa en eso, si te puedes ir el curso que viene a Oxford, estupendo, o incluso ahora, averígualo bien y así todos más tranquilos.

—No sé, en fin... por favor no lo comentes con nadie, menos con tu madre porque ya sabemos lo que pasará.

—Te doy mi palabra de honor, Úrsula, pero tú promete que no le darás más vueltas, mejor cortar por lo sano.

—Sí, hasta luego.

Colgó sabiendo que Lola tenía razón y que en realidad ella no tenía que comerse el coco o preocuparse por nada más que no fuera su curso de Literatura, Lenguaje y Cultura Medieval en el Trinity College. Se puso de pie, pagó su té y volvió a la calle donde corría un viento gélido. Se acomodó el gorro y echó a andar pensando en Manuela y Patrick, en sus preciosos hijos, su espectacular casa y sus restaurantes, en su familia y amigos, todos eran gente estupenda y majísima, también Paddy Jr., que había vivido en los Estados Unidos y estudiado en la universidad. Eran personas normales y corrientes, no se podía creer que estuvieran metidos en temas raros, no podía ser y de repente lo vio claro, lo mejor era ir a la fuente, al fin y al cabo, eran amigas, así que paró un taxi y se fue derechito a La Marquise.

–Hola, Manuela, siento venir hasta aquí, pero en el restaurante me dijeron que te habías ido pronto y que estabas en casa... y como no coges el teléfono...

–¿Ah no?, pasa, Úrsula... –se volvió y cogió el móvil de un mueble de la entrada–, mierda, está sin batería, voy a enchufarlo, pasa, pasa... iba a empezar a preparar la cena...

–¿Estáis bien? –entró y se asomó al salón donde los niños veían una película de dibujos tumbados en el sofá y con Russell a sus pies–, ¿qué tal, chicos?

–Más o menos, he tenido que ir a buscar a Michael al cole, se ha hecho un esguince en el tobillo.

–¿En serio? –se acercó al pequeñajo, que tenía la pierna en alto y movió la cabeza–, pero qué mala pata.

–Sí –respondió él en español y sus hermanitos se levantaron para ver la venda de cerca–, jugando al fútbol.

–Vaya por Dios.

–Ya ves, en el recreo –intervino Manuela–, pero no es muy serio, ahora solo tiene que guardar reposo. Venga, vamos a la cocina, voy a ver qué hacemos para cenar.

–¿Necesitas ayuda?

–No, no te preocupes. Ha sido un poco lío tener que dejar el restaurante e ir al cole y a urgencias, traerme a Liam y todo lo demás, pero ya está todo bajo control. Patrick estaba en Galway y ya viene de camino, estará al llegar, ¿te quedas a cenar?

–Bueno, yo...

–Mami –entró Aidan y Manuela le prestó atención. Úrsula buscó una silla y observó sus vaqueros desteñidos, muy ceñidos y de talle bajo, su fino jersey de punto beige, el pelo oscuro recogido en una coleta alta y esa piel tan luminosa que tenía. Era muy estilosa, incluso en casa estaba guapísima, y volvió a pensar que era imposible, una chica así era imposible que anduviera metida en nada extraño... tampoco su marido, que era igual que Michael Fassbender, un actor de cine muy famoso con el que compartía un parecido físico extraordinario y esa pinta tan estupenda... esa voz tan educada, la misma de Paddy... imposible que fueran unos *tinkers* o unos delincuentes. No podía ser, no podía ser y estaba segura que Manuela la sacaría de dudas en seguida y ya podría pasar a otra cosa y disfrutar un poco de la vida, que parecía doña calamidades...

–Solo una galleta más, ¿vale, mi vida? que luego hay que cenar.

–Sí –asintió Aidan, le dio un beso, agarró su galleta y volvió al salón mientras ella se iba hacia la nevera.

–¿O sea que lo de Michael no es muy serio?

–No, no es grave, pero tiene que guardar reposo, a ver cómo conseguimos eso. ¿Y tú qué tal?, me ha dicho Paddy que te vienes a París.

–Mira, he venido porque ayer me despedí, al fin, de los Donnelly y...

–Genial, estupendo, ¿qué tal al final con tu jefa?

–Pues fatal, se puso bastante borde y me dijo un montón de cosas, yo creo que estaba bebida, se puso a desvariar y...

–¿Borracha?

–Te lo juro y si lo piensas es normal, ¿ahora que hace ella con los críos y la casa?, supongo que está desesperada ante la perspectiva de no tener una esclava a la que endosar el trabajo. Es una inútil integral.

–Muy fuerte lo de esa mujer, pobres niños.

–Me dijo que vosotros, los O'Keefe, erais *tinkers*, gitanos irlandeses y...

—Sí, ¿y? —Úrsula se quedó sin habla mientras observaba cómo Manuela sacaba un montón de verduras y las ponía en la isla central de la cocina.

—¿O sea que es cierto?, ¿gitanos?

—Creo que haremos salmón, tengo un montón de salmón ahumado que me trajo mi cuñada y... ¿qué pasa? —la miró a los ojos y Úrsula supuso que se le había quedado cara de idiota, así que se bajó de la silla y sonrió—, ¿te importa que los O'Keefe sean gitanos?

—No, solo estoy sorprendida, no lo sabía y es bastante raro...

—¿Raro?, ¿por qué?

—Nunca había oído el término *tinkers,* me lo dijo Beatrice y hoy he estado leyendo un poco al respecto, algunas cosas algo inquietantes, la verdad, y no sé, es curiosidad, no sabía nada del tema y bueno... ella fue muy malintencionada, me dijo barbaridades y, claro, solo quería saber.

—Los O'Keefe ya no son *tinkers*, ni chatarreros, ni nómadas, llevan cien años asentados en Dublín, pero sí, son gitanos. Supongo que puede sorprender que no vivamos en chabolas, ni salgamos con la cabra a pedir monedas por las esquinas, pero lo cierto es que muchas personas de etnia gitana, aunque mantienen sus costumbres y su patrimonio cultural, viven completamente integradas en la sociedad «paya» —hizo el gesto de las comillas con los dedos y Úrsula vio un punto de cabreo en esos ojos negros tan grandes que tenía, y que no había visto antes, así que empezó a sentirse incómoda—, sé que hay muchos prejuicios, aquí, en España, y en otros muchos sitios, pero afortunadamente solo son fruto del desconocimiento y la ignorancia.

—Supongo.

—¿Y qué piensas?

—¿Yo?, ¿de qué?

—No sé, es obvio que lo que te dijo tu jefa, y lo que has leído sobre el tema, te ha dejado preocupada, por eso has venido ¿no?

—La verdad es que sí…

—Supongo que estar saliendo con Paddy y saber de repente que es gitano te descoloca un poco… lo entiendo, no te estoy juzgando, Úrsula, a mí me pasó lo mismo y a Diego también.

—Bueno, tampoco es para tanto, yo no pienso casarme con Paddy. –Soltó un bufido de alivio y en ese mismo instante supo que la había cagado. Manuela se había puesto un pelín tensa con su pregunta y tal vez con razón, pero había reconducido el tema y ella iba y saltaba con aquello. Quiso recular, pero ya era demasiado tarde.

—Claro.

—Quiero decir que solo somos amigos, nos acabamos de conocer, no hay ningún drama, tampoco un futuro en común, me da igual si es gitano o extraterrestre.

—Vale… –se fue a la despensa y Úrsula no supo si cambiar de tema o largarse, optó por lo segundo y cuando fue a coger su abrigo vio regresar a Manuela con un paquete de arroz en la mano y los ojos entornados–. Lo más curioso es que comentarios de este tipo, con un fondo de prejuicio evidente, los puedo esperar de personas como mis padres o mi tía la de Toledo, pero no de una chica como tú, joven, con cultura y que se supone que ha visto mundo, Úrsula.

—Oye, Manuela, no te pases, yo no soy una persona prejuiciosa, ni…

—Espero que no, pero estoy segura de que a tus padres

no les haría ni pizca de gracia saber que el chico con el que sales en Irlanda, y que te invita a París, es gitano, así que igual es hora de parar todo esto y evitar malos rollos futuros.

—Si mis padres conocieran a Paddy no adivinarían ni en mil años que es gitano.

—¿Cómo dices?

—Solo estoy bromeando, lo siento... —miró sus ojos brillantes y supo que estaba realmente afectada por los derroteros que estaba tomando la charla, así que suspiró y agarró sus cosas–, me gusta Paddy y, aunque seguramente jamás lleguemos a algo serio o susceptible de que se enteren mis padres, solo es asunto nuestro.

—Por supuesto, pero si no estás dispuesta a asimilar con naturalidad quién es, quién es su familia, o su raza, deberías replantearte las cosas y actuar en consecuencia.

—Vale, me voy. Está claro que he hecho mal viniendo, solo quería hablarlo contigo y no propiciar tensiones entre nosotras, Manuela, sabes que os aprecio y agradezco mucho como os habéis portado conmigo... solo es que esa mujer, Beatrice, me dijo un montón de chorradas, me calentó la cabeza y es natural que tenga dudas y curiosidad, hasta un poco de miedo. No es muy normal que te digan que tus únicos amigos aquí son gitanos, *tinkers* o como sea, y que a saber de dónde sacan la pasta que tienen y que me pueden meter en un lío... y... es normal que me salten las alarmas.

—Dios mío —dejó todo encima de la mesa y se puso en jarras–, no quiero oír nada más.

—Lo siento, me voy, pero espero que esto no suponga un distanciamiento entre nosotras, Manuela, no querría...

—¡Papá! —Liam y Aidan llegaron corriendo a la cocina, a tiempo de ver a Patrick entrar por la puerta de atrás con unas bolsas de la compra, y Manuela respiró hondo.

—¡Hola, cachorritos! Hola, Úrsula.

—Hola...

—Michael tiene pupa y una venda.

—Se cayó en el recreo.

—Fuimos al hospital.

—¡Eh! un momento, ¿me dejáis saludar primero a mi *Spanish Lady*? —Los dos asintieron, se callaron agarrados a sus piernas y Úrsula observó como él se acercaba a su mujer y la sujetaba por las caderas para darle un par de besos en la boca—. ¿Estás bien?, ¿qué pasa?

—No pasa nada, mi amor, solo estoy un poco cansada. Qué bien que ya estás aquí. —Le acarició la cara con las dos manos y volvió a besarlo.

—¿Segura?

—Sí.

—Vale, cachorritos, contadme lo que le ha pasado a Michael.

—Pues se cayó... —Salieron hacia el salón tan emocionados y Úrsula miró a Manuela a los ojos, estaba pálida y decidió que lo mejor era irse cuanto antes y seguir hablando otro día.

—Me voy.

—Muy bien.

—Y siento mucho si...

—Adiós, Úrsula.

Capítulo 20

Despertó de un salto y se sentó en la cama, Patrick protestó entre sueños, la soltó y se apartó girando hacia el lado contrario. Ella estiró la mano y le acarició la espalda desnuda, respiró hondo y se levantó para beber un poco de agua.

Eran las cuatro de la mañana y llevaba durmiendo y despertándose desde las once, desde que al fin se había acostado un poco alterada, sin dejar de dar vueltas a esa charla tan extraña mantenida con Úrsula en su cocina. Esa chica, que era la típica niña bien de provincias, hija única y mimada hasta la saciedad por unos padres mayores que la adoraban, le caía bien. Desde el minuto uno le cautivó esa naturalidad con la que hablaba, su aspecto sano y lleno de energía y, sobre todas las cosas, su actitud ante la vida y su afán por ser autosuficiente e independiente, a pesar de poder llamar a casa y conseguir todo lo que necesitaba con una sola palabra. Úrsula lo tenía todo fácil, pero no se aprovechaba de eso y seguía estudiando y trabajando duro por sus propios medios y, aunque lo había tenido todo en contra desde que había pisado Dublín, no había abandonado, se había mostrado fuerte y responsable, y la respetaba mucho por eso, tanto, que le había abierto su casa en seguida y la había integrado en su familia con total naturalidad. Lástima que todas esas buenas impresiones se las hubiese cargado de un solo plumazo, instantáneamente, en cuanto le preguntó con cara de desconfianza sobre el origen gitano de los O'Keefe.

Por supuesto, era consciente, que, ante la duda, ella siempre se ponía a la defensiva y le salía un ramalazo bélico de madre coraje que no podía controlar. Ante el más minúsculo atisbo de prejuicio o racismo saltaba como una leona y aunque su propio marido le había dicho mil veces, y entre risas, que debía ser más tolerante y pasota, ella no podía dominarlo, se le contraía el pecho, le subía una furia salvaje por la espalda y entonces sacaba la artillería pesada y ya no oía nada más. A Diego le pasaba exactamente lo mismo y habían llegado a la conclusión de que era por amor y lealtad a los suyos, y eso era imposible de racionalizar. Tampoco lo pretendían.

Así que en cuanto vio la cara de Úrsula se empezó a enfadar. Era irrelevante que preguntara si los O'Keefe eran gitanos o no, eso no le importaba en absoluto, lo que no le gustó fue el tono, el lenguaje corporal, el que soltara perlas como: «he leído cosas bastante inquietantes», «me saltaron las alarmas» o «tengo dudas y hasta un poco de miedo...». Esas frases le empezaron a nublar sus buenas intenciones de inmediato y si no la largó con cajas destempladas de su casa fue porque los niños estaban en el salón.

Ya se había visto en situaciones similares, sobre todo con su familia española o con amigas un poco despistadas, las hermanas de su amiga María o su propio primo Diego, cuando había llegado hacía años a Londres, pero ninguno de ellos había mostrado ese punto de desconfianza y duda, ninguno se había pasado la mañana investigando y cargándose de prejuicios para ir a verla después y preguntarle con un tono algo arrogante sobre los *tinkers* o los gitanos irlandeses. Ya sabía que Úrsula era una chica intelectual e inquieta, que necesitaba saber, estaba en su derecho, pero las formas no habían sido las correctas y no le habían gustado un pelo. El cómo se había referido a Paddy Jr. o en cómo había contemplado, porque lo había hecho, que la impresentable de su jefa tenía razón y que estaba en peligro siendo su amiga, no podía tomárselo ni medianamente bien.

Desde un principio intuyó que preguntaba por confirmar lo que ya sabía, y que lo que ya sabía no le gustaba, no lo toleraba muy bien, y que todos sus prejuicios estaban en la superficie rogando porque todo fuera mentira y los O'Keefe siguieran siendo la familia paya y «normal» que la había acogido con los brazos abiertos en Ballsbridge.

—Manu, cálmate —le dijo María cuando la llamó llorando como una magdalena desde el garaje, mientras Patrick leía unos cuentos a los niños en la segunda planta.

—Es que me dolió tanto... me dijo que le habían saltado las alarmas... que tenía un poco de miedo... ¿en serio?, que sus padres no adivinarían ni en mil años que Paddy era gitano... ¿por qué lo dice?, ¿porque tiene los ojos azules?, le faltó decir que «por suerte» no parecía gitano... ¿de verdad?, ¿en pleno siglo XXI, María?

—Manuela...

—Es que me hierve la sangre ¿sabes?, no quiero que salga más con Paddy Jr., que él empiece a pagarle cosas,

como el puñetero viaje a París, cuando ella no lo acepta como es y tiene tantos prejuicios contra nosotros como cualquier puto ignorante de la calle, porque los tiene, estoy segura, aunque ha estado mil veces en casa y con mi familia, los sigue teniendo, lo sé.
 —Solo fue a preguntar...
 —Tenías que haber oído cómo me lo preguntó, ya lo tenía muy claro. Con algo de suerte no le volveremos a ver el pelo y lo siento, porque me caía muy bien, pero por otra parte no quiero a gente así cerca de mis hijos.
 —Y ese es el quid de la cuestión.
 —¿Qué?
 —Si está tan dolida no es solo por Paddy Jr. o por la curiosidad cargada de prejuicios de esa chica, Manu, es por lo de siempre, te pones así al contemplar, ligeramente, la posibilidad de que alguien, algún día, pueda discriminar o tener desconfianza hacia los niños por ser gitanos.
 —Tal vez...
 —Es así, y estás en tu derecho, a mí también me preocupa, seguro que a Patrick también...
 —No, a él no, ya sabes que está por encima de todo eso, ni siquiera quiere hablar del tema.
 —Y tiene razón.
 —Sí, pero hay que ser conscientes...
 —Afortunadamente, Patrick O'Keefe es un tío con una personalidad arrolladora, es fuerte, seguro de sí mismo y hace lo posible por criar a sus hijos con esa misma actitud, Manu. Mira a Paddy Jr., se come el mundo, vuestros niños serán así, eso me tranquiliza un montón, y sé que jamás tendrán un problema con personas prejuiciosas como Úrsula o peores que Úrsula.
 —Vale.

—Ya sé que esa niñata se pasó cuatro pueblos diciéndote tantas chorradas, que tal vez usó un tono despectivo con respecto a Paddy Jr., estuvo fatal, pero no le des más vueltas, no es tu problema, tú ya le dijiste lo que pensabas y ya está. Sinceramente, me imagino que ahora estará muy arrepentida de cómo se desarrolló todo, de cómo enfrentó el asunto. No es mala chica, y no la podemos culpar por no saber que hay ciertos temas sensibles que a ti te hacen especialmente daño.

—Eso sí, pero siempre hay que ser prudentes y tener visión de conjunto o pasan estas cosas.

—Claro, pero ella no supo manejarlo, no la vamos a crucificar ahora por ser torpe o por hacer preguntas.

—Tienes toda la razón.

—Lo sé, venga, lávate la cara y que tu marido no te vea llorar por eso o irá a buscar a Úrsula y la mandará de un capón de vuelta a Valladolid.

El sentido común de su amiga del alma siempre la tranquilizaba y la ponía en su sitio. María tenía toda la razón, igual Úrsula no había sido tan insufrible y solo se había limitado a confirmar sus dudas, unas dudas llenas de prejuicios, sí, pero inoculadas por una mujer lamentable y malintencionada como Beatrice Donnelly, así que no pensaba darle más vueltas al asunto, lo único que le preocupaba era la relación que siguiera manteniendo o no con Paddy Jr. y en la que, obviamente, no se podía meter.

Solo se llevaba ocho años con él y, sin embargo, lo quería igual que a un hijo. No como a un hermano o a un sobrino, no, lo quería como a un hijo y él se había ganado a pulso ese cariño. Paddy era un chico estupendo, noble, generoso, inteligente, divertido, cariñoso y el mejor hermano mayor que podía haber soñado para sus niños. Él, que se había criado con las abuelas, en medio de unas tremendas disputas entre sus padres, no había contado jamás con Patrick como padre, lo veía poco y aunque no le había faltado el cariño inmenso y la atención de su familia, no se podía decir que hubiera disfrutado de un padre en condiciones hasta que fue mayor y, sin embargo, nunca, jamás, le había reprochado nada, se había quejado o había criticado la dedicación extraordinaria y constante que Patrick prodigaba a sus hijos pequeños, por el contrario, él había decidido compartir esa crianza, dedicarles mucho tiempo y había creado un vínculo increíble con ellos, una relación particular y única con sus enanos, como los llamaba, y que lo había convertido, por siempre jamás, en el héroe particular de los niños. Michael, Liam y Aidan lo adoraban e idolatraban el suelo por donde pisaba.

Paddy Jr. era un diez y por eso le dolía tanto que la gente se aprovechara de él, empezando por su madre, sus hermanas o sus novias de turno, que no dudaban ni un segundo en sacarle dinero o abusar de su tiempo. Él era de naturaleza protectora y como bien le había dicho Patrick una vez: «Un hombre de verdad cuida de los suyos, los protege por sobre todas las cosas y es lo que hace Paddy. Eso se le ha inculcado desde pequeño y no seré yo el que me oponga».

Desde entonces dejó de protestar y de intentar intervenir en las cosas de su hijastro. Él era inteligente y confiaba en su buen criterio, y, esperaba, sinceramente, que con Úrsula la cosa no fuera a mayores y que ella no le hiciera daño porque, para una vez que él no iba del brazo de un pibón de portada y se dejaba llevar por una chica normal como Úrsula, sería una verdadera lástima que ella, con su vida, su carga ancestral de prejuicios o sus temores, acabara por romperle el corazón simplemente por ser gitano. Esa posibilidad le partía el alma en dos.

Volvió a la cama después de ir a echar un vistazo a los niños y se metió debajo del edredón con el alma más tranquila, aunque si seguía alterándose así por ese tipo de cosas, acabaría muerta. María tenía razón, los niños estaban bien, estarían bien en el futuro, los estaban criando estupendamente, en un buen colegio, con amigos de todo tipo y condición, y no había de qué preocuparse, ni de personas desconfiadas como Úrsula, ni de nada más.

Giró la cabeza hacia Patrick y comprobó que estaba durmiendo boca arriba, estiró la mano para acariciarle el pecho y entonces él se movió y la miró, la enfocó con esos ojazos enormes y transparentes, y sonrió de oreja a oreja.

–¿Qué haces despierta, *Spanish Lady*?

–Nada, estoy pensando.

–¿En qué?

–Mis cosas.

–¿Qué cosas?

–Por ejemplo, que me encanta despertar a tu lado.

–¿Ah, sí?

–Claro, lo primero que pensé la primera vez que dormí contigo fue eso, en que sería una pasada despertar todos los días a tu lado.

–Mmm. –Sonrió y se acercó para besarla, pero ella le puso un dedo en la boca y lo hizo retroceder.

–¿Sabes que te quiero más que a mi vida, mi amor? –él entornó los ojos y ella le acarició la cara–, eres lo mejor que me ha pasado en la vida. Tú, los niños, Paddy Jr., tu padres y hermanos, tu familia… no puedo ser más afortunada…

—Pero no me llores, *Spanish Lady*, ¿qué te pasa?
—Es que... —se limpió los lagrimones que de repente le mojaban la cara y lo miró a los ojos–, es que te quiero tanto, Paddy.
—Vale... ¿pero sabes qué? –se pegó a ella, la hizo girar y se le puso encima antes de besarla–, yo te quiero más.

Capítulo 21

No tenía ni idea de lo que había pasado, pero no le gustaba un pelo.

Salió de la ducha de esos vestuarios destartalados y se vistió con prisas porque hacía un frío de muerte. Jugar al rugby un viernes a mediodía, con la lluvia picando tan fuerte, no era un plan muy apetecible, pero a él le gustaban los retos y al final habían ganado a ese equipo tan bueno de Cork, así que se podía decir que todo había salido a pedir de boca.

Se puso el anorak y miró a sus camaradas con cara de disculpa, no se podía quedar al tercer tiempo[2], tenía otras cosas que hacer y no pensaba eternizarse en discutirlo, así que salió con prisas, corrió al coche y se subió mirando la hora. A las tres en punto tenía que recoger a Michael y a Liam en el cole, en Dún Laoghaire, y con el tráfico de los viernes era mejor darse prisa, puso la radio y aceleró

---

[2] N. de la A. Tercer tiempo (*third half* en inglés y *troisième mi-temps* en francés) es una tradición del rugby por la cual una vez finalizado el encuentro (de dos tiempos o partes), los contrincantes se encuentran para comer algo y compartir unas cervezas.

hacia el sur pensando, como no, en Úrsula, que seguía sin dar señales de vida.

El veinticuatro de enero, cuando se suponía que ya estaba libre de sus jefes y de todo ese asunto con los Donnelly, la llamó un par de veces para ver cómo estaba y no le contestó, así que casi de noche le mandó un mensaje urgente pidiéndole sus datos del pasaporte para poder cerrar lo de los billetes a París y ahí sí respondió, pero para decirle que le había surgido un imprevisto y que se marchaba a Oxford hasta finales de enero por un tema de la universidad. *Lamentablemente no podré ir a París. Muchas gracias, ya nos veremos.*

Bien, no era de los que presionaba o interrogaba a la gente, pasaba olímpicamente de pedir explicaciones a las personas, así que decidió no dar importancia a esa decisión inesperada, y tan alejada de los alegres planes que habían hecho para ir juntos a Francia, y optó por anular también su viaje y quedarse en Dublín con su abuela y los niños, que era la primera vez que se quedaban en casa sin sus dos padres. Eran muy pequeños, Michael tenía siete años y parecía un poco más independiente, pero Liam y Aidan, con cinco y dos años, eran casi unos bebés, y prefería ser útil, echar un cable y ayudar a cuidarlos durante las cuarenta y ocho horas que sus padres tenían que estar en París. Le encantaba la perspectiva de dormir en casa de sus abuelos y estar con los niños, organizarles el finde y, de paso, tranquilizar a Manuela y a su padre, que según se acercaba la fecha de la inauguración, aumentaban sus dudas de viajar dejando a los niños en Irlanda.

Finalmente, los había convencido el hecho de que él se quedara, cosa que le halagó un montón, y con su abuela habían preparado un fin de semana de lo más divertido en casita y tranquilos, porque hacía un tiempo espantoso y porque Michael seguía con el pie vendado por el esguince. Tenían películas, video juegos, juegos de mesa y chucherías varias. Todos esos ganchitos y patatas que su madre no les dejaba ni oler, así que los pequeños, de momento, parecían encantados con el panorama.

–¡Hey! –gritó al verlos en la salida, se acercó y los cogió en brazos, a los dos, para evitar los charcos y el barro, y los llevó corriendo al jeep–, ¿qué tal estáis?

–¿No está mamá? –preguntó Liam mientras lo acomodaba en su sillita y él le revolvió el pelo.

–No está, ahora deben estar aterrizando en París.

–Vale... –Hizo un puchero y se le echó a llorar.

–No llores, Liam, mamá y papá vienen en seguida y nos traerán un videojuego muy chulo –lo consoló Michael– y vamos a comer cosas ricas con la abuela.

–Claro, lo pasaremos muy bien, ya verás.

–¿Pizza?

–Pizza y lo que queráis –les dijo poniendo en marcha el coche y viendo que le entraba una llamada de su padre al móvil, así que pulsó el manos libres y los miró por el espejo retrovisor–. Oíd, es papá.

–Hola, Paddy.

–Hola, estáis en manos libres.

–¡Hola, cachorritos! –exclamaron los dos desde París–. ¿Qué tal el cole?

–¡Vamos en el jeep de Paddy! –dijo Michael muy emocionado.

–Hala, qué suerte ¿y cómo estáis?

Él enfiló de vuelta a Dublín y se dedicó a pensar en sus cosas mientras los niños siguieron hablando con Manuela y su padre un buen rato. No podía olvidar lo violento que había sido pillar a Úrsula entrenando en el Boxing Gym veinticuatro horas antes, cuando se suponía que estaba fuera de la ciudad, y del puro desconcierto no había sido capaz de reaccionar, acercarse y averiguar qué coño estaba pasando.

Jamás le había pasado algo así, menos con una chica, y aún no sabía cómo encajarlo. Vale que no eran novios, ni pareja y llevaban viéndose solo diez días cuando ella desapareció, de acuerdo, pero se suponía que eran amigos, y los amigos no hacían esas cosas.

Si de repente no le apetecía ir a París, no lo quería volver a ver, estaba agobiada o había vuelto con el novio, bastaba con decirlo, eran adultos, y, aunque la había invitado a pasar un fin de semana en el extranjero, en realidad eran prácticamente unos desconocidos, y no se iba a morir porque quisiera pasar del viaje. Eso no tenía importancia, lo que sí la tenía era la mentira, que mintiera para librarse de él no era nada normal, incluso era un pelín inquietante, así que para él Úrsula Suárez ya había quedado finiquitada y olvidada en el baúl de los malos rollos para siempre, porque nadie, en su sano juicio, actuaba así.

Llegó al barrio, aparcó en seguida y en cuanto entró en casa de su abuela y dejó a los niños en el salón, Aidan, que estaba en las rodillas de su abuelo, estiró los bracitos y se le agarró al cuello de un salto, así que decidió olvidarse de lo que había pasado en el gimnasio con Úrsula, que era una chorrada, y concentrarse en lo que era prioridad ese fin de semana: los pequeñajos.

Dos horas después seguía con Aidan agarrado al cuello, como siempre hacía con su padre cuando estaba en casa, y con Michael y Liam entusiasmados con un videojuego. No solían dejarles jugar mucho rato seguido, así que se lo estaban pasando en grande sin preguntar ni una sola vez por sus padres, lo que hizo que su abuela se relajara un poco y se metiera en la cocina a trajinar con sus cosas mientras el abuelo leía el periódico junto a la ventana. Con algo de suerte podrían mantener esa paz hasta el domingo, aunque aún era pronto para cantar victoria.

—Hola —a las seis de la tarde le entró una llamada de número desconocido y contestó rogando a Dios porque no fuera un asunto laboral o Úrsula, a la que no tenía ya nada que decir—. ¿Quién es?

—Steve McMurray, Paddy.

—¡Entrenador! ¿Qué tal estás?

—Pues bastante perjudicado, me he caído y me han escayolado, fractura de tibia y peroné.

—Lo siento.

—Sí, mira, te llamo porque te quería pedir un favor.

—Lo que quieras. —Se levantó y se fue al pasillo con Aidan en brazos.

—¿Podrías hacerte cargo de los entrenamientos?, ya sé que es precipitado y que tienes tu trabajo, pero son solo las tardes, de tres y media a seis y media y, bueno, chaval, me salvarías la vida. Yo puedo ir a los partidos del fin de semana, pero a los entrenamientos me temo que no, apenas puedo moverme.

—¿Yo? —de repente el día mejoró por completo y sonrió de oreja a oreja.

—Pues claro, eres un jugador cojonudo, se te dan bien los críos y, lo más importante, ya tienes tu carnet de entrenador, ¿no?

—Sí, bien, muchas gracias, lo haré encantado.

—Joder, me quitas un peso de encima Paddy. El lunes llega un poco antes al campo, te presento al auxiliar y hablamos de cómo llevamos la temporada.

—Perfecto, estaré allí a las tres y no te preocupes, he estado siguiendo los entrenamientos de Michael y me pondré al día en seguida.

—Estupendo, hasta el lunes, buen fin de semana.

—Hasta el lunes. Genial. —Colgó y le puso la mano a Aidan para que chocara los cinco, regresó al salón y contó las noticias con una gran sonrisa.

—Me alegro, no hay nadie mejor que tú para ese trabajo —le dijo el abuelo.

—Eso es maravilloso, Paddy —aplaudió la abuela—, hay que celebrarlo, niños.

—¿Con Coca Cola? —preguntó Liam muy emocionado y todos los ojos convergieron sobre él.

—No, eso sí que no, si queréis pedimos una pizza, pero nada de refrescos o vuestra madre nos mata.

—Jooo…

—De jo, nada —respondió la abuela y él sintió vibrar otra vez el teléfono en el bolsillo del vaquero, comprobó quién era y contestó con una sonrisa.

—Hola, preciosa.

—Estoy en Dublín ¿me invitas a cenar? No hay quién consiga mesa un viernes por la noche en el restaurante de tu padre.

—No puedo salir, este fin de semana lo tengo a tope.

—¿En serio?

—En serio, Andrea.

—¿Con quién?, ¿con la morenita extranjera con la que sales últimamente?

—¿Qué?

–Te vieron con ella un día en La Marquise y otro en tu coche... tengo mis fuentes.

–Nada de eso. Estoy de niñero y hasta el domingo no tengo más plan que cuidar de mis hermanos.

–Joder, cómo me pones, Paddy. Imaginarte en plan padre me ha humedecido las bragas.

–Oh, Señor. –Soltó una carcajada y salió otra vez al pasillo–. Pues mantenlas así hasta el domingo y voy a verte a Killiney.

–Eso está hecho.

Capítulo 22

—No sirve de nada que sigas fustigándote... —Mamen miró a Lola y luego a Úrsula, que seguía en la cama con la almohada en la cara y sin parar de llorar. Había aparecido en Madrid de improviso, hecha un mar de lágrimas, y no había forma de tranquilizarla— en serio, si sigues así, llamo a tu madre.

—Sus padres no saben ni que está en España.

—Me da igual.

—Dejadme un ratito y se me pasa, en serio... —Se sentó y las miró, despeinada y llorosa, parecía un espantapájaros, pero le daba igual, su vida se había acabado y más valía que fuera pensando en meterse en un convento o en irse de misiones al África, porque no volvería a mirar a un tío a la cara en lo que le restara de vida.

—Tampoco puede ser para tanto.

—Ojalá.

—Vale, tú misma.

Sus dos amigas del alma, con las que venía compartiendo colegios, vacaciones, cumpleaños, aventuras y amistad desde la guardería, se fueron al salón y la dejaron sola. Las dos estudiaban másteres en Madrid, compartían piso y estaban solas, esa circunstancia la había empujado a coger un vuelo desde Dublín para esconderse en su casa, sin madres, ni padres, ni nadie a quién dar explicaciones, porque necesitaba pasar la vergüenza que tenía encima sin ojos escrutadores. Necesitaba reponerse y recuperar la cordura antes de optar por tirarse al Liffey y morir sola y olvidada en un país extranjero.

Después de discutir con Manuela, que se había tomado fatal sus preguntas sobre los *tinkers* y todo eso, se fue a la residencia y ya no pudo dormir. Ella no era racista, se consideraba una mujer progre y abierta, nada más lejos de la imagen de tía llena de prejuicios que le había transmitido, sin querer, a Manuela, a la que había llegado a apreciar, y hasta admirar, los últimos meses. Que su amiga llegara a pensar de ella que era una vulgar y estúpida racista la partía por la mitad y empezó a darle vueltas a la necesidad de volver a su casa para aclarar algunas cosas, pero no se atrevió.

Aquella tarde tan rara la había fastidiado bien, seguramente no había sido capaz de manifestar su curiosidad como era debido y, siempre sin querer, le había dado una impresión equivocada. En casi cuatro meses que conocía a Manuela nunca la había visto tan seria, tan tensa, y supo que la había cagado aún más diciendo chorradas como que sus padres no adivinarían jamás que Paddy era gitano o que ella no pensaba casarse con él... dos comentarios sin importancia que, seguramente desde el punto de vista de una O'Keefe, sonaban fatal, al fin y al cabo se trataba de su familia. Sin embargo, tampoco era para tanto drama y para soltarle perlas como que se pensara lo de Paddy y lo dejara en paz. Porque eso había dicho, que se replanteara las cosas y actuara en consecuencia, ¿acaso creía que no sería capaz de estar con Paddy porque era gitano?, ¿en serio...?

No le gustaba cómo había manejado la situación, no había hecho bien haciendo ciertos comentarios, no había parecido muy normal que dijera que tenía miedo o que estaba preocupada, por supuesto que no. Uno no podía ir a la casa de alguien y decirle que le preocupaba que fueran gitanos, que su marido, sus preciosos hijitos y su familia política le disparaban las alarmas, había sido muy torpe dar a entender eso, pero no había sido su intención, jamás hubiese querido ofenderla, y se sentía fatal.

Encerrada en su habitación de la residencia empezó a idear formas de disculparse, pero de repente empezó a valorar otras posibilidades, otras como contemplar la idea de que en el fondo Manuela tenía toda la razón y, que, si se había tomado con tanta precaución el tema de los *tinkers* era porque en realidad era incapaz de digerir el asunto. ¿Por qué no ser sincera consigo misma y reconocer que el hecho de que Paddy fuera gitano le supondría en el futuro un problema gigantesco con su entorno, especialmente con sus padres? No sabía si llegarían a salir más de un mes o seis, no tenía ni idea, pero como aquello se alargara un poco, o se hiciera medio serio, podría tener un problema, mataría del disgusto a sus padres y por ahí no iba a pasar, ¿o sí?

Se estuvo repitiendo horas y horas que no era racista, ni clasista, ni tenía prejuicios, por el amor de Dios, era una tía progresista y del siglo XXI, que luchaba por los derechos humanos, colaboraba en varias ONG y se pasaba la vida en manifestaciones para defender el medio ambiente o a favor de la libertad de expresión. Tenía amigos de todos los colores y nacionalidades, nunca había discriminado a nadie, ni le había importado la raza de nadie, jamás, ¿por qué ahora la charla, mal conducida, con una amiga a la que acababa de conocer, la hacía dudar de sus principios?

Manuela O'Keefe era una tía adorable, pero en el fondo era una mujer implacable, la típica alta ejecutiva que a las diez de la mañana ya se había desayunado a diez como ella, y eso había hecho, había tirado de carácter y mala leche y la había hecho picadillo en cinco minutos, así de simple. Así que no sabía muy bien quién se tenía que disculpar con quién, porque no sabía cómo estaba ella en su preciosa casa, con su marido de cine y sus hijos de anuncio, no lo sabía, pero a ella la había destrozado y se sentía morir.

Ante ese panorama y empezando, de madrugada, a ser sincera de verdad consigo misma, decidió que la peculiaridad de tener por novio a un gitano irlandés, miembro de una comunidad cerrada y desconocida, rodeada de misterios y asediada por los prejuicios de sus propios compatriotas, a lo mejor era de verdad un problema, y no quería complicarse la vida. No sabía lo que quería, sentía o pensaba de verdad, estaba muy mareada con todo aquello, así que decidió tomar el camino del medio y acabó diciéndole a Paddy que no se iba a París con él, porque tenía cosas que hacer en Oxford. Le mintió para no dar más explicaciones, no tenía ganas de enzarzarse en una sucesión de argumentos, uno de los cuales era que encontrarse con su madrastra allí no le apetecía nada, así que por mensaje le dijo eso y ya está, tampoco era nada suyo, y ella necesitaba tiempo para aclararse y recuperar el control de su cabeza.

Con eso decidido, regresó a su rutina con cuidado, calculando bien sus pasos para no verlo, porque no se trataba de quedar mal, aunque eso había sido justamente lo que había acabado pasando.

El veintisiete de enero, cuando se suponía que él iba camino de París, se fue al gimnasio, llevaba muchos días sin ir para no encontrárselo, y decidió que podría acudir sin peligro. Llegó a su hora habitual, entrenó como todos los días, se duchó y cuando ya se iba, esa chica, Lucy, la detuvo en el *hall* principal, muerta de la risa.

–Oye, tú, ¿qué le has hecho a Paddy O'Keefe?

–¿Yo?, no sé de qué me hablas.

–Ha estado aquí hace media hora, te vio en el *ring* y se largó con cajas destempladas. Me rogó que no te dijera que había venido.

–¿Qué? –El corazón se le subió a la garganta y se puso roja hasta las orejas.

–Ay Dios, siempre igual, al pobre no le queda otra que salir huyendo...

Ella se calzó bien la mochila y salió a la calle con una vergüenza gigantesca partiéndola por la mitad. Jamás, en toda su vida, la habían pillado en un renuncio o en una mentira así, era horrible y quiso meterse bajo tierra, era lo que faltaba para cerrar el ciclo de desgracias de sus últimos meses. Espantoso y muy injusto para el pobre Paddy, que no tenía culpa de nada, que se había portado fenomenal con ella, y que ahora debía pensar que era una idiota integral y mentirosa.

Se echó a llorar en la calle, hundida por la culpa y la vergüenza, y no paró hasta que decidió coger un avión y viajar a España para esconderse en casa de sus amigas, para meterse debajo de un edredón hasta que esa sensación de bochorno tan grande la abandonara de una vez y pudiera volver a respirar.

–¿Qué?, ¿ya estás mejor? –Las chicas volvieron y le pusieron una taza de tila en las manos.

–Sí, es que no sé por qué estoy tan mal.

–Yo creo que son un cúmulo de cosas, Úrsula. Lo del trabajo con esa gente, el agobio, la infidelidad de Javier, el subidón con Paddy el Guapo y ahora el bajón por haber metido la pata... –suspiró Lola–, no te atormentes por sufrir, tienes derecho a colapsar y a entrar en barrena.

–Oye, tampoco te pases –intervino Mamen–, ni que se le hubiera muerto alguien.

–Se siente fatal y cada uno asume sus penas a su manera, no la vas a juzgar por estar destrozada.

–No la juzgo, solo creo que tanto drama sobra, a lo mejor un poquito de sentido del humor ayuda. La ha cagado, la pillaron en una mentira, joder, no será la primera vez que alguien mete la pata así, no es para estar en este plan.

–No es solo la mentira, es todo lo demás... Manuela y su familia se portaron tan bien conmigo y he quedado como una idiota con ellos, al menos con ella porque... ay Dios... si le ha contado a Paddy lo de la charla sobre los gitanos, entonces me muero de verdad...

–¿Por qué te importa tanto lo que opinen de ti? –preguntó Mamen sentándose frente a ella–. Explícate, porque no te entiendo.

–No sé, supongo que es porque me gusta esa gente, son estupendos y me acogieron muy bien, de no ser por ellos, por Manuela, que me invitó a su casa y me trató como a una persona normal, me hubiese muerto del asco allí.

—Vale y si te parecen tan estupendos ¿por qué te importa que sean gitanos?

—¡¿Quién dice que me importa que sean gitanos?!

—No sé, tú le dijiste a esa tía, en su propia cocina, que te había sorprendido saber que eran gitanos, que habías estado investigando sobre el tema y que te, cito textualmente, «saltaron las alarmas», ¿no?

—Bueno, estaba en su derecho a preguntar —intervino Lola, que siempre era mucho más conciliadora—, no la vas a crucificar tú por eso ahora, ha venido para que la apoyemos, no para que empeoremos las cosas, ¿sabes?

—Yo solo intento que nos aclaremos.

—Joder, eso es justamente lo que ha pensado Manuela, que soy una vil racista y no es verdad.

—Yo creo que el error fue ir hasta allí intentando buscar complicidad con ella.

—¿Qué?

—Claro, tú, tan normal y directa como siempre, te fuiste a su casa y antes de pensar en sus circunstancias o en lo que le podía afectar el asunto, le sueltas lo que te dijo tu jefa y todo lo demás... inconscientemente esperabas que ella te comprendiera, te informara y aliviara tus preocupaciones, empatizara contigo, pero no podía ser así, Úrsula, porque le estabas hablando de su familia.

—Esa chica es española, debería ser consciente de los prejuicios ancestrales y completamente incontrolados que nos rigen con respecto a ciertas cosas... —susurró Lola— me avergüenza reconocerlo, pero es así... en cuanto Úrsula me contó que Paddy era gitano mi primera reacción fue de rechazo y no soy racista. Fue superior a mí, Manuela debe saberlo, seguro que lo sabe, y debió ser más comprensiva y no hacer sentir a Úrsula como un estropajo.

—Yo debí ser más sensible primero y pensar antes de hablar —se atusó el pelo y suspiró—, jamás hubiese querido ofenderla o molestarla, nada más lejos de mi intención yendo a su casa y sí, es cierto, en mi interior creí que me diría que todo lo que Beatrice me había soltado era mentira o, si era verdad, que me lo iba a explicar tranquilamente y sin tensiones y podríamos compartir impresiones y ya está, sin drama, pero ella se lo tomó fatal.

—Vale, entonces, ¿qué se puede hacer para solucionar esto? Porque si no puedes pasar página, olvidarte de Manuela y a otra cosa mariposa, algo habrá que hacer.

—A lo mejor deberías dejarlo correr, acababas de conocer a esa gente, ¿qué más da ya lo que piensen o no de ti? —dijo Lola y Úrsula la miró a los ojos pensando en esa posibilidad.

—No, no puedo, aunque no vuelva a verlos en la vida, me gustaría disculparme o al menos explicarme un poco.

—Vale, punto uno resuelto —opinó Mamen y las miró a las dos indistintamente— en cuanto vuelvas a Irlanda te vas a ver a esa tía y le pides disculpas, intentas explicarte y le dices, sinceramente, que sabes que te equivocaste y que lo lamentas, que tú no eres una persona racista, ni prejuiciosa y que simplemente no supiste expresarte bien. Fin de la historia, a otra cosa.

—¿Y si la trata mal o algo?

—No la va a tratar mal, es una persona civilizada y educada, si no la mató en su propia casa, podrá soportar una charla más con Úrsula. No exageremos, por favor. Segundo punto.

—Ya... —Se sonó con el pañuelo de papel y las miró con los ojos llenos de lágrimas.

—¿Qué sientes por Paddy el Guapo?

–Ahora pura vergüenza. Por favor, ¿cómo pude ser tan gilipollas?... ¿sabéis lo amable, atento y majo que ha sido ese chico conmigo?, ni Javier, en diez años, me ha tratado así y yo voy y le miento descaradamente.

–Vale, puedes pasar y no volverlo a ver en la vida o, como con su madrastra, llamarlo, quedar con él y explicarle tus motivos.

–¿Y qué motivos? Le mentí por pura comodidad, por no dar más explicaciones, la charla con Manuela ya había sido suficiente...

–Yo creo que deberías pasar –intervino Lola–. Siendo sinceras, tú no quieres seguir saliendo con él, ¿para qué remover las cosas?, si un día te lo encuentras y te pregunta por qué estabas en Dublín cuando se suponía que estabas en Oxford, le dices que volviste antes y en paz... no hay que dar más detalles.

–En eso Lola tiene razón, tampoco es que hayas matado a alguien.

–Sí... pero me sigue dando vergüenza, no sé qué opinión tendrá ahora de mí.

–Pues que eres gilipollas. –Mamen se echó a reír y le tiró un cojín a la cabeza–. Has montado un drama de dimensiones estratosféricas, ¿te das cuenta?

–Creo que sí, pero estoy en baja forma, no puedo evitarlo.

–¿Y de verdad te acojona que sea gitano?

–No es eso.

–¿Te preocupa el asunto de los negocios turbios, la mala fama y la pasta a espuertas?

–Por supuesto que no, sé que los O'Keefe no tienen nada que ver con eso, solo tuve un momento de idiotez. Obviamente esas informaciones y datos no se refieren a ellos, y seguro que tampoco a los demás... como me dijo Manuela, los rumores que se cuentan son fruto del desconocimiento y la ignorancia.

–Vale ¿y entonces qué te pasa con él?, porque siendo como es, un adonis en carne mortal, campeón de boxeo y adorablemente cariñoso con sus hermanitos, con su familia y tan atento contigo, no entiendo por qué no quieres seguir saliendo con él. A nadie le amarga un dulce.

–No... –Se acordó que esa frase la había dicho el propio Paddy cuando lo había besado a traición en el coche y se echó a llorar.

–Vaya por Dios, no llores otra vez.

–No sé, es que estoy muy confusa, no sé ni qué quiero, intento racionalizarlo, pero no puedo y lo peor de todo... –las miró a los ojos y ellas la cogieron de las manos– sé que ya da igual lo que quiera o no, lo que decida o no, soy consciente de que ya perdí mi oportunidad con Paddy... y eso... eso no me lo podré perdonar en la vida.

Capítulo 23

Primeros de marzo y aún hacía mucho frío, esa tarde le tocaba clase con los más pequeños y sería una putada sepultarlos en el barro, pero aquello formaba parte también de la preparación al rugby y no pensaba llamar a los padres para suspender el entrenamiento. Mil veces en el futuro tendrían que disputar encuentros en medio de la lluvia o de condiciones climatológicas adversas, así que seguiría el programa con normalidad y no le daría más vueltas.

Se tapó con el edredón e intentó seguir durmiendo, pero no pudo. Se sentía muy animado desde que estaba trabajando con los equipos del entrenador McMurray. En un mes había conseguido imprimir su forma de jugar y estaban ganando en las liguillas locales y, además, su viejo entrenador, que seguía escayolado, le estaba dejando carta blanca total, así que podía probar métodos, estrategias y divertirse mucho con todos los grupos, especialmente con los más pequeños, que apuntaban maneras y eran unos guerreros natos.

Ese trabajo inesperado, por el que no pensaba cobrar un euro, le había rescatado de pronto de la rutina y el tedio en O'Keefe e Hijos, donde, por supuesto, seguía cumpliendo con sus responsabilidades, pero lo hacía mucho más alegre, pensando en el momento de coger el coche para ir al campo o en las mil cosas que pensaba desarrollar con sus equipos. McMurray llevaba treinta y cinco años entrenando en ligas infantiles, lo tenía todo muy bien organizado y sus dos auxiliares, el segundo entrenador y un utillero, le habían facilitado muchísimo las cosas, eran buena gente, los conocía bien, así que en general se lo estaba pasando genial y empezaba la inminente primavera con energías renovadas.

Se pasó la mano por la cara y miró a la chica que dormía a su lado, se llamaba Shannon y era una preciosidad. La había conocido en La Marquise una noche que se había pasado a tomar una copa y, desde el minuto uno, saltaron chispas. Era estadounidense, hija de irlandeses, y estaba en Dublín haciendo un curso de Arte Dramático. Era modelo y soñaba con ser actriz. Quería empezar a buscar oportunidades en Reino Unido e Irlanda porque, según ella, los Estados Unidos era un mercado muy cerrado capaz de dar más oportunidades a alguien de la industria británica, que de la suya propia, y quería marcar la diferencia, o al menos eso intentaba.

Era tan guapa que te quitaba el hipo y no se cortó un pelo en demostrar su interés por ella, la invitó a una copa y a la segunda ya se estaban besando junto a la barra del club. Lo siguiente ya era historia. Muchos acalorados encuentros en su piso o en el de ella, sin compromiso ni charlas vacías, y le encantaba. Era muy sexy, con mucha clase, sabía lo que quería y se lo ponía fácil, le gustaba llevar la iniciativa, vamos, y eso resultaba relajante y agradable. Llevaba unos quince días viéndola a diario y estaba contemplando la posibilidad de que aquello se pudiera alargar y pasara a ser una relación más estable, ¿por qué no?, parecían hechos el uno para el otro, se lo pasaban genial en la cama, ella tenía hábitos bastante saludables y daba la impresión de ser estable. Era simpática y espontánea, muy risueña, y estaba, por sobre todas las cosas, buenísima.

Sin querer pensó fugazmente en Úrsula, hacía solo unas semanas la definía casi con las mismas palabras: guapa, divertida, espontánea, sana y estable, claro que unas semanas antes no había desaparecido de su vida como una fugitiva y le había mentido descaradamente. Seguía sin comprender los motivos que podía tener alguien para actuar como lo había hecho Úrsula, siempre creería que él se había portado bien con ella, que había sido legal, sin embargo, eso parecía no haber sido suficiente para que ella actuara de la misma manera porque, estaba claro, no podía ser normal que un día estuvieran en la cama locos de pasión el uno por el otro, planeando una escapada a París, y al día siguiente no le cogiera el móvil y se inventara una excusa estúpida para dejarlo plantado. No era normal, ni legal, y pasaría mucho tiempo hasta que pudiera olvidar semejante gilipollez.

Afortunadamente no la había vuelto a ver, ni en casa de su padre, ni en La Marquise, ni en el gimnasio. Nada más empezar febrero, Lucy le contó que Úrsula se había dado de baja, así que ya no iría más por allí. Un alivio. Frecuentaban círculos diferentes, ella estaba todavía inmersa en el ambiente universitario de la ciudad y sería difícil que se vieran por casualidad, así que empezó a pasar de ella rápido y a no tenerla en cuenta, pronto se olvidó del mal rollo y decidió que si la veía, tampoco preguntaría nada, pasaba de gente así, no quería tensiones en su vida. Procuraba tener una existencia apacible y honesta, sin mentiras ni malos entendidos, y Úrsula no encajaba para nada en esos planes, además, estaba Shannon, que lo tenía entretenido y bastante satisfecho...

–Hola –contestó al móvil al ver que se trataba de Laura y abandonó la cama con cuidado. Cogió un albornoz y se lo puso saliendo al salón–, vaya sorpresa.

–Hola, *Gypsy King* ¿cómo estás?

–Bien, gracias, ¿y tú?

–Muy bien, gracias también... tengo buenas noticias.

–¿Ah sí?, cuenta... –Abrió el grifo para llenar la cafetera y miró por la ventana.

–Estoy embarazada.

–¿En serio?, estupendo. Enhorabuena.

–Es tuyo.

–¿Cómo dices? –Se le cayó el paquete de café al suelo y sintió las carcajadas de Laura al otro lado de la línea–. No me des esos sustos, mujer.

–No es tuyo, lamentablemente, Paddy, es de Bradley. Estoy de doce semanas, cuando te vi ya estaba preñada, así que tranquilo.

–Me alegro mucho por ti.

–Sí, estamos encantados, es el sexto hijo para él, pero eso es igual, la ilusión es la misma y pensamos adelantar la boda, pero, en todo caso, no te llamo por eso.

–Vale, tú dirás.

–Hemos alquilado un castillo, bueno, una casa de campo impresionante, gigantesca y preciosa en Essex, queremos casarnos allí y celebrar varios eventos antes del gran día y Brad está como loco por organizar un torneo de boxeo sin guantes, con apuestas y todo, con todos sus amigos pijos de Europa. Sería exactamente igual a lo que hacéis normalmente, pero solo para ricachones conocidos nuestros. ¿Qué me dices?, ¿vendrías a pelear?

–Eso lo tienes que hablar con mi tío Sean.

–Vale, pero si no vienes tú no me interesa, queremos al mejor. Independientemente de la bolsa del combate, te pagaríamos un extra por las molestias, lo que tú quieras.

–No sé si podré, estoy muy liado con el trabajo y llevando tres equipos de rugby, pero llama a Sean y lo hablas con él, si mi tío decide que nos interesa y puedo, iré encantado.

–Vale, mándame el número de Sean, pero me gustaría haberlo hecho sin tantos intermediarios.

–Esto funciona así, Laura.

–Lo sé, vale... –respiró hondo–, ¡estoy embarazada!

–Ya, qué bien, es estupendo.

–Es el año del *Baby Boom*, María empieza un tratamiento de fertilidad en verano.

–Ah, no lo sabía, no suelen contarme esas cosas.

–Vamos a cenar casi todas las noches a La Marquise, me encanta tenerla cerca, por cierto... escucha, me comentó lo de esa muchachita, Úrsula, la española que conocí en casa de Manuela y me parece de lo peor. Deberíamos denunciarla al observatorio contra el racismo o algo.

–¿Qué? –Se quedó quieto y vio aparecer a Shannon en el salón, iba completamente desnuda y le tiró un beso antes de perderse camino del cuarto de baño.

–O sea, irle a Manuela con el rollo de que si erais gitanos o *tinkers*, con desconfianza y mal rollo... ponerla en ese brete, incomodarla de esa forma, no tiene perdón de Dios. Creo que Manuela la puso en su sitio, pero si la vuelvo a ver te juro que le parto la cara. Espero que no sigas acostándote con ella ¿no?

–... –Guardó silencio y sintió como se le abría un agujero enorme en el estómago.

–¿Paddy?

–Sí. No, no la he vuelto a ver.

–Perfecto, porque ese tipo de gente no vale un pimiento, ¿me oyes?... tan modosita e inteligente que parecía... una niñata prejuiciosa y estúpida. Ella se lo pierde.

–Ya...

–Bueno, te dejo, tengo trabajo, llamaré a Sean y vamos mirando lo del combate.

–Muy bien, adiós, Laura y enhorabuena otra vez.

Colgó y se fue directo al dormitorio, cogió ropa del armario y entró al cuarto de baño al tiempo que Shannon salía de ahí con intenciones muy juguetonas, pero no estaba de humor. Se metió a la ducha, se vistió y se despidió de ella dejándole la cafetera llena y la casa para ella sola, salió a la calle y cruzó St. Stephen Green a paso ligero, directo hacia La Marquise. No sabía si Laura tenía razón o estaba exagerando, pero la sensación que le provocaron sus palabras fue tan brutal que necesitaba comprobarlo ya. Si era verdad y Úrsula lo había plantado por ser gitano o algo parecido, contestaba de un plumazo a todas sus dudas, pero a la par la dejaba a la altura del betún y por ahí no podría pasar. No sería la primera vez que percibía el cambio en unos ojos o una reacción extraña en alguien que se enteraba de golpe que los O'Keefe eran gitanos, no era nuevo y solía tomárselo con sentido del humor, pero, ¿Úrsula?... no podía ser verdad.

Entró al restaurante, preguntó si Manuela ya había vuelto del gimnasio y bajó a su despacho decidido a ir al grano, no pensaba darle tiempo a adornar el asunto, así que abrió la puerta y se le puso delante de dos zancadas.

–Hola, buenos días, ¿estás sola? –Ella levantó la vista de su escritorio y le sonrió.

–Hola, Paddy, sí...

–Mejor, ¿podemos hablar?

Manuela asintió y él se sentó enfrente de ella cruzando los brazos.

–¿Estás bien?, ¿qué ocurre?

–¿Úrsula se tomó muy mal que fuéramos gitanos? –preguntó directamente y ella se apoyó en el respaldo de su butaca, poniéndose seria de golpe–. Ya veo que sí.

–No, vamos a ver... –levantó la mano–, fue a casa a preguntarme por eso porque su jefa, Beatrice Donnelly, le había gritado mil cosas antes de dejarla marchar y una de ellas había sido que los O'Keefe eran gitanos, *tinkers*, gente peligrosa, ese tipo de chorradas y tenía sus dudas... no creo que se lo haya tomado muy mal, pero...

–Pero curiosamente desapareció de repente y supongo que fue por eso.

–No lo sé, tal vez, yo...

–Al día siguiente de dejar la casa de esa gente se dio el piro, me dejó colgado y, además, me mintió diciéndome que se iba a Oxford, aunque yo me la encontré unos días después en el gimnasio.

–Mira, Paddy, igual yo tuve la culpa.

–¿Por qué? –Le dolía el estómago y se pasó la mano por la cara.

–Porque la que no se tomó muy bien sus dudas fui yo, reaccioné un poco mal y le dije que, si no podía aceptar que nuestra familia, que los O'Keefe eran gitanos, si tenía prejuicios, mejor se replanteara la relación que estaba empezando contigo. No debí meterme, pero me enfadé mucho y... lo siento, en serio, no pensé que...

—Tú no tienes ninguna culpa, yo le hubiese dicho exactamente lo mismo.

—Ya, pero... debí ser más justa, debí darle un margen y, lo más importante, no debí meterme en vuestras cosas, pero perdí un poco los papeles, me puse nerviosa, hay actitudes que no tolero y me salió un ramalazo de mala leche del que no me siento muy orgullosa. De hecho, estoy intentando localizarla para disculparme con ella, pero no sé dónde se ha metido, ¿la has visto?

—No y ni falta que hace. –Se levantó y Manuela con él.

—¿Y entonces cómo te has enterado?

—Casualidades de la vida, no te preocupes. Me voy, tengo a una amiga en casa y trabajo que resolver... así que... siento el disgusto y no pasa nada, en todo caso gracias por sacar la cara por mí.

—Eres mi familia, Paddy.

—Lo sé... –Se acercó y le dio un beso en la mejilla–. ¿Te veo luego en el entrenamiento?

—No, va tu padre, pero vente a cenar y seguimos charlando...

—No puedo, pero gracias, y tampoco quiero seguir hablando sobre esto, en serio, solo sentía curiosidad. Tranquila.

—Muy bien, pero Paddy...

—Adiós.

Ya no quiso oír nada más, no era necesario, estaba clarísimo. Prejuicios, racismo, dudas, desconfianza, mala información, recelo... cosas que siempre sobrevolaban a los suyos. Nunca había renegado de ser gitano, al contrario, era un orgullo y hacía gala de ello. Nunca había sufrido la discriminación o el racismo, tampoco era algo que le preocupara, pero, y aunque era consciente de que una parte de su pueblo alimentaba con creces la mala fama que se habían hecho durante siglos, saltaba como un león cada vez que intuía o adivinaba el más mínimo atisbo de prejuicio hacia los suyos por ser gitanos. Era un resorte defensivo que lo ponía en guardia y lo podía hacer mandar al hospital al capullo que osara faltarle al respeto, a alguien de su familia o a él, así que saber que Úrsula, esa chica tan encantadora con la que había estado saliendo unos días, había estado justo en esa posición y delante de Manuela, lo partía en dos.

Capítulo 24

Dos días en Dublín y debía cumplir con lo que se había propuesto. Salió de la residencia y se fue andando tranquilamente por Grafton Street hacia St. Stephen Green. Estaban a primeros de marzo y el día había amanecido gris y lluvioso, frío, pero no tanto como para no desear dar un agradable paseíto antes de llegar a La Marquise, para intentar hablar con Manuela.

Se había pasado un mes en España, la mitad del tiempo en la cama, aquejada de una neumonía que había dado la cara en Madrid, cuando se encontraba en casa de Lola y Mamen. De un resfriado fuerte había pasado a una gripe, o eso creía ella, y al final la fiebre altísima y sus problemas respiratorios la obligaron a ir a urgencias, donde la habían dejado ingresada cuarenta y ocho horas. Después de eso, en coche directamente a Valladolid, donde se pasó quince días en la cama, mimada y atendida por su madre, que no quería por nada del mundo que regresara a Irlanda, pero tenía que volver. Estaban las clases, la residencia pagada, la mayoría de sus pertenecías, y alguna charla pendiente, la más seria con Manuela O'Keefe, en la que no había dejado de pensar durante toda su enfermedad.

Nada más aterrizar en Madrid se dio de baja por teléfono del gimnasio y decidió pasar página de todo aquello, olvidarse de Paddy, su familia y sus historias, pero no pudo, era completamente absurdo intentar pasar página con algo así. No se trataba solo de un rollo romántico o sexual con un tío del que quisiera olvidarse, se trataba de mucho más, de su crédito como persona, sus principios puestos en cuestión al intentar entender un mundo que no conocía. Se trataba de aclarar las cosas y recuperar el respeto de Manuela, y por ende de toda su familia.

Sus amigas no podían entender del todo su empeño por arreglar ese tema. Al verla tan destrozada al principio y enferma después, empezaron a decir que el tiempo todo lo curaba, que ya habían pasado muchos días y que mejor lo dejara correr, pero no, no pensaba hacerlo. Ella siempre había enfrentado los problemas de cara, había hablado cuando había sido necesario hablar y sentía que no podría retomar su vida con normalidad si no resolvía aquel malentendido. Ella no era una persona de prejuicios, solo una con curiosidad y que había actuado con torpeza, nada más, y se merecía mirar a la cara a Manuela, explicarse y después, si ella no la comprendía, cerrar la puerta y pasar de capítulo. Eso era lo único que le hacía falta para poder seguir adelante, no podía esconder la cabeza y dejar que todo se disolviera en el tiempo, no era su estilo, y en cuanto pisó Dublín quiso localizarla.

Lamentablemente, Lola había metido sin querer su teléfono irlandés en la lavadora y llevaba sin ese móvil un mes. No tenía ningún contacto, ningún teléfono, ningún *email*, porque nunca se lo había pedido a Manuela, y aunque por Internet localizó todos los datos de La Marquise S.L. prefirió esperar y hablar con ella personalmente. El primer día que llegó de vuelta a Dublín se fue a su residencia, se abrigó y partió al entrenamiento de rugby de los niños para ver si por casualidad la veía, pero no fue así, a ella no la vio, pero sí pudo ver a Paddy O'Keefe Jr., que era el nuevo entrenador de los pequeños. Una sorpresa que casi la mata de un infarto, aunque fue capaz de calmarse, respirar hondo y sentarse en las gradas, lejos de su campo visual, para observarlo un rato y, de paso, intentar localizar a la nueva *au pair* de Tommy y Evan Donnelly, que también estaban en el campo.

–¡¿Así que tú eres la famosa Úrsula?! –le dijo Chiara, su sustituta, en cuanto se presentó–. Los niños hablan mucho de ti.

–Es que son estupendos, ¿qué tal les va?

–Bien, bueno, ya sabes. –La miró con los ojos muy abiertos y Úrsula se encogió de hombros–. Los Donnelly se han separado, estoy en la casa sola con el doctor y los niños.

–¿En serio?, ¿y Beatrice?

–En una clínica de reposo o algo así, no lo tengo claro. El padre ha dicho a los niños que mamá necesita un descanso, pero lo cierto es que ella, antes de irse, me dijo que no pensaba volver.

–Dios bendito.

–Está completamente chiflada ¿no?

–Sí, fue imposible trabajar allí.

–Lo sé, te odia... –Se echó a reír y Úrsula sonrió mirando de reojo a Patrick O'Keefe, que acababa de llegar con Liam en brazos para ver el entrenamiento desde la orilla del campo, sin perder de vista a Michael, que corría con los demás niños al ritmo que marcaba Paddy–. ¿Has visto al pedazo de entrenador?

–¿Y el señor McMurray?

–De baja, ahora lo lleva todo este bombón y tiene tanto éxito con las madres que las gradas se llenan de mujeres salidas y desesperadas. Todas a ver cómo sonríe o, con algo de suerte, a ver cómo se quita la sudadera y deja a la vista un trocito del cuerpazo que tiene.

–Ah... –Se le contrajo el estómago recordando la piel suave y caliente de Paddy contra sus labios y se cerró mejor el anorak.

–Es gitano, ¿sabes?, su familia es muy conocida aquí, su abuelo es un patriarca. Me lo contaron unas madres del barrio... algunas le llaman *Gypsy King* y matarían por catarlo, pero el chaval mantiene las distancias, es muy educado... igual que su padre, que es otro que las trae locas, aunque, claro, ese está casado con una chica guapísima que...

–Ya –cortó de cuajo la charla y miró la hora comprobando que faltaba poco para que acabara aquello. Se quedaría a saludar a Tommy y Evan y se iría pitando–, si no te importa, me gustaría ver un ratito a los niños.

–Claro, les encantará. ¿Y ya tienes casa nueva?

–No, estoy en una residencia, ¿tú vas a la universidad?

–No, solo he venido para practicar el inglés, no podría estudiar y trabajar, no al menos viviendo con los Donnelly.

–Lo sé.

–Con las otras *au pairs* y algunas madres hemos hecho un grupito muy majo, en el cole y en el rugby, tomamos café y nos vamos de charleta. No sabes la de cotilleos que escucho, y eso me distrae del curro, o si no me pegaría un tiro, te lo digo en serio.

Estuvo hablando un rato con Chiara, que era una italiana campechana y muy divertida, y comprendió enseguida que nunca se había integrado como *au pair*, igual la cantidad de trabajo con los Donnelly y sus obligaciones en la universidad lo hicieron imposible, o su absoluto desinterés por las relaciones sociales marujiles, no estaba muy claro, pero su falta de contacto social la había privado de enterarse de lo que pasaba a su alrededor, como por ejemplo, lo de los O'Keefe, el abuelo patriarca y todo lo demás. Menudo chasco. Si hubiese sido más abierta seguramente se hubiese ahorrado muchos disgustos, pensó regresando a la residencia después de pasar un rato con los niños, tenía que aprender a ser más sociable y a prestar más atención.

–Hola, buenos días, quería ver a la señora O'Keefe –preguntó en cuanto entró en La Marquise, y sintió los nervios asentándose en su estómago.

–Claro, está abajo, ahora le aviso –le contestó Tricia, una de las recepcionistas que ya la había visto muchas veces con Manuela en el restaurante, y llamó a la gerencia desde un teléfono interno. Úrsula pensó en lo que haría si se negaba a recibirla y empezó a sentirse un poco ridícula allí, suplicando audiencia, aunque antes de seguir cavilando al respecto Tricia la miró y le sonrió–. Dice que bajes, por favor.

–Gracias. –Se quitó el abrigo y bajó las escaleras despacio, pasó por la zona de administración y antes de llegar al despacho de Manuela, ella abrió la puerta y salió a recibirla–. Hola, Manuela, siento venir sin avisar, pero...

—Nada, pasa, por favor —se dieron dos besos y le indicó un sofá para que se sentara, ella buscó una silla y se le puso enfrente—, ¿qué tal estás?, hace mucho que no sabía nada de ti.

—He estado un mes en España.

—¿Ah sí?, ¿y tus clases?

—Tuvieron que esperar, fui a Madrid por un fin de semana y me puse malísima, una neumonía, estuve ingresada dos días y el resto del tiempo en cama, en casa de mis padres.

—Por Dios, menos mal que te pilló allí.

—Pues sí, supongo que estaba baja de defensas y me atacó de pleno, afortunadamente ya estoy bien y he podido volver.

—Te llamé a tu teléfono y...

—Roto, una amiga lo metió en la lavadora y perdí el móvil y todos los datos, así que me quedé desconectada, por eso no pude llamarte antes de venir, iba a hacerlo al fijo, pero preferí probar suerte. Espero que no te importe.

—Claro que no.

—Ayer fui al entrenamiento de los niños a ver a los Donnelly y de paso comprobar si te veía, pero no...

—No, con este frío si puedo evitar ir, no voy, además no disfruto mucho viendo a mi hijo por el barro y dándose esos golpes, ya sabes... —suspiró—. Mira, Úrsula.

—Yo primero, por favor —Manuela la miró con esos ojos tan grandes que tenía y ella respiró hondo—, llevo más de un mes pensando en la última charla que tuvimos en tu casa. Creo que te di una impresión completamente equivocada de lo que pienso, de como soy, y soy consciente de que fue culpa mía. No debí llegar allí con tantas preguntas, no sé por qué dije tantas idioteces, llevo semanas intentando comprender qué me pasó para hacer ciertos comentarios y quisiera pedirte disculpas sinceras si te ofendí, a ti o a los tuyos, con mis palabras. Quiero disculparme y dejar claro que no soy racista, ni tengo prejuicios, solo quise comprender algo tan nuevo para mí como era el tema de los *tinkers* y todo eso. Nada más lejano a mi intención que querer parecer racista o algo parecido. Yo no soy así, creo que me conoces un poquito para saber que es imposible que yo sea así, sin embargo, estoy dispuesta a disculparme mil veces por mis palabras. Lo siento mucho, Manuela, te lo digo de corazón.

–Disculpas aceptadas –le dijo ella y sonrió–, estoy segura de que no eres racista y que solo sentías curiosidad y, dicho esto, quisiera disculparme también, tampoco tuve una reacción muy serena o sensata. No debí ser tan dura, he estado muy preocupada por esa charla, no me gusta reaccionar así, pero en mi defensa he de decir que ese es un tema muy sensible para mí. Mis hijos son gitanos, mi marido, mi familia, y cualquier atisbo de prejuicio al respecto me convierte en una persona poco razonable, espero que lo entiendas.

–Por supuesto.

–No quise cerrarme en banda y mucho menos meterme en la relación que tú mantenías con Paddy, me siento fatal por eso.

–Bueno, eso tampoco iba a ninguna parte –sonrió con amargura–, creo que Paddy juega en una Liga diferente a la mía y más pronto que tarde se iba a terminar, así que...

–¿Pero qué estás diciendo?

–Vamos, no soy idiota, el perfil de reina de belleza no me calza y Paddy es estupendo, un amigo de primera, pero es completamente inalcanzable. Yo creo que el destino puso todo en su sitio y mejor así, Manuela.

—No sé si esa idea es más injusta para ti o para él...

—¡Mamá! —Patrick entró al despacho con Aidan en brazos y las dos se pusieron de pie.

—Hola, ¿qué estáis haciendo aquí?

—Hola, Úrsula —saludó él y entregó el niño a su madre—. Se me despejó la mañana de trabajo así que fui a recogerlo donde los abuelos, me acompañó a hacer un par de recados, compramos unos zapatos nuevos y ahora venimos a comer contigo antes de ir a buscar a Michael y a Liam.

—Vaya, qué mañana más entretenida.

—¡Sí! —asintió Aidan y Úrsula observó como Patrick se acercaba a su mujer y le ponía la mano abierta sobre vientre antes de besarla un par veces en la boca.

—¿Estás bien, *Spanish Lady*?, ¿te sientes mejor?

—Mucho mejor, no te preocupes.

—¿Te encuentras mal? —preguntó Úrsula y ella la miró con una gran sonrisa.

—No, estoy bien, solo estoy embarazada... otra vez —movió la cabeza— y las mañanas son mortales.

—¿En serio?, no sabía nada. Enhorabuena —se acercó y les dio un par de besos a cada uno—, qué bien, me alegro muchísimo.

—Estamos muy contentos —susurró Patrick, besando a su mujer en la cabeza—. Otro cachorrito. ¿Verdad, Aidan?, ¿verdad que vas a tener otro hermanito?

—Sí.

—¿Y estás contento?

—Sí.

—¿Es otro chico?

–No, aún no lo sabemos, pero Paddy siempre apuesta por los chicos.

–Y no suelo equivocarme –bromeó mirándola a los ojos–. ¿Te quedas a comer con nosotros, Úrsula?

–No, por favor, no quiero molestar, yo... –Se volvió hacia el sofá para agarrar sus cosas y los dos la hicieron callar.

–No, de eso nada, quédate a comer y así charlamos más tranquilamente. Venga.

Capítulo 25

Hacía mucho tiempo que los hermanos O'Keefe no estaban todos juntos en un evento familiar, así que sus abuelos no cabían en sí de gozo. Detuvo el jeep en la entrada del hotel, donde ya no cabía un alfiler, y animó a Shannon a bajarse y a esperarlo en el *hall* mientras encontraba aparcamiento. Su padre había cedido los dos salones de fiestas de ese hotel de Dalkey para festejar por todo lo alto el sesenta y ocho cumpleaños del abuelo, y allí había llegado gente de todas partes, desde sus siete hijos con sus respectivas parejas, gran parte de sus treinta nietos y sus seis bisnietos, hermanos, cuñados, primos y allegados. Una verdadera locura.

Al fin pudo aparcar y se acercó corriendo a la entrada, agarró a Shannon de la mano y entraron en el salón principal donde los mayores y los niños más pequeños comían y bailaban tan a gusto, con una banda de música irlandesa animando el cotarro, y empezó a presentarla a todo el mundo. Era la primera vez que llevaba una novia a una fiesta familiar desde Brittany, hacía más de un año, y todos se mostraron atentos y simpáticos con ella, aunque ella los comenzara a mirar en seguida con desconfianza y los ojos entornados, completamente muda, dejando claro que muy cómoda no se sentía.

–No sabía que eras tan tímida –le dijo cogiendo un plato de canapés del bufé y ella lo miró agarrándose a su brazo.

–Esto es muy agobiante, Paddy, cuando dijiste una fiesta de cumpleaños en un hotel, me imaginé un cóctel elegante en algún hotel de lujo de las afueras, algo como La Marquise, no esto, si no, no me hubiese vestido así –se miró a sí misma y él entornó los ojos empezando a cabrearse–, es un Carolina Herrera, ¿sabes?

–Puedes irte, si quieres.

–¿No me llevas tú?

–No, es el cumpleaños de mi abuelo.

–Vale, Paddy, pero nos quedamos solo un rato... –Se giró para mirar con espanto los modelitos, los peinados y el maquillaje de alguna de sus parientes y él decidió en ese mismo instante que no la volvería a llamar. Menuda snob, pensó, sabiendo exactamente lo que ella estaría pensando: que eran unas horteras. Ya se lo había dicho antes Brittany, y no estaba dispuesto a repetir con semejante estupidez. Estaba claro que parte de su familia no vestía precisamente de Carolina Herrera, pero ese no era motivo para mirarlas con la nariz arrugada–. Gracias a Dios, allí está tu madrastra, ¿vamos a saludarla?

–Vale... –Caminó hacia Manuela, que charlaba con dos de sus tías mientras vigilaban a Liam y a Aidan, y Shannon se adelantó para darle dos besos.

–Hola, Manuela, estás preciosa, como siempre y no se te nota nada el embarazo y eso que es el cuarto... ¡Dios!, no sé cómo lo haces... ¡cuatro niños!. Deberías salir en el Libro Guinness –soltó de corrido y Manuela parpadeó antes de darle dos besos–. Mírate, espectacular.

–Gracias, Shannon, ¿conoces a Erin y Catherine?, son tías de Paddy.

–No, encantada. –Les extendió la mano casi sin mirarlas y él frunció el ceño ya cabreado de verdad–. ¿Y este pantalón tan mono de quién es?, ¿Armani?

–Paddy –los niños le enseñaron los cochecitos con los que jugaban en el suelo y él se acercó para ver qué hacían– tenemos los jeeps.

–¡Qué bien!, son guapísimos ¿y Michael?

–Se fue a la calle y papá lo salió a buscar.

–¿Cómo que a la calle? –Se enderezó para intentar localizarlos y en ese momento su abuela le tocó la espalda.

–Paddy, ven, te quiero presentar a alguien.

–Hola, abuela. –Le dio un beso en la frente y dejó que lo agarrara del brazo y se lo llevara al otro lado del salón donde había más familia, la mayoría mujeres, charlando en torno a una mesa.

–Mira, esta es mi sobrina June, ¿te acuerdas de ella?, es prima de tu padre, y esta es su encantadora hija Fiona, acaba de cumplir dieciocho años y viene desde Kerry a conocerte –él miró a esa belleza irlandesa de ojos azules y no supo qué decir–, salúdala, hijo.

–Hola, encantado ¿qué tal estáis?

–¿Por qué no la invitas a tomar algo?, tráele un refresco. Venga, Paddy, no te quedes ahí parado.

–Claro. –Fue a buscar unos refrescos, los puso en la mesa, miró a Fiona solo un par de veces a la cara, porque ella estaba muerta de vergüenza y roja como un tomate, y pasados los diez minutos de rigor, se disculpó y se largó agarrando a su abuela del brazo–. ¿Qué pretendes, abuela?

–¿Yo?, nada, solo presentarte a una chica decente. Una gitana preciosa y que es familia, además. Ha terminado el colegio, no ha tenido novios, ni ha salido apenas y se ha criado pegada a las faldas de su madre, un cielo de criatura. Vuelve allí y préstale algo de atención, Paddy, no seas mal educado.

–¿Qué?, ¿ahora intentas casarme? Esto es nuevo.

–Ya es hora y sin tu madre aquí, me toca a mí empezar a buscarte una chica aceptable.

–¿Una niña de dieciocho años que no puede ni mirarme a la cara? –Se echó a reír y su abuela se puso seria.

–Mira, Paddy, no pretenderás dar el paso con una de esas payas golfas que te llevas a la cama día sí, día también.

–Tú eres paya, abuela y Manuela también.

–No vas a comparar a una paya decente con una putilla de esas con las que te encamas.

–¡Abuela!

–De abuela nada, Fiona es perfecta, mírala, qué guapa es. Sácala a bailar.

–Ni hablar, y no he venido solo, me he traído a una amiga, así que, si no te importa, vuelvo con ella.

–Nah, nah, ahora vuelves con Fiona y no me dejas mal... ¿sabes cuantas madres quieren que te presente a sus hijas casaderas?, no tienes ni idea, pero son muchas, y nunca te molesto con eso, así que ahora vas a hacer caso a tu abuela y te vuelves a esa mesa.

–No, ni... –Por el rabillo del ojo divisó a su padre fuera del salón, en el porche que daba al jardín, muy enfadado regañando a Michael, que lloraba con la cabeza gacha y aprovechó la ocasión para dejar a su abuela y escaquearse–. Algo pasa con Michael, voy a ver.

–¡Paddy!

–¿Qué ocurre? –llegó de dos zancadas al porche y miró a su padre a los ojos–, ¿eh?

–Pasa que me he encontrado a Michael tirando piedras contra los cristales del hotel. Contraviniendo un montón de órdenes, la primera no salir fuera, ni separarse de sus hermanos, ni seguir a los primos mayores y mucho menos estar rompiendo cosas que, por otra parte, son nuestras...

–¿En serio, Micky?, ¿quién te ha llevado?

–¡Me importa una mierda quién lo haya llevado! –gritó su padre y se puso las manos en las caderas–, no espero que los demás tengan cabeza, pero sí espero que mi hijo me obedezca y no empiece tan pronto con este tipo de gilipolleces.

–Yo no sabía nada, yo fui con Brian y los chicos. –Se defendió él con el rostro bañado en lágrimas.

Paddy se imaginó que lo habían pillado infraganti, con lo cual la vergüenza había sido mayúscula.

–¿Y han roto algo?

–Dos ventanales de la parte de atrás... – Patrick suspiró–, ¿sabes que te podrías haber cortado o algo peor, Michael?

–No –negó él con la cabeza y Paddy quiso consolarlo, pero se quedó quieto.

–Claro que no lo sabes, porque eres muy pequeño y por eso tienes que obedecer a tus mayores.

–¿Qué pasa? –Manuela llegó por su espalda con Liam y Aidan, y Paddy vio como Michael hacía un puchero y se ponía a llorar otra vez–, ¿por qué está llorando?, ¿qué ha pasado?

—Lo he pillado haciendo una trastada con los primos, una grave. Está castigado y por lo que a mí respecta, esta fiesta se ha acabado. Todos al coche, nos vamos a casa. Voy a despedirme de mis padres.

—Pero, Paddy... —Manuela lo miró a los ojos, le sostuvo la mirada un segundo y guardó silencio, él agarró a los más pequeños, los cogió en brazos y volvió al salón para despedirse—, ¿qué has hecho, hijo?

—Yo no quería... —Estaba sollozando, así que él se acercó y lo abrazó. Se le partía el corazón verlo así, no era más que un chavalín y miró a Manuela moviendo la cabeza.

—Los pilló en la parte de atrás, fuera, tirando piedras a los cristales, han roto dos ventanales, pero, estoy seguro, que él solo miraba. Iba con los primos, son más mayores y sé que solo se ha dejado llevar, tiene siete años.

—Ay, Señor. —Ella se pasó la mano por la cara, se acercó y le acarició la cabeza—. Llevábamos media hora sin encontrarte, cariño, papá ya estaba muy preocupado y si te pilla además haciendo algo así... En fin, dentro de un rato, cuando esté más tranquilo, vamos a charlar sobre esto, que está muy mal ¿lo entiendes? —él asintió—. Venga, vámonos, tengo los abrigos en el guardarropa.

—Vamos... —La siguió al *hall* y observó como ella pedía sus cosas a una recepcionista—. ¿Sabes dónde está Shannon?

—No lo sé, se fue al cuarto de baño, deberías ir a buscarla, Paddy, parecía un pez fuera del agua.

—Ahora, creo que también me voy a casa, la abuela intenta emparejarme con una prima segunda y no me dejará en paz.

—¿Ah, sí? —se echó a reír y Paddy con ella—, no puede ser.

—En serio, una pobre chiquita de dieciocho años que no habrá salido de su casa hasta hoy.

—¿Y no sabe tu abuela que te has traído a tu novia?

—No es mi novia, es una amiga, y sí lo sabe, pero le da lo mismo.

—Hace una semana vimos a Úrsula —la miró con el ceño fruncido, pero ella ignoró el gesto y se volvió para saludar a unas niñas que corrían hacia el salón de baile—, pasó un mes en España, enferma con una neumonía, y fue a saludarme al restaurante en cuanto volvió. Quería disculparse y fue muy sincera, la verdad. Yo también aproveché para disculparme.

—¿Disculparse?, ¿por qué?

—Ella por parecer una racista llena de prejuicios y yo por comportarme como una intolerante metomentodo, Paddy.

—Bueno...

—Estoy segura de que no es una persona con prejuicios, mucho menos una racista. Todo se salió de quicio y me alegra mucho haber podido aclararlo.

—Ok, ya estamos. —Su padre apareció con los pequeños y miró a su mujer señalándole la calle—. ¿Vamos, *Spanish Lady*?

—Mi amor...

—Ni una palabra más, por favor, estoy demasiado cabreado.

—Muy bien, entonces nos vamos.

—Eso es... y tú, Paddy, ve a buscar a tu novia, creo que ha bebido bastante más de la cuenta.

Los dejó en el coche, se despidió y volvió a la carrera

al salón para recoger a Shannon. Estaba claro que había sido una muy mala idea llevarla a la fiesta y ahora, encima, borracha. Su abuela tendría material de sobra para torturarlo un par de semanas más.

–Paddy, ¿dónde está tu padre? –Su tío Niall lo detuvo en el pasillo y él lo miró fijándose en que llevaba por el pescuezo a dos de sus hijos y a un chaval que no conocía. Los tres de unos doce años y con la cabeza gacha.

–Se ha ido y bastante cabreado.

–Lo sé... –respiró hondo–, estos gamberros le querían pedir disculpas. Ya hemos limpiado el estropicio y, por supuesto, yo pagaré los cristales.

–Muy bien.

–No sé qué coño les pasa, en serio, pero estarán el resto del año castigados.

–Tú haz lo que quieras, tío, yo solo os puedo decir a vosotros –se acercó, los miró desde su altura y los tres recularon sin mirarlo a la cara– que como volváis a arrastrar a mi hermano a una de vuestras gamberradas os las tendréis que ver personalmente conmigo, ¿queda claro?

–Él... –alcanzó a decir uno y su padre le dio un capón en la cabeza.

–Él solo tiene siete años y se acaba de comer un marrón que no le corresponde.

–No volverá a pasar, Paddy –intervino Niall–, discúlpame con tu padre otra vez, lo siento mucho, de verdad. ¡Venga, pedid disculpas!

–Lo sentimos.

Sí, claro, pensó en cuanto le dieron la espalda. Y una mierda lo sienten y volverán a liarla en cuanto tengan oportunidad. Eran unos listillos y se habían llevado a Michael para cubrirse las espaldas. Él había vivido aquello desde muy pequeño, muchos parientes y amigos que querían arrastrarlo e incluirlo en sus planes por ser nieto e hijo de quién era, así, si luego la cagaban lo ponían a él de parapeto. Nunca había funcionado muy bien ese invento, porque su abuelo o su padre eran muy justos y montaban en cólera igual, o peor, estuviera él o no en la ecuación, así que ahora, años después, si otros gamberros intentaban hacer lo mismo con sus hermanos lo tenían crudo con él vigilando, porque no iba a tolerar que nadie se pasara un pelo o intentara utilizar a los niños en su beneficio.

–Hola, Paddy –la voz lo sacó de sus cavilaciones y lo transportó de golpe a otra parte, respiró hondo y se giró para mirarla a la cara.

–Hola, Úrsula.

–¿Qué tal estás?

–Vaya sorpresa.

–Sí, es que tu abuela insistió mucho y solo vine para saludar a tu abuelo y darle mi regalo. –Dio un paso atrás y él se fijó en su blusa y sus pantalones negros, el abrigo doblado en el brazo, el pelo suelto y esos ojos dorados, almendrados y brillantes que tenía, con un nudo en el estómago–. No encuentro a Manuela, ¿ya se ha marchado?

–Sí.

–Vale, gracias... es que he tardado mucho en llegar... –Ella no le sostenía la mirada y él era incapaz de parecer más amable, así que empezó a sentirse incómodo–. Si tienes un momento, me gustaría hablar contigo.

–¡Paddy!, bombón –Shannon apareció como por ensalmo a su lado y se le abrazó al cuello–, ¿dónde te metes?, te echo de menos.

–Hola, preciosidad –dijo él sujetándola por la cintura–, te presento a Úrsula, una amiga de Manuela.

—Encantada. —Úrsula parpadeó y le extendió la mano. Shannon, como solía hacer, apenas la miró y se dirigió a él abrazándose a su pecho.

—¿Me llevas a casa, cielo?

—Claro, cariño. Voy a despedirme y nos vamos a casa. Adiós, Úrsula.

Ni la miró, no era capaz de mirarla a los ojos porque de pronto comprendió que seguía muy cabreado con ella. Habían pasado dos meses desde su espantada, desde lo de París, y seguía sintiéndose igual de estúpido y rechazado, así que prefirió darle la espalda, sujetó a Shannon de la mano y simuló ser muy feliz con ella mientras se despedía de todo el mundo.

Era bastante idiota comportarse así, pero fue incapaz de controlarse y cuando al fin pudieron abandonar el hotel y cogió el jeep para volver a Dublín, hizo otra cosa que jamás se podría perdonar: vio a Úrsula bajo la lluvia, con un paraguas, intentando capear el viento en una solitaria parada de autobús, pero la ignoró. En su sano juicio nunca le habría hecho algo semejante a nadie que conociera, lo normal habría sido parar y ofrecer llevarla a Dublín, pero no lo hizo, pasó frente a ella, aceleró y enfiló hacia la ciudad sin mirar atrás.

Capítulo 26

Estaba segura de que esa sangre fría con la que reaccionaba ante las crisis la había heredado de su madre. Aunque la habían criado entre algodones, ocultándole los problemas y procurándole un bonito y feliz mundo rosa a su alrededor, cuando tenía que actuar lo hacía y no se le movía un pelo, no al menos hasta que el mogollón pasaba, se disolvía y ella volvía a dejarlo todo bajo control, igual que su santa madre.

Se desplomó en una de las sillas de la cocina de los O'Keefe y cuando el microondas le avisó de que el agua ya estaba caliente, sacó la taza y se preparó un té. Había sido un día de locos, miró la hora y comprobó que ya eran las cinco y media de la tarde. Seis horas antes había llegado a La Marquise para hacerse cargo de Aidan sin imaginar, ni en sueños, que acabarían en el hospital y corriendo en el coche de Manuela, Dublín arriba, Dublín abajo, para apagar todos los fuegos que de pronto se le activaron sin previo aviso.

Esta mañana, Faith, una hermana de Grace Vergara, se había puesto de parto en Belfast y su madre, sus tías, sus hermanas y por supuesto sus abuelos maternos, volaron para estar con ella en el nacimiento de su primer hijo, así que Manuela, ante la ausencia total de «niñeros» había decidido llevarse a Aidan al restaurante y pasar la mañana allí con él, mientras Michael y Liam estaban en el colegio y Patrick en Londres, donde había viajado por un asunto profesional urgente. Todo bajo control, sin embargo, ella se ofreció para echarle un cable con Aidan y se presentó en La Marquise a media mañana, afortunadamente, porque en cuanto llegó notó que algo no marchaba muy bien.

—¿Qué te pasa?, estás muy pálida —le dijo dejando la mochila en un sofá.

—No lo sé, no me siento muy bien y es extraño porque ya pasé el primer trimestre y... —Observó cómo se acariciaba su incipiente tripita y se asustó.

—¿Te llevo al médico?, ¿llamo a alguien?

—No, vamos a esperar... —Entró al cuarto de baño y ella se agachó para acariciar el pelo a Aidan, que estaba pintando tan contento en su mesita.

—Úrsula...

—¿Qué?, ¿qué pasa? —La vio llorando y se puso de pie de un salto.

—Estoy manchando y me duele un poco... tengo que ir a urgencias, pero tranquila, voy a llamar un taxi, tú quédate con Aidan y...

—De eso nada, dame las llaves del coche, vamos contigo, no te voy a dejar sola. Vamos, cariño —agarró al pequeño en brazos—, nos llevamos las pinturas y acompañamos a mamá al doctor.

Lo demás había sido como una película a cámara rápida. En cuanto dejaron a alguien a cargo del restaurante, se la llevó a la clínica, que no estaba muy lejos, y la puso en manos de un ginecólogo de inmediato, porque mientras Manuela se mantenía tranquila y silenciosa, a ella le había entrado una furia un poco agresiva, de los puros nervios, y se puso a dar gritos en el *hall* de ese sitio tan elegante hasta que las atendieron sin rechistar. En cinco minutos estaba en un box de urgencias y ella se sentó en la sala de espera a pintar con Aidan, que observaba todo con esos ojazos negros tan expresivos que tenía, un pelín desconcertado, pero muy tranquilo. Afortunadamente el pequeñajo era un cielo y no lloró ni protestó mientras a su madre le hacían un montón de pruebas y ella comprobaba, con sorpresa, que no tenía ni un puñetero número de móvil útil: ni el de Patrick, ni el de los abuelos, ni siquiera el de Paddy, al que tampoco iba a llamar, aunque le fuera la vida en ello.

Aun en esa situación tan delicada, pudo experimentar de nuevo el mal rollo que le había provocado ver a Paddy en el cumpleaños de su abuelo. Con esa pinta extraordinaria que tenía, todo de negro, guapísimo, y de la mano de esa chica preciosa, borracha y mal educada, pero igual de espectacular que él, con esas piernas largas y esbeltas tan típicas de las modelos, ese pelo rubio tan cuidado y esos rasgos perfectos... por supuesto, había sido consciente desde el minuto uno de que si se presentaba en la fiesta podría verlo con una novia, era lógico, pero por mucha conciencia que se pudiera tener, la realidad había sido muy dura y más aún cuando él le había respondido tan fríamente, con esa distancia, dejando claro que no la quería cerca. Y estaba en su derecho.

Ella se había portado fatal con él, le había mentido, por eso quería disculparse, y llevaba varios días intentando encontrarlo para hacerlo, sin ningún éxito, así que la excusa de la fiesta de cumpleaños del abuelo O'Keefe había sido la oportunidad perfecta, lástima que no estuviera muy receptivo y al final aquello había sido un chasco. Uno lo suficientemente grande para hacerla salir de allí a la carrera, aunque le había costado mucho llegar sin coche, en transporte público, y volver de inmediato a la parada del autobús más cercana, donde pasó más de una hora bajo la lluvia maldiciéndose por haber sido tan ingenua de pensar que Paddy el Guapo le daría al menos el beneficio de la duda.

Después de esa noche fatídica, hacía quince días, no había vuelto a tener noticias de él, aunque veía a Manuela y a su familia con regularidad, no coincidían y lo agradecía, como agradecía, aún más, el haber podido recuperar la relación con ella, con la que había aclarado las cosas rápidamente y sin ningún drama.

—¿Tú? —La puerta de atrás se abrió y vio entrar al mismísimo Paddy Jr. con cara de preocupado.

—¿Perdona? —«Hablando del rey de Roma», pensó y se puso de pie.

—Lo siento, es que me dijeron que una amiga... pero no qué amiga, en fin... ¿cómo están todos?

—Están bien. Manuela más tranquila, en la cama, viendo la tele con los niños.

—Ok, gracias, ya estoy aquí así que...

—¿Tú eres mi relevo?, tu abuela me dijo...

—Yo soy tu relevo y no hay nadie mejor, así que ya puedes marcharte, Úrsula. Muchas gracias.

—Voy a esperar a que llegue tu padre, ya aterrizó y le dije que me quedaría para sacar a Russell y...

–Ya me ocupo yo –abrió la nevera, cogió un *brick* de zumo y bebió un trago largo directamente del envase–, ¿por qué demonios no me habéis llamado antes?

–Esa fue decisión de Manuela, no quiso alertar a nadie hasta que estuvo segura de que todo marchaba bien.

–Ya, pero los niños, había que ir al colegio y…

–Y mientras Manuela estaba en observación en la clínica, Aidan y yo los recogimos en Dún Laoghaire, luego fuimos a buscarla a ella y me los traje a todos. Ningún problema, no te preocupes.

–Pero… –bufó y la miró a los ojos. Úrsula sintió las piernas como de lana y volvió a su taza de té–, he estado entrenando casi dos horas hasta que a un alma caritativa se le ocurrió llamarme. Eso no se hace, Liam y Aidan son muy pequeños…

–Lo siento, yo no decidí nada, ni siquiera tengo tu número de teléfono.

–Ah, gracias, muy bonito.

–Es verdad, perdí mi teléfono…

–Me importa una mierda, te lo digo en serio.

–¡¿Qué?! –se puso en jarras y se le acercó, él entornó los ojos y la miró muy desafiante–, ¿no te parece bien que echara un cable a tu familia?, ¿es eso?

–No sé, a la que parece que no le gusta mucho mi familia es a ti.

–No puede ser –se pasó la mano por la cara–, cualquier estupidez que le haya dicho a Manuela en enero ya ha quedado aclarada, no tienes ningún derecho a hablarme así y si te cabrea no haber sido el héroe esta vez, lo siento mucho.

–¿Qué coño…? Mira, es igual, no me interesa… voy a subir a atender a mis hermanos.

—No, Paddy, espera un segundo y no te preocupes... —lo agarró del brazo—, están perfectamente atendidos, no soy una inútil, ¿sabes?

—Me lo imagino.

—Escucha... —suspiró—, actué fatal al manifestarle a Manuela mis dudas con respecto a los *tinkers* y todo eso, pero yo no sabía nada al respecto. Me disculpé sinceramente con ella y lo comprendió, ahora permite que me disculpe contigo, por eso y por todo lo demás. Lo siento mucho.

—¿Ah, sí?, ¿qué sientes?, ¿mentirme?, ¿dejarme tirado?, ¿parecer una racista delante de Manuela?

—Lo siento todo.

—¿Y por qué habría de creerte ahora, si a la primera de cambio no tuviste reparo en mentirme?, ¿eh?

—No sé qué me pasó, lo siento muchísimo, Paddy.

—No soporto la mentira, es una falta de lealtad absoluta y sin lealtad no hay relación que valga, ni familiar, ni amistosa, ni...

—Y tienes razón, pero cometí un error. Discúlpame.

—Muy bien, voy a subir, ya me ocupo de todo. Muchas gracias.

—No pienso irme hasta que llegue Patrick.

—No hace falta...

—Eso no lo decides tú.

—¿Cómo dices? —Volvió sobre sus pasos y ella se plantó firme en medio de la cocina.

—Mira, que tú prefieras no verme, no es motivo para que yo no me quede aquí, tengo que charlar con tu padre, seguro que se quedará más tranquilo si puede hacerme algunas preguntas. Esto no tiene nada que ver contigo.

—Mira, Úrsula, coge tus puñeteras cosas y...

—¡¿Qué?!, a mí no me hablas así, ¿quién coño te crees...?

—¡¿Qué está pasando aquí?! –de pronto Patrick habló alto y claro, no lo habían oído llegar, y ella lo miró con cara de sorpresa–. ¿Dónde está Manuela?

—Está arriba, en la cama, viendo la tele tranquilamente con los niños.

—Estupendo... –miró a su hijo y él se metió las manos en los bolsillos– y muchas gracias por todo lo de hoy, Úrsula... si no llegas a estar tú.

—A mí nadie me avisó –intervino Paddy y los dos lo miraron con el ceño fruncido.

—Me acaba de llamar la doctora Moore –continuó él– y dice que es normal, muy habitual a las quince semanas de gestación y que solo deberá tomar la medicación y descansar un poco, pero...

—Una cistitis es bastante habitual en las embarazadas, no te preocupes. Manuela me contó que con Liam también pasó un pequeño susto y mira..., todo va a salir bien.

—Y en aquella ocasión yo también estaba de viaje. –Se acercó y la abrazó por los hombros–. Muchas gracias por todo, Úrsula, ¿subimos a ver a la tropa?

—Claro. –Lo siguió por la escalera con Paddy pegado a sus talones y cuando entraron en el enorme dormitorio principal, él saludó a los niños antes de acercarse a su mujer para besarla varias veces en la boca.

—¿Estás bien?

—Estoy bien, mi vida, en serio.

—Joder, *Spanish Lady*, llevo sin respirar desde que me llamaste...

—Te dije que todo iba bien y que Úrsula lo tenía todo bajo control. –La miró y le sonrió, ella respondió al gesto con otra sonrisa mientras Paddy se sentaba con los niños en el suelo, refunfuñando por lo bajo.

—Ya se lo he dicho, ha sido nuestro ángel de la guarda... —apartó el edredón y se inclinó para besarle la tripa—, ay cachorrito, qué susto nos has dado.

—Cachorrita —susurró Manuela acariciándole el pelo y Úrsula se puso la mano en el pecho muy emocionada.

—¿Qué? —Levantó la cabeza lentamente para mirarla a los ojos.

—Me hicieron una ecografía y esta vez se ha dejado ver. Es una niña, Paddy.

—¿En serio? —Los cuatro hermanos los miraron con los ojos muy abiertos y Úrsula buscó un pañuelo de papel para enjugarse las lágrimas.

—Sí, ya no seré la única chica de la casa y me alegra saberlo, la verdad.

—Oh, Señor —dijo el padre y Manuela se echó a reír abrazándolo muy fuerte.

—Perfecto, una niña —opinó Paddy, miró a los niños y les hizo un gesto para volver a la pista de coches que tenían montada en el suelo.

Capítulo 27

Tal vez su abuela tenía razón y debía sentar la cabeza. Llevaba unos meses de mucho trajín, problemas, agobios y tensiones, mucho lío que escapaba de su control, y necesitaba un respiro, alguien que lo escuchara, lo apoyara, una compañera, una pareja. Sonaba absurdo en alguien como él, que estaba rodeado de gente, de familia y de mujeres, pero era así de crudo. Sus hermanos eran como sus hijos, pero no eran suyos, sus chicas parecían sus novias, pero no lo eran, su casa parecía su refugio, pero no era del todo un hogar.

«Estás en crisis», le soltó Diego desde Nueva York, cuando le comentó sus cavilaciones, y le hizo jurar que en esas condiciones no tomaría decisiones precipitadas, ni se comprometería con nadie, ni sucumbiría a una boda gitana, precipitada, por pura soledad. «Vas a cumplir veintiocho años en septiembre, a esa edad todos nos planteamos dudas, sobre todo tú, tío, que tienes a la mayoría de tus primos casados y con hijos, pero respira y piensa, Paddy, que estás en tu mejor momento, estás empezando a encauzar tu vida profesional, ya tendrás tiempo de pasar por el altar y fundar un hogar. Te mereces a la mujer perfecta, a tu compañera ideal y, estoy seguro, no es ninguna de las candidatas de tu abuela o de las chicas con las que te acuestas ahora. Así que tranquilo y llámame cuando quieras hablar, las veces que quieras, no le diré nada a Grace... pero habla conmigo y desahógate. No es el mejor momento para saltar sin red. Créeme».

Esa misma noche, Shannon, a la que ya soportaba cada vez menos, lo llamó para contarle que su prometido había llegado a Dublín y que no podían verse. ¿Su prometido?, no le había contado jamás que estaba comprometida, pero ella pasó de dar explicaciones y le colgó muerta de la risa. Así estaba la cosa, no hacía más que toparse con ese perfil de mujer: megaguapas, megasexys, megaindiferentes, megamentirosas. Pagaba cenas, copas, viajes y hasta ropa, se lo pasaba bien y en seguida se empezaba a aburrir. Una pena, pero tampoco le apetecía ver dos veces a una gitana virgen y obnubilada por su familia y su dinero, con la que tendría que casarse antes de seis meses en una ceremonia multitudinaria y colorista, para alegría de su abuela, y para empezar luego una vida monótona y completamente plana rodeada de niños chillones y maleducados, hijos de una madre joven e igualmente de malcriada, incapaz de sobrevivir sin su protección y cuidado. Sin más ambición que tener una cocina de mármol de Carrara, dinero para la peluquería y para muchas joyas, de esas que lucir delante de unas amigas tan idiotas como ella.

¡Señor!, estaba describiendo a sus hermanas, Bridget y April, y se le encogió el estómago. Su madre había vuelto a llamar para pedir dinero y habían acabado fatal. Ella lloraba porque no tenían para comer, pero seguían sin trabajar, ninguno de ellos, y lo amenazó con vender la casa familiar para poder sobrevivir. Cómo si aquello fuera asunto suyo. Su padre le había cedido esa casa para que firmara el divorcio, aunque llevaban separados como quince años, y hasta el momento seguía siendo propiedad suya porque él les daba dinero o su padrastro conseguía llevar el pan a la mesa, pero si decidía venderla o no, no era su problema. Acabarían todos en la calle, porque tanto Bridget como April, y sus respectivas familias, vivían también allí, pero no podía ser su responsabilidad. No estaba dispuesto a transigir con eso, ya había hecho mucho por ellos y además se lo pagaban fatal, así que esta vez no pensaba entrar al trapo. Le constaba que sus cuñados, el marido de Bridget, que después del escándalo que habían montado, del dinero que habían pagado y de pegarle, había vuelto con ella, y el de April, que era un mocoso chulito y pendenciero, no trabajaban porque no eran capaces de levantarse antes del mediodía, así que, si esos dos capullos no movían el culo para no perder el techo de sus familias, no iba a ser él el que acabara, como siempre, sacando las castañas del fuego. No, señor, esta vez no, se lo dejó claro a su madre y la animó, nuevamente, a que empujara a las inútiles de sus hijas y a los vagos de sus yernos a salir a ganarse el jornal, como todo Dios, pero ella lo maldijo, lo insultó y le colgó el teléfono deseándole lo peor del mundo.

Así estaban las cosas.

Esperaba que esta vez ella lo asimilara y zanjaran el tema de una vez. No pensaba soltar pasta para una pandilla de inútiles, vagos y fracasados, incapaces de comprender que no podían vivir de la sopa boba, y que él no era multimillonario. Todos daban por hecho que vivía del dinero de su padre y no era así, nunca había sido así en su vida adulta. Desde los catorce años ayudaba en O'Keefe e Hijos, mientras estaba en la universidad también, y seguía trabajando duro con ellos. Su padre era un tipo generoso con los suyos, pero no era nada tolerante con la apatía o la falta de iniciativa, así que desde bien pequeño le había enseñado a ganarse los cuartos, por pocos que fueran, le había enseñado el valor del trabajo y del dinero, la independencia económica, y, siempre lo había agradecido. Claro que también le había regalado su primera moto, el primer coche o le había pagado los primeros meses de alquiler de su primer piso, no lo iba a negar, pero eso no había ido jamás contra su necesidad personal de ser autónomo económicamente. Su familia tenía pasta, sí, pero era porque trabajaban, y mucho, todos, sin distinción, y si su madre no se había enterado de eso a esas alturas del partido, no era su problema.

Se estiró y se puso de pie. Estaba en crisis, sí, lo sabía y algo empezaría a cambiar a partir de ya. Los entrenamientos con los niños del rugby los llevaría hasta el final de la temporada, McMurray ya estaba recuperado, pero le dijo que lo dejaba a cargo hasta finales de mayo. Faltaban exactamente veintiocho días para acabar con todo eso y luego se marcharía a Inglaterra a trabajar en algún equipo, de rugby o de fútbol, el que fuera, que le diera una oportunidad. Pensaba aceptar cualquier oferta que le consiguiera su agente, porque necesitaba hacer algo con su carrera como entrenador o se volvería loco. Sabía que ese era el primer paso para normalizar un poco su existencia, además, estar lejos de Irlanda ayudaría a poner tierra por medio a muchos malos rollos, aunque el precio fuera separarse de sus enanos.

Pensar en sus hermanos siempre le sacaba una sonrisa. Michael era la bomba jugando al rugby, se estaba haciendo mayor, tenía una visión espectacular del juego, era fuerte y muy luchador. A primeros de junio cumplía ocho años y ya estaba hecho un hombrecito, tan responsable y a veces tan serio. Físicamente era calcado a su padre, igual que Liam, los dos eran sus fotocopias, pero Michael tenía el mismo carácter de Manuela, o eso decía todo el mundo, y estaba de acuerdo, era tranquilo, observador y silencioso, como ella, sin embargo, Liam era otra cosa, todo sonrisas y muy revoltoso, te morías de la risa con las cosas que soltaba y era un buenazo, siempre detrás de Michael, sin quejarse apenas de que no le dejara los videojuegos o de que Aidan le rompiera sus juguetes, él era feliz con cualquier tontería, con su perro y sus pinturas, y apenas lo había visto llorar, tampoco a Aidan, que para él era todavía un bebé, aunque uno muy listo y espabilado. Pintaba, juntaba las letras, repetía todo lo que oía, especialmente de sus hermanos, así que hablaba muchísimo, en inglés y en español, y era, sin lugar a dudas, el más cariñoso de la casa. Siempre quería estar abrazado a alguien, a papá o a mamá, a sus hermanos cuando veían la tele, a Russell, a los abuelos o a él, cuando iba a verlos. Era un cachorrito mimoso, decía su padre, y se lo permitían porque ese era su carácter y nadie pretendía cambiarlo.

En realidad, los tres eran unos chicos estupendos, su padre siempre decía que más se conseguía con miel que con hiel, y tenía razón porque los tres eran obedientes, majísimos, con sus normas y su disciplina, pero adorables. Ahora tocaba ver qué pasaría cuando naciera la señorita Molly O'Keefe, la nueva hermanita, que, según su abuela, llegaría para poner aquella casa patas arriba.

Estaban todos ilusionadísimos con Molly, que tenía previsto nacer a mediados de septiembre, más o menos para su cumpleaños, pero él no quería ni imaginar lo que sería ver crecer a una chica, su hermana, sin perder un poco los nervios. Grace decía que eran machistas y unos retrógrados imaginándose un futuro con espadas y malas caras, siempre alertas, defendiendo la honra y la virtud de la única hija de la familia, y seguro que tenía razón, pero era en lo único que podía pensar, en que ese bebé tan mono iba a crecer y que pronto tendría catorce años y entonces, empezarían a no dormir.

Nunca había sentido aquello por sus otras hermanas, esta sería diferente, estaba seguro, y si ya se sentía muy protector con respecto a sus enanos, no quería ni imaginar lo que sentiría por Molly, que sería la niñita de la casa, aunque su madre, un poco seria y cansada ya de comentarios subliminales en esa dirección, les hubiese dado un pequeño rapapolvo la última vez que habían cenado todos juntos en casa.

–Ya que os tengo a los cinco delante –les dijo sentándose a la mesa– os voy a decir algo que espero no tener que repetir. Molly, si Dios quiere, nacerá en septiembre y será un miembro más de nuestra familia y como en esta familia nos queremos y nos protegemos muchísimo unos a otros, la querréis y la cuidaréis como lo hacéis ahora con los demás. Que sea una niña no cambia en absoluto la relación que tendréis con ella, ni cuando sea pequeñita, ni cuando crezca y deje la bicicleta, el balón de fútbol o las muñecas, para ponerse brillo de labios y quiera salir con las amigas, así que, a los cinco, empezando por ti, mi amor… –miró a su marido, que la oía con los ojos muy abiertos– os digo que el hecho de que tengamos una niña no cambia nada. Afortunadamente, vivimos en la igualdad de oportunidades y en una casa muy progresista, así que dejaremos los comentarios subrepticiamente machistas que no paran de decirme para otros y nosotros nos vamos a concentrar en dar la bienvenida y criar a nuestra niña igual que hemos hecho con sus hermanos, procuraré que así sea. Con esto quiero decir que basta ya de rollos sobreprotectores de caballeros andantes con mi hija porque, os lo advierto, como os paséis un poco no solo os las tendréis que ver conmigo, sino también con Molly, que os acabará odiando si tiene que aguantar a cinco tíos pesados pendientes de ella todo el tiempo... ¿queda claro?

—¡Sí! —asintió Aidan muy serio y todos se echaron a reír.

Después de aquel discurso, que ninguno rebatió, hizo el intento de pensar en Molly como una más, ya verían cómo se desarrollaban las cosas en el futuro. Estaba seguro que cuando llegara el momento querría partir por la mitad a cualquier gilipollas que osara pasarse con ella, pero, para entonces, tendría una edad, al menos cuarenta tacos, y esperaba ya ser padre de sus propios hijos, tener sus propios problemas y, sobre todo, esperaba haber conseguido superar ese mal humor, tan ajeno a él, que había empezado a desarrollar por culpa de los demás.

Úrsula Suárez, pronunció despacio, con un acento horroroso y estiró la espalda. Maldita sea. Cada vez que pensaba en ella le hervía la sangre, era una listilla ágil y rápida, que rebatía todo con una energía inusitada, hablaba igual que boxeaba: rauda y veloz. Había acabado maldiciéndola por lo bajo la última vez que había tenido que compartir con ella su coche y todo porque no se callaba ni debajo del agua, aunque no tuviera razón, y eso lo ponía de los nervios.

Cuando Manuela había tenido que ir al hospital y ella, tan oportuna, había salvado los muebles de la familia en ausencia de su padre, su abuela y sus tías, se había colocado varias medallitas, había vuelto a posicionarse en sus vidas y había tenido la desfachatez de acusarlo a él de intolerante. ¿En serio?, ¿ella se atrevía a señalarlo a él? Era de locos, menuda pesadilla.

–Gracias por llevarme a la residencia –le dijo en el coche mientras conducía bajo la lluvia y porque su padre lo había, literalmente, obligado a llevarla a casa.

–Mmm.

–Oye, Paddy, si quieres déjame aquí, ya voy en autobús.

–Ya que he salido, acabo el encargo.

–¿Y no podemos hablar tranquilamente?

–¿De qué?

–¿De verdad crees que no tenemos nada de lo que hablar? –suspiró–, quisiera disculparme por haberte mentido con lo de Oxford, cuando el viaje a París, en fin…

–Vale.

–Fueron unos días muy extraños, yo estaba superada por todos los flancos y… no sé, yo no suelo mentir y no sé porque lo hice, pero imagino que fue para evitar contarte el verdadero motivo de…

–Qué no te gustan los gitanos.

–¡Yo jamás, jamás he dicho eso! ¿Cómo te atreves?

–Cómo te atreves tú…

–Oye… –se giró en el asiento para mirarlo mejor–, los prejuicios, la mayor parte de las veces, son incontrolables porque responden a siglos y siglos de información subliminal impresa ya en nuestro código genético. A veces no sabes cuándo, ni cómo, ni por qué, reaccionas ante algo de una manera inesperada y completamente inconsciente, y eso me pasó a mí ante un tema desconocido, pero, afortunadamente, pude identificar el problema, analizarlo y darme cuenta en seguida de que evidentemente no hablaba yo, sino un millón de años de desconfianza cultural que no tiene nada que ver conmigo...

–¿Tu familia lleva un millón de años desconfiando de los gitanos?

–No te hagas el gracioso, ni el simple conmigo, Paddy, porque no lo eres.

–Es que me da mucha pereza hablar contigo.

–¿No es verdad que esa misma desconfianza ancestral, llámala racismo o como quieras, la tienen también los gitanos hacia los payos?

–¿Pero qué...?

–No respondas tan rápido... sabes que es verdad y a las pruebas me remito. Lucy, la del Boxing Gym, no me podía ni ver porque yo era una *gorgio*.

–Santa madre de Dios.

–Me doy cuenta de que tampoco os gustamos demasiado, lo sé, así que...

–¿Así que no te gustamos demasiado?

–Yo no he dicho eso, solo intento explicarme.

–Vale... ya llegamos. Buenas noches.

–No, no pienso bajarme. Mírame, Paddy –él movió la cabeza y la miró a los ojos–, siento mucho haberte mentido, siento mucho haberme confundido y no haber reaccionado bien con el asunto de los *tinkers*, siento mucho haberme comportado así, de verdad, pero Paddy, juro por Dios que esta es la última vez que te pido perdón porque no pienso flagelarme el resto de mi vida por ser humana y cometer errores. Manuela lo ha comprendido y si tú no quieres hacerlo, mala suerte, tendré que vivir con eso. Tú tampoco eres perfecto y deberías ser un poquito más tolerante con los errores de los demás. Buenas noches.

–¿Me estás llamando intolerante?

–Sí.

–No me conoces en absoluto y, sinceramente, Úrsula, no sé ni por qué te molestas en hablar conmigo, si yo no quiero escucharte.

–Me molesto porque me importas, fuiste estupendo conmigo y... –se sonrojó y abrió la puerta– me siento fatal por todo lo que pasó y te mereces una disculpa, nada más.

–Y a mí me importa una mierda.

–¿De verdad eres tan infantil?, no lo había notado antes.

–¡¡Qué?!!

–Mira, a ti lo que ahora te molesta es que ayudara a tu familia y me ocupara de tus hermanos, no...

–Me da igual que veas a mis hermanos –le informó, cada vez más desconcertado por no poder controlar ese puñetero enfado que le subía por todo el cuerpo– por lo que no paso es porque te pongas todas las medallas... que no me hayas llamado... se trata de MI familia ¿sabes?

–Fue una emergencia y Manuela no quiso...

–Mis hermanos son asunto mío y ante algo así me llamas y punto. En ausencia de mi padre yo soy el único responsable y no hay nada más que hablar.

–¿Tú te escuchas cuando hablas?, ¿quién te crees que eres?, ¿el señor del castillo?

–La madre que te parió. Es increíble que siga aquí,

con este puto frío, parado en medio de la puñetera calle, escuchando esta sarta de gilipolleces y...

—¿Sabes qué?, me voy, no entiendo ni la mitad de lo que dices porque tienes un acento imposible. Si yo hablara inglés como tú, jamás hubiese aprobado el *Proficiency*[3] menuda ironía...

—¡¿Qué?!

—Adiós, Paddy y gracias por traerme.

Y lo dejó allí, como un pasmarote comiéndose un millón de argumentos. Sabía lo que era el puñetero *Proficiency*, ¿lo quería ofender? ¡Sería insufrible aquella muchachita arrogante y mentirosa! No la podía soportar y estaba seguro de que ya era hora de que alguien la pusiera en su sitio. Había cometido un millón de infracciones contra él (mentira, deslealtad, desconfianza, arrogancia...) y, sin embargo, ahí estaba, pavoneándose con el control de la situación, quedando como una heroína delante de la familia, cuando... cuando... no era más que una mocosa malcriada, una listilla. Estaba indignado por estar indignado con esa situación y con ella, necesitaba zanjar aquella gilipollez cuanto antes y pasar a otra cosa y ya, o no respondería de sus actos.

—¡Paddy!

Su tío Sean entró de repente, interrumpiendo de golpe sus cavilaciones, y le hizo un gesto para que saliera. Él se cerró el batín de seda y lo siguió camino del cuadrilátero que Laura y su novio habían hecho instalar en el salón de baile de su castillo de Essex.

---

[3] N. de la A. *Proficiency*, también conocido como Certificate of Proficiency in English (CPE), es el título otorgado por la Universidad de Cambridge, de nivel más avanzado, que demuestra que un alumno extranjero ha alcanzado el nivel de inglés más óptimo.

Había accedido a ese combate, con un boxeador de Belfast, porque era fin de semana y no tenía otra cosa que hacer, pero resultaba un poco incómodo pelear en medio de ese lujo desmedido, rodeado de unas sesenta personas, amigos ricos de su amiga, que no tenían ni la más mínima idea de lo que era el boxeo sin guantes, pero, él era un tío de palabra y no pensaba defraudar a nadie. Llegó caminando despacio al lugar, sintiendo las palmaditas de rigor en la espalda por parte de dos de sus primos, mientras su tío le abría paso con una solemnidad un poco impostada. Hacía mucho que no peleaba ante tan poca gente y tanta parafernalia le resultó excesiva, sin embargo, se dejó llevar oyendo los gritos de «O'Keefe, O'Keefe» por encima de su cabeza.

Subió al *ring*, se quitó la bata y los chillidos se dispararon, la propia Laura los presentó a grito pelado y él miró a su oponente con cara de mala leche, deseando acabar cuanto antes para volver a casa. Cogería el primer avión y se plantaría en Dublín por la mañana, entonces iría directo a buscar a Úrsula a la residencia o a la universidad y pasaría, de una puta vez, a explicarle las cosas con claridad, le enseñaría algunos conceptos básicos de la vida y de la amistad y, antes de que pudiera rebatirle con su estilo habitual, la mandaría a la mierda para siempre. Así de simple.

Sintió la campana del inicio del combate y se dio la vuelta hacia su adversario, Johnny Anderson, recordó que se llamaba. Caminó un poco, midiendo sus movimientos, dejó que se acercara y que le propinara el consabido *Jab*, lo apartó, rotó las caderas y le pegó un *Uppercut* de derecha preciso y perfecto, el pobre chaval trastabilló y cayó redondo al suelo al primer intento. K.O. en treinta segundos. Levantó los ojos y se encontró con los de su tío Sean, que lo miraba con cara de desconcierto total en medio de un silencio helado y denso. Levantó el puño y entonces sonaron los aplausos y los gritos, aunque fue consciente de inmediato que se había cargado el espectáculo nada más empezar. Mala suerte, no tenía ánimo para más.

Capítulo 28

El señor Flanaggan la había elegido, entre treinta postgraduados, para realizar un trabajo de investigación sobre los orígenes de la literatura irlandesa en la mitología celta. Había mil estudios, tesis doctorales y tratados sobre el tema, pero aún quedaba mucho por hacer, mucho por investigar y, si aceptaba, le ofrecían ampliar la beca dos cursos más en el Trinity College, con lo cual podría empezar también el doctorado en la misma universidad. Sus planes originales eran poder hacer el doctorado en Oxford, pero una oferta como la del profesor Flanaggan, que era una verdadera eminencia en su campo, no se podía rechazar, de hecho, se había puesto a llorar de pura felicidad cuando salió de su despacho con la propuesta en la mano, y no podía decir que no. No podía ignorar la suerte que estaba teniendo después de unos meses tan oscuros.

Se pasó muchas horas pensando en el cambio de rumbo que suponía quedarse en Irlanda al menos dos años más, en los gastos que aquello acarrearía a sus padres, que eran los que estaban financiando su sueño, y en todas las consecuencias personales y emocionales que aquello desataría a su alrededor. Pensó, como no, en Paddy O'Keefe Jr.

Desde que había aclarado las cosas con Manuela pasaba mucho tiempo con ella y con su familia. Tras el incidente del hospital y lo bien que se había resuelto, Patrick, personalmente, le propuso la posibilidad de echarles un cable con los niños, nada oficial, ni de muchas horas, le dijo, solo de vez en cuando, sobre todo para acompañar a Manuela por las tardes, o por las mañanas si tenía mucho trabajo, para asistirla con todo lo que tenía encima y que ella se negaba a dejar. A los cinco meses de embarazo era un volcán de energía, no paraba, pero tenía tres niños pequeños que demandaban mucha atención y un marido que solía estar fuera de la ciudad durante la jornada laboral, así que necesitaba un poco de apoyo, un respiro de vez en cuando. Los abuelos se seguirían quedando con Aidan por las mañanas, los niños mayores estaban en el cole y él estaba reduciendo su agenda a Dublín, pero, aun así, les vendría bien contar con un extra, le explicó con calma, alguien a quien llamar en caso de apuro, pudiera recoger a los niños de una actividad extraescolar o pudiera ayudarles con los deberes. Necesitaba saber que Manuela no estaba sola todo el día y que contaba con la cobertura de alguien de fuera de la familia, porque no se sentía muy cómoda tirando siempre de la ayuda familiar, así que, si le venía bien, ella era la candidata perfecta.

Una propuesta razonable, le pagaban bien y lo podía combinar perfectamente con las clases, así que le dijo que sí y llevaba más de dos semanas pasándose por las tardes a recoger a Liam de sus clases de pintura, quedándose con ellos mientras merendaban, haciendo los deberes, jugando o preparando los baños, luego, echaba un cable con la cena, a veces se quedaba a cenar, si Patrick no llegaba a tiempo, o se iba tranquilamente a la residencia para seguir con su vida. Básicamente el trabajo le ocupaba unas pocas horas por la tarde, o nada, dependiendo de las actividades de los niños, y solo de lunes a viernes, así que no se podía quejar. Se trataba de dinero extra, los niños eran deliciosos y le encantaba pasar tiempo con su amiga, pero no estaba del todo cómoda desde que se enteró que Paddy Jr. no sabía nada al respecto, y que mejor era que no lo supiera.

–No le hemos dicho nada porque si llega a saber que necesito ayuda se viene él y, te lo digo en serio, Úrsula –le explicó Manuela una tarde mientras preparaban la cena–, no me parece bien, creo que Paddy ya está demasiado ocupado con la empresa, los entrenamientos, la familia y todo lo demás, como para dedicar todo su tiempo libre a los niños. Ellos lo adoran y él es estupendo con ellos, pero apenas tiene vida propia y me preocupa bastante.

–Pues si me pilla una tarde aquí, se va a enfadar…

–¿Por qué?

–No sé, después de todo lo que pasó entre nosotros… le he pedido disculpas, pero no ha estado muy receptivo y, bueno…

–¿Qué?

–No le hizo mucha gracia que yo actuara de *motu proprio* contigo y con los niños cuando te llevé a la clínica. Se enfadó mucho porque no lo llamé y me dijo que él era el responsable y… que yo no debí hacerlo sola, que se trataba de SU familia, etc.

–Es igual que su padre, son así, tienen que tener todo bajo control y asumir todo el peso, de todo el mundo, se lo pidan o no, y no saben vivir de otra manera.

—Ya, pero no quiero provocar un mal rollo innecesario.
—Ningún mal rollo, no te preocupes.

El caso es que afortunadamente no se habían vuelto a ver. Él estaba con el trabajo y los entrenamientos de rugby, y mil cosas más, y durante la semana apenas se dejaba ver por allí, así que de momento no habían tenido otro encontronazo, pero lo tendrían. Lo que le había dicho en el coche, la última vez que lo había visto, no se había zanjado del todo y en cuanto tuviera oportunidad seguro que retomaban la discusión donde la habían dejado. No lo parecía, con ese aire tan sereno y estable que desprendía, pero en el fondo era un crío, uno muy desagradable si se lo proponía, y ella no pensaba tolerar que se pasara un pelo más con ella. Si querían mantener una relación cordial, debían primero aclarar las cosas y dejarse de rencores o gilipolleces o ella se vería en la obligación de dejar de ver a Manuela y a los niños por su culpa.

Le había perdido perdón sinceramente, dos veces, y él, como si lloviera, no pensaba volverlo a hacer porque estaba claro que cuando era adorable era increíble, pero cuando te convertías en su enemigo y se ponía insoportable, era realmente repelente. Menudo chulito, susurró, mirando hacia la ventana que tenía junto al escritorio, por donde entraba un sol espléndido. Mayo estaba llegando con cielos despejados y temperaturas más templadas a Dublín y pensó en pedir permiso a Manuela para llevar a los niños al parque, al menos a Liam y a Aidan mientras Michael estaba en el rugby, seguro que decía que sí y podrían hacer algo diferente.

Volvió a los libros y miró el temario que estaba preparando para Flanaggan, cada candidato al trabajo de investigación debía hacer una propuesta y ella la tenía a medias. Seguía un poco baja de forma desde la neumonía, y aunque apenas se acordaba ya de Beatrice Donnelly y del otoño-invierno tan duro que había pasado, a veces estaba tristona y dispersa. Por una parte, se sentía muy feliz porque llevaba cinco meses soltera, era la primera vez en su vida que no tenía pareja. Desde los catorce años, cuando empezó con Javi, no había dejado de tener novio y de repente, a los veinticuatro, estaba libre de cargas y asuntos sentimentales y se sentía muy bien. No había llamadas por obligación, ni explicaciones, ni nostalgias, ni peleas, ni nada de aquello que formaba parte de cualquier relación de pareja, por muy feliz que fuera, y era un alivio. Estaba completamente concentrada en sus estudios y eso era un sueño y, aunque salía poco, tenía amigos en Dublín, se relacionaba con muchos compañeros y disfrutaba de su escaso tiempo libre, sin embargo, el *affair* Paddy el Guapo, como lo llamaba Mamen, seguía pasando factura y de vez en cuando, muchas en realidad, se abstraía recordando su fugaz relación con él, su intimidad, lo mágico que había sido poder mirarlo a los ojos y dormir a su lado, compartir risas y charlas, tocarlo o cogerlo de la mano.

–¿Nunca le has dicho te quiero a una novia?, ¿en serio? –Rememoró una tarde en su piso de St. Stephen Green, cuando habían acabado abrazados, después de hacer el amor, hablando de sus cosas, y sonrió.

–¿Qué tiene de extraño?

–No sé, ¿con cuántas chicas has salido hasta ahora?

–Muchas...

–¿Y nunca, jamás...?

–¿Tú le dices te quiero a todo el mundo?

–No, pero a mi novio sí, lo quería y necesitaba decírselo.

–Yo jamás he sentido esa necesidad.
–Porque no te habrás enamorado.
–Eso seguro.
–Pues será la bomba cuando lo digas por primera vez.
–¿Por qué?
–Porque es estupendo expresar lo que sientes, compartir ese sentimiento con alguien, ser capaz de decirlo en voz alta... solo espero que a la persona que se lo digas tú por primera vez lo sepa valorar.
–Eso espero yo también.

Paddy O'Keefe pasaría a los anales de su historia personal como el chico más guapo con el que había estado, sí, pero también como el más atento y considerado, tan varonil, con esos andares seguros, esa voz tan grave y serena que tenía, esa forma de relacionarse con la vida, con su familia, con ella, como un caballero andante, siempre dispuesto a cruzar un océano o coger una espada para salvar a los suyos, protegerte o invitarte a París... era un diez Paddy, por muy insufrible que ahora se mostrara con ella, era estupendo y lamentaba enormemente, lo haría el resto de su vida, haberla cagado con él. Había sido todo tan surrealista que prefería pensar que no había sido ella, sino el destino, el que había decidido separarlos de la peor manera, porque cada vez que era consciente de que ella solita había fastidiado una posible relación a largo plazo con Paddy el Guapo, se quería morir.

Vio el móvil vibrando entre los papeles y lo cogió pensando que se trataba de Manuela o Patrick, pero no eran ellos, era Javi, otra vez, intentando tender puentes para retomar lo suyo. No quería saber nada de él, se lo había explicado mil veces, pero nada, imposible. Mientras estuvo enferma en casa de sus padres, él había vuelto a coger posiciones, se había pasado varias tardes acompañándola y portándose como un buen chico, pero no, ya no sentía nada por él, en absoluto, y solo le podía ofrecer amistad, eso y poco más porque tampoco confiaba mucho en él, así que decidió no coger la llamada y pasar. Puso el móvil en silencio, observó la sala de descanso del departamento, donde varios compañeros trabajaban concentrados sobre aquellos escritorios colectivos y de repente creyó vislumbrar una figura conocida por el rabillo del ojo, miró por la ventana, que daba a uno de los paseos principales del campus y ahí lo vio, a Paddy O'Keefe Jr. en persona caminando junto al césped.

Iba con vaqueros y una chaqueta de cuero marrón oscura, abierta, dejando a la vista una sencilla camiseta gris, y unas gafas de sol muy sexys, de esas de aviador, que le sentaban maravillosamente bien. De repente se le fue el aire de los pulmones y se entretuvo en comérselo con los ojos porque iba guapísimo, tan arrebatadoramente atractivo, alto y fuerte, con esa pinta que quitaba el hipo, y se olvidó de pensar en qué podría estar haciendo él allí. Le dio igual e inconscientemente imaginó que estaría cruzando el Trinity College para ir a los campos de rugby o algo parecido y no reparó en que él miraba con atención a todas partes hasta que la pilló espiándolo descaradamente por la ventana.

—Oh, Dios —exclamó al sentirse descubierta y lo saludó con la mano—, lo que faltaba, qué vergüenza...

—Guau —susurró una compañera a su lado y también lo saludó—, si me dices que sales con ese tío, te mato aquí mismo.

—No, es el hijastro de una amiga —contestó, volviendo a mirar sus libros.

—Pues te está llamando.

—¿Qué? —Se puso de pie y se acercó a la ventana. Paddy dio un paso al frente, la señaló con el dedo primero a ella y luego al suelo, dejando claro que quería que saliera.

—Madre mía, si no vas tú, Úrsula, voy yo.

—¿Será posible? —protestó ante una orden tan directa, pero movió la cabeza, agarró el teléfono móvil y salió a ver qué diantres le pasaba ahora. Seguro que se había enterado de su nuevo trabajo en casa de Manuela y quería que lo dejara o vete a saber, porque tenían mil frentes abiertos. Bajó la escalera corriendo, llegó al césped y caminó hacia él viendo como permanecía quieto, con las manos en los bolsillos, mirándola fijamente—. Hola, ¿qué ocurre?, ¿va todo bien?

—No suelo pedir explicaciones, ni respuestas a la gente, no presiono a nadie, menos a las chicas con las que mantengo algún tipo de relación. Si no quieres verme, de acuerdo, si no quieres ir a París o a la Conchinchina, de acuerdo. No suplico, ni insisto, ni me empeño, no me interesa agobiar a nadie, me dan igual tus motivos, porque son tuyos, pero lo que no me da igual, bajo ningún concepto, es que me mientan. Eso no lo tolero, es imperdonable. La confianza es lo único que convierte cualquier relación, del tipo que sea, en auténtica, así que si me mienten me cabreo, mucho, y no perdono. Ahora me da igual por qué me mentiste en enero, tú sabrás por qué lo hiciste, pero no me pidas que te mire como antes o sea comprensivo o tolerante contigo. No lo soy con los mentirosos y el que la hace una vez, la hace siempre, así que, a mí me es indiferente que me pidas perdón, no me interesa. Si tengo que verte con mi familia, adelante, pero deja ya de pedir perdón primero y cuestionarme después. No quiero oír tus rollos de conciencia con respecto a mi pueblo, tus explicaciones sobre la tolerancia o el racismo de ida y vuelta, me da igual como justificas tú tus historias, a mí todo eso me sobra, de largo, y tampoco me apetece discutirlo contigo, a mí lo único que no se me olvida es que después de hacer planes conmigo y anularlos porque te ibas a Oxford, te pillé entrenando como si tal cosa en mi gimnasio... esa sensación de engaño no se olvida y por esa razón estoy muy enfadado contigo y no quiero saber nada más. Fin de la historia y espero que desde este mismo momento te olvides de mí y me dejes en paz, porque yo digo las cosas una vez y no me gusta repetirlas. Adiós.

Soltó todo de corrido y sin levantar el tono de voz, se despidió y se largó dejándola sola en medio del césped.

Con los brazos cruzados, lo escuchó sin moverse y sintiendo cada palabra como un puñal certero en el centro del pecho. Estaba en todo su derecho de decir aquello, por supuesto que sí, tenía razón en cada una de sus palabras, era lo que él sentía y era verdad, ella había mentido, y seguramente para él eso era más grave que cualquier otra cosa en el mundo y no tenía perdón de Dios, de acuerdo, no podía rebatir ni una coma, pero dolía un montón. No recordaba que nadie, jamás, en toda su vida, le hubiese hablado tan duramente y antes de poder decir nada, hizo un puchero y se echó a llorar.

Capítulo 29

–¿Tú eres consciente de que no ha matado a nadie?
–No me jodas, Diego.
–Vale, vale –soltó desde Nueva York y él agarró el calentador de agua para prepararse un té–, y te entiendo, por supuesto, estoy contigo… lo de esta chica es un poco raro, pero, Paddy, escucha…
–¿Qué?
–Desde que te conozco te he visto tener bastante más manga ancha con muchas personas, y no digo con tu familia, que te ves en la obligación de respetar y perdonar, no, me refiero a chicas que te han sido infieles, que no te han dicho que estaban casadas o… no sé…, algún amigo que te ha trampeado con pasta o…
–También he mandado a la mierda a otros tantos.
–En eso tienes razón.
–Y no quiero seguir hablando de Úrsula, te lo he contado porque has preguntado, pero, va en serio, esto lo he zanjado hace dos días y ya está. ¿Qué tal está tu mujer?, ¿tan mandona como siempre?
–Sí, mandona y preciosa como siempre.

—Me ha dicho la tía Erin que ya le habéis mandado los billetes.

—Sí y siguen dándole largas a Grace, a veces... en fin... —Diego respiró hondo y Paddy sonrió— no quiero hablar mal de mis suegros, pero parece que el que no tengamos hijos nos saca de su lista de prioridades y da igual lo que haga Grace, siempre tienen problemas para venir a verla.

—El tío Jon tiene miedo a los aviones.

—Y tu padre, y no para de viajar...

—Ya, pero...

—Pero nada, no quiero quejarme, simplemente es que... se me parte el alma mirar a Gracie y ver que sufre, ella es tan hija como los demás y que no tenga un bebé agobiándola no significa que no necesite también de su madre, ¿sabes?

—Lo sé, háblalo con Erin, sabes que te adora.

—No quiero meterme.

—Se trata de tu mujer y ellos esperan que te metas, nosotros funcionamos así, primo, no verán nada raro en que los llames y les digas unas cuantas cosas.

—Tal vez lo haga, esto ya se repite demasiado.

—O hazle un bebé a tu mujer de una puñetera vez y acaba con el problema... —Se echó a reír y oyó como Diego soltaba una carcajada.

—Esa es otra opción y de hecho estamos en ello, igual pronto os damos la sorpresa.

—¡Joder! Vaya notición, eso sería estupendo. Avisa con tiempo que me voy a Manhattan a esperar el nacimiento.

—No, tu prima dice que ella da a luz en Irlanda, aunque se tenga que ir a nado, macho, así que ya sabes... mejor te vienes y te haces cargo de La Marquise mientras estemos allí.

—Cuenta con ello.

—¿Piensas mucho en volver, Paddy?

—Nah, bueno, no sé…, no quiero separarme mucho de los niños… Irme a Inglaterra a currar ya me trastoca un poco mi idea de estar cerca de ellos y de los abuelos, pero, si dentro de unos meses no consigo algo concreto, igual me voy a Nueva York a buscarme la vida. Aquí no consigo centrarme y mi vida en los Estados Unidos no estaba nada mal, primo.

—Paddy ¿te puedo hacer una pregunta?

—Claro.

—¿Tú que sientes por Úrsula?

—¿Qué? —se atragantó con un poco de té y frunció el ceño—, ¿qué coño voy a sentir?, nada.

—¿Pero te has parado a pensarlo?

—No, apenas la conozco, ¿sabes?, me acosté una semana con ella. ¿Por qué?

—Porque cuando empezaste a verla estabas encantado, tranquilo, y, cuando se acabó, todo empezó a ir mal, o a parecerte que iba mal. Te sientes incómodo con un montón de historias y a lo mejor no se trata solo del trabajo o de tu carrera, a lo mejor se trata de ella… el amor es así de puñetero, Paddy, lo sé.

—Por supuesto que no, después de ella he estado con Andrea y con Shannon, con quien se tercie, creo que, si sintiera algo por Úrsula, no hubiese podido salir con nadie más…

—O sales por inercia, porque lo haces siempre y porque ni se te ocurre imaginar que te pillaste por una tía que te mintió descaradamente, y después de mantener una charla bastante inquietante sobre los gitanos con Manuela. De raíz la intentas borrar de tu vida, pero, hijo mío, el corazón no entiende de razones. Suena a cuento de mi madre, pero es la pura verdad, tío.

–Estás desvariando, primo, te voy a dejar.

–¿Por qué no?, estas cosas pasan y desde que te conozco, jamás, nunca, te habías cabreado tanto y durante tanto tiempo con alguien, mucho menos con una mujer, ni habías cruzado el país para llegar a soltar un discurso como el que le has soltado a Úrsula, Paddy. Te he visto partir en dos a un capullo, o a tres, o cantarle las cuarenta a media panda de sobraos, pero jamás te había visto parar el mundo para intentar aclarar las cosas con una chica, por serias que fueran, porque siempre has sido conciliador y paciente con las mujeres, porque normalmente te importan lo justo y, no te molestas en enfados o cabreos con ellas, eso siempre te ha dado igual. Habitualmente pones buena cara y pasas a otra cosa rápido, pero con mi paisana no has podido, no has podido porque ella te importa, está claro, tío. Piensa un poco.

–Nah, yo…

–Y no tiene nada de malo. Yo era como tú y Gracie me puso la vida patas arriba… y hasta que no coloqué aquello en mi cabeza y me enteré de lo que estaba pasando, todo iba cuesta abajo, por eso lo digo. A lo mejor me equivoco y tú lo tienes clarísimo, pero somos amigos, familia, y tenía que decírtelo.

–Yo…

–Estás demasiado afectado por todo esto, desde el principio, no me cuadra y eso es señal de que puede estar pasando algo más. Aunque no seas consciente del todo, o no quieras reconocerlo, igual Úrsula sí caló más hondo de lo esperado y si no hubiese pasado lo que pasó, ahora seguirías con ella, encauzando una relación estable.

—No creo.

—Tú piénsalo.

—Vale.

—Gracias a ti tengo a mi chica conmigo, primo, lo sabes, y solo quiero ayudar.

—Muy bien, voy a colgar, me tengo que ir al entrenamiento.

—Ok, manda saludos a todos por allí.

¿Calar más hondo de lo normal?, ¿Úrsula?, en absoluto, se dijo y salió a la calle sin chaqueta porque hacía una tarde esplendorosa.

La verdad es que se sentía un poco mal por haberle soltado ese discurso en el Trinity College, igual se había pasado un poco, pero era lo que le pedía el cuerpo y si seguía callándose, encontrándosela en cualquier parte y permitiendo que se disculpara o le soltara burradas de cualquier tipo, iban a acabar peor. Le caía bien Úrsula, era una chica brillante, responsable y muy guapa, era una amiga para Manuela y los niños la querían un montón, no le importaba tener que verla mientras no volvieran a lo mismo, mientras no intentara congraciarse continuamente, mientras no le recordara que le había mentido y que, además, lo había hecho por culpa de un repentino ataque de racismo contra los gitanos. Porque todo se reducía a eso, la idiota de su jefa le soltaba una sarta de prejuicios y mentiras sobre su pueblo y ella se lo había creído todo, al menos durante unas horas así había sido, y eso era una cabronada suficiente para no quererla cerca.

Que cualquier imbécil tuviera prejuicios contra los gitanos le molestaba lo mismo que cuando cualquier gitano mostraba prejuicios contra los payos, porque era cierto, la cosa funcionaba de ida y vuelta, y no era tan estúpido como para no reconocerlo, pero ambos planteamientos le sacaban de quicio y no pretendía perder un segundo más de su tiempo cabreándose por ello. Aquellas chorradas no las tolerada y menos de parte de una chica con la que se estaba acostando. No quería sus disculpas, ya no importaban una mierda, ya daba igual todo. Hacía dos días había querido cerrar ese capítulo de golpe y para siempre, ya está. No más vueltas, no más pensar o se volvería loco, porque si había ido hasta allí para enfrentarla así había sido precisamente para dejar de cavilar sobre el tema, sobre Úrsula y, sobre todo lo demás, necesitaba un corte de raíz y eso había hecho, no iba a permitir que Diego sacara otra vez la caja de Pandora y le metiera dudas en la cabeza. Lo apreciaba, era su mejor amigo, pero hasta ahí podían llegar.

–Hola, abuelo –contestó al móvil en el coche, antes de llegar al campo de entrenamiento y puso el manos libres–, ¿pasa algo?

–No sé, dímelo tú, Paddy.

–¿Por qué?, ¿a qué te refieres?

–Me ha llamado mi hermana June, dice que tu madre ha puesto en venta la casa y que se la vas a comprar tú.

–¡Mierda! –En medio de los últimos días de locos se había olvidado completamente de su madre. Nunca le había dicho que compraría la casa de Derry, pero para deshacerse de ella la última vez que lo había llamado por teléfono, una hora antes de que empezara el combate en Essex, le había dicho que se lo pensaría. La idea era comprar la casa, darle el dinero y dejar que siguieran allí como inquilinos. Ese era el brillante plan de Violet y él lo había dejado correr, olvidándose completamente del tema y esperando, en el fondo, que ella también lo hiciera–. No es cierto, abuelo.

–¿Ah no?, todo el maldito Derry lo sabe ¿y no es cierto?

–Me lo propuso hace unos días y dije que me lo pensaría. –Llegó al campo de entrenamiento, paró el coche y aparcó queriendo matar a su abuela June, que además de ser su abuela materna era la hermana mayor de su abuelo, por llamar con aquellos chismes... no quería que él se enterara de nada y no tenía ningún derecho a...

–¡Paddy!

–¿Qué, abuelo?, ya lo sé, no pienso...

–Sé que tu madre te sangra, que lleva años sacándote el dinero y que tú se lo das. Lo hizo primero con mi hijo y tuve que tragar, pero ahora no pienso tolerar ni un segundo más este comportamiento contigo, ¿queda claro? La semana que viene nos vamos tú y yo a Derry para arreglar esto de una vez por todas. Ya te diré el día.

–Abue...

–Nada de abuelo, ya estoy harto, esto ha llegado demasiado lejos. Si no es capaz de tener un marido que la mantenga y unos yernos que hagan lo suyo con sus hijas, no es tu problema.

–Lo sé, pero...

–Tu abuela dice que tuviste que pagar una cantidad a los O'Hara para que dejaran en paz a tu hermana.

–Sí, pero...

–Y que el dinero te lo dio Manuela.

–Sí... ya se lo devolví.

–¿Y por qué yo no he sabido nada de esto hasta ahora?

–No he querido molestarte con sus chorradas.

—Lamentablemente sus chorradas siguen siendo de mi incumbencia, es tu madre y la hija de mi hermana, y alguien tiene que ocuparse de ponerla en su sitio.

—Bueno, no hace falta que vayas a Derry, yo iré...

—¿Vas a decirme lo que tengo que hacer con mi gente, Paddy?

—No, abuelo.

—Muy bien y que sepas que después de arreglar este tema con Violet, tú y yo tendremos una charla.

—Tú mandas.

—Adiós, Paddy.

Se despidió y se bajó del jeep, mareado. Lo que faltaba y todo por culpa de su madre, que no aprendería a cerrar la boca jamás. Por supuesto que no pensaba comprarle la casa y dejarla allí de residente perpetua, por supuesto que no pensaba hacer nada de eso, solo se había olvidado del tema y le había faltado tiempo para aclarar las cosas con ella... y ahí estaban las consecuencias, su abuelo enterándose por terceros y decidiendo intervenir a su manera.

Patrick Michael Sean Brian O'Keefe, a sus sesenta y ocho años, llevaba veinticinco siendo el responsable de toda su familia, directa e indirecta, era el patriarca gitano más respetado de Dublín y nunca, jamás, intervenía en la vida de su gente si no se lo pedían, pero, si se lo pedían, ya podían atarse bien los machos porque era justo y razonable, pero implacable. Mucha gente le temía, una de ellas Violet, que, además, se había portado fatal con los O'Keefe y se había saltado durante años el pacto de confianza y lealtad hacia su propio marido legal endosándole dos hijas que no eran suyas. La cosa con ella era grave, la habían apartado de la familia hacía años y sabía que estaba medio protegida porque era la madre del primogénito del primogénito de su tío Patrick, pero poco más. Eso tampoco le serviría de mucho tras años y años comportándose fatal, metiéndose en un lío tras otro por culpa de su mala cabeza.

Su abuela June a punto había estado de repudiarla y abandonarla a su suerte, pero era su hija y se pasaba la vida enfadada con ella, rogándole que se comportara y que fuera discreta, peleándose a gritos, pero protegiéndola, así que muy harta debía estar su abuela si había llamado a su hermano para molestarlo con sus cuitas. Seguro que Bridget o April, o sus maridos, habían hecho algo gordo o su madre se había estado pavoneando por Derry más de lo normal, presumiendo del dinero que le iba a sacar a su hijo mayor. Algo había sucedido, pero no pensaba averiguarlo, muy harto estaba ya de todo y acabó el entrenamiento cada vez más convencido de que debía poner tierra por medio y empezar de nuevo. Tal vez Nueva York era la opción más sensata, tal vez debía largarse ya y dejar todo atrás de una puñetera vez.

–¡Hey!, mirad a quién nos hemos traído a cenar… –Siguió a su padre y a Michael, que se habían empeñado en que se fuera a cenar con ellos y entró en la cocina dejando sus cosas en una silla de la entrada. Oyó como Liam y Aidan abrazaban a su padre y como él se los comía a besos, levantó la vista y se encontró con Úrsula, que estaba ayudando a Manuela con la cena–. Vamos, Michael, directo a la ducha.

–Sí, papá.

–Yo me ocupo, *Spanish Lady*.

–Vale, mi amor, pero no tardéis mucho.

–Hola, enanos –él observó como su padre desaparecía camino de las escaleras y prestó atención a los niños, mirando de reojo a Úrsula, que le daba la espalda para concentrarse en el horno–, ¿qué tal estáis?

–¿Vas a ver el partido con nosotros?

–Claro, a eso he venido.

–Hola, Paddy –Manuela se acercó y le acarició la espalda–, ¿una cerveza?

–Vale, gracias... –asintió y observó disimuladamente a Úrsula. No lo había saludado y parecía muy ocupada con la cena. Llevaba unos vaqueros ceñidos y una camiseta rosa, el pelo oscuro recogido y no pudo evitar observar su cuello elegante y largo, tan bonito, mientras se estiraba para sacar una fuente del armario.

–Llevad a vuestro hermano al salón mientras acabamos con la cena, ¿vale, chicos?

–¡Sí! –Los niños lo agarraron de la mano y se lo llevaron dentro para ver la tele. Se desplomó en un sofá con Aidan en brazos y descubrió que estaba bastante tenso, no sabía muy bien si por la charla con su abuelo o por encontrarse a Úrsula precisamente allí, no lo sabía, pero estaba nervioso. Igual, después de todo, verla era una señal, Diego tenía razón y debía acercar posiciones, charlar con ella y tratar de normalizar un poco las cosas. La vida ya era lo suficientemente complicada como para empeorarla con rencores e historias sin importancia, tal vez...

–¿Qué tal el entrenamiento? –Manuela apareció con un vaso de zumo, se sentó frente a ellos y lo sacó de golpe de sus cavilaciones.

–Bien, ya sabes que son muy trabajadores.

–Paddy dice que la liga ya la tenéis ganada.

–No quiero cantar victoria hasta el último día, pero vamos por el buen camino –suspiró–. ¿Y tú cómo estás?

–Bien, estupendamente, ya ha empezado a moverse.

—Se acarició la tripa, que se le notaba un poco más y sonrió.

—Da patadas —dijo Aidan muy serio.

—¿En serio?

—Sí, a mí me ha dado una y a papá también —intervino Liam.

—Guau, qué suerte.

—*Spanish Lady*. —Apareció su padre por el pasillo—. Michael ya baja. ¿Hablaste con la gente de Cork?

—Sí, todo en orden, no te preocupes. Vamos a cenar.

—Muy bien. ¿Y Úrsula?

—Se ha ido, tenía muchas cosas que hacer... —Lo miró a él a los ojos y movió la cabeza con un poco de amargura—. Úrsula se va pasado mañana de Dublín, ¿sabes, Paddy?

—¿Ah sí?, no lo sabía. Ya acabó el curso, ¿no? —Sintió un vacío en el estómago y tomó un trago de cerveza.

—Sí y ha declinado la oportunidad de hacer el doctorado aquí, se va a Oxford o adonde pueda, ya está un poco fuera de plazos, pero ha cambiado sus planes a última hora. Es una pena —se puso de pie—, la echaremos de menos.

—Claro... —apuró el botellín de cerveza hasta el final, sintiéndose de pronto como huérfano y miró a Aidan, que lo observaba de cerca y muy atento—, ¿qué pasa, pequeñajo?, ¿nos vamos a cenar?

—Vale —asintió y él lo abrazó y le besó la cabecita pensando en que tal vez no volvería a ver a Úrsula en lo que le restara de vida. Una idea que le partió el corazón, literalmente y sin ningún sentido, por la mitad.

Capítulo 30

La casa de la abuela June en Derry olía a lejía y a limpio, como siempre. Entró en el salón, detrás de su abuelo, y se hizo a un lado para que el señor Demsey, el notario, pasara con su maletín y se sentara el primero en la mesa del comedor donde su madre, Walter, Bridget, April, y sus respectivos maridos, esperaban con cara de circunstancias. Nada más llegar, Violet saltó de la silla para dar un beso a su tío Patrick, pero el abuelo apenas la había mirado. Estaba cabreado, mucho, y así lo había dejado patente durante su viaje en coche hasta Derry. Ya había tomado una decisión y para eso llevaba al notario, no habría súplicas, ni ruegos, ni preguntas, y lo aleccionó para que no se metiera y no abriera la boca a menos que él se lo pidiera.

—Esto es asunto mío y tú a callar, Paddy, ¿de acuerdo?
—Sí, abuelo.
—Tu madre tratará de dar pena, pedirá perdón y jurará promesas que no piensa cumplir, así que no quiero la más mínima muestra de debilidad.
—Lo sé.

—No debería estar en la reunión y punto —opinó su tío Sean, que se había empeñado en acompañarlos, y el abuelo se giró para mirarlo a los ojos.

—Estará porque tiene que ser testigo del pacto con Violet y porque quiero que ella vea que los O'Keefe, del primero al último, estamos de acuerdo en este tema y no habrá concesiones. Además, en el futuro, tendrá que hacer frente a mil historias parecidas y algo debería ir aprendiendo.

«Debería ir aprendiendo», cuando sus abuelos soltaban perlas así, recordaba que si algún día su abuelo faltaba sería su padre el que tomaría el mando absoluto de la familia, apoyado por el tío Sean, claro, pero, sobre todo, apoyado por él, que era su primogénito. No es que fueran una monarquía, pero existía un pacto tácito, un acuerdo social, de que así funcionaban las cosas entre ellos, y, aunque desde muy pequeño lo habían educado con un sentido de la responsabilidad y el compromiso muy potente hacia los suyos, siempre dudaba de su capacidad para continuar con aquel acuerdo eternamente. Él no sabía si acabaría sus días en Dublín o en Mongolia, si decidiría hacer su vida al margen de la familia o si sería capaz de andar solucionando conflictos ajenos simplemente porque los O'Keefe lo venían haciendo desde tiempos inmemoriales. No tenía nada claro al respecto y solo le consolaba el hecho de saber que además de él, existían tres hermanos más que podrían resolver, llegado el caso, la papeleta de ser nietos e hijos de quienes eran.

—Vamos a empezar ya, quiero volver a Dublín antes de la cena —soltó su abuelo y todos le prestaron atención sentándose a la mesa. Él se puso a su vera y miró a su madre a los ojos–. ¿Así que quieres vender la casa que mi hijo te cedió, Violet?

–Bueno, es lo que me correspondía con el divorcio, tampoco es que me regalara nada.

–¡Violet! –protestó la abuela June y ella reculó.

–Sí, tío, es lo que quiero. Estamos sin trabajo, no tenemos ayuda de nadie y de algo tenemos que comer.

–¿Y dónde pensáis vivir? –el abuelo miró a los hombres de la familia y los tres bajaron la cabeza– porque de mi nieto ya no vais a sacar un duro más, así que decidme ¿cómo pensáis mantener a vuestras familias después de que os puláis el dinero de la venta?

–Con nuestro trabajo, señor O'Keefe –susurró Walter.

–¿Qué trabajo?

–En la construcción, la venta de coches usados, nosotros...

–Vosotros lleváis toda la vida poniendo excusas para no trabajar. No conozco a una panda de hombres más inútiles, tres de tres, y es una puñetera vergüenza, pero no es asunto mío, afortunadamente ninguno está casado con mi sangre así que me da igual, vosotros veréis. –Miró a Violet–. Yo te compraré la maldita casa, sobrina, pero lo hago por tu madre.

–Gracias, tío Patrick, muchas gracias. –Ella se puso tan contenta y aplaudió como una cría mirando a sus hijas.

–Hemos pedido una tasación oficial, aquí tienes el cheque –el notario sacó el contrato de venta y el talón y los puso encima de la mesa– y también, para que tu pobre madre no siga sufriendo, te dejaré seguir como inquilina allí, pero, no sonrías tanto, a cambio de un alquiler. También traemos el contrato de arrendamiento por una cifra baja, pero razonable.

—Gracias... –volvió a hablar Walter y su abuelo lo fulminó con la mirada.

—Tú, Walter Reilly, a ver si tienes pantalones y aprendes a controlar a la loca de tu mujer porque, que lo sepáis todos, este arrendamiento queda sujeto a vuestro comportamiento. Otro problema más, otro mal proceder, de cualquiera de vosotros, y a la puta calle, me da igual quién viva o no allí, ¿queda claro?

—Sí.

—No quiero trapicheos, negocios turbios, ni ninguna clase de chanchullos en mi propiedad. Al primer indicio de algo parecido os desalojo de forma fulminante. Todo queda por escrito delante del notario.

—Claro, tío.

—Y otra cosa y tal vez la más importante –extendió la mano y la posó sobre su brazo mirándolo a los ojos–, desde este preciso instante quiero que dejes en paz a mi nieto. Paddy es un chico joven, con su vida y sus propios problemas, y si tú, Violet, sigues haciéndolo responsable de tus miserias y sangrándolo de mala manera, nunca podrá centrar su vida, ni planear su futuro como un hombre normal. Un hombre que, además, sí madruga todos los días para ganarse el pan, no como vosotros.

—Si yo acudo a mi hijo es por pura desesperación, soy su madre y...

—Y lo que tiene que hacer una madre es criar y cuidar bien de sus hijos, algo que tú jamás has hecho por Paddy, así que deja ya de aprovecharte de él y compórtate de una maldita vez como es debido.

—No puedes hablar así a mi madre... –soltó Bridget tan digna y su abuelo suspiró.

—No estoy hablando contigo –la miró a la cara– aunque a ti tampoco te vendría mal empezar a comportarte como una mujer adulta y una madre de familia, que se supone que es lo que eres. A ver si tú y tu marido salís a ganaros el pan de vuestros hijos como corresponde, que sois jóvenes y tenéis dos manos, y dejáis de aprovecharos de la buena voluntad de Paddy, que no es responsable de ninguno de vosotros.

–Mira, tío Patrick, yo no he sido la mejor madre, pero tu hijo...

–A mi hijo ni mentarlo –miró a Violet y ella se calló– o entonces tendrás un problema grave conmigo. A Patrick lo engañaste y robaste de mala manera, no voy a tolerar que continúes haciéndolo con mi nieto, eso se acabó y si vuelvo a saber que lo llamas para pedir dinero o para algo parecido, también te vas a la calle. ¿Queda claro?

–Sí.

–Y esto también va por ti, Paddy, cómo me entere de que le sueltas un céntimo más a tu madre o a tus hermanas, también los largaré a la calle. No permitiré que sigas fomentando la vagancia y la desidia en esta panda de inútiles. –El marido de Bridget bufó en su silla y el abuelo lo miró–. ¿Te pasa algo O'Hara?, ¿tienes algo que decirme?

–No, señor.

–¿Y cuándo piensas devolver a mi nieto los sesenta mil euros que pagó a tu familia?

–Yo...

–Si has vuelto a vivir con tu mujer y las aguas han vuelto a su cauce, será porque las cosas se han arreglado ¿no? –él bajó la cabeza y Bridget le sujetó la mano–, ¿no?

–No tenemos ese dinero abue... –susurró Bridget–, tío, Patrick, se lo quedó su familia.

—Pues ahora lo tenéis, con la venta de la casa tenéis más que de sobra, así que quiero que mañana mismo le hagáis un ingreso.

—Claro, tío, solo queremos hacer las cosas bien —intervino su madre muy sonriente—, mañana te devuelvo tu dinero, hijo.

—Muy bien. Estas son las reglas a partir de ahora, ¿firmas o no? —El abuelo agarró el contrato de compra-venta y se lo puso delante. Violet lo sujetó sin pensarlo ni un segundo y agarró el bolígrafo para firmar—. Un momento, Violet.

—¿Qué, tío?, estoy de acuerdo.

—No es una broma, ni son palabras vacías, todo lo que te acabo de decir lo haré, me conoces, y en mi ausencia se encargará Sean personalmente o, peor aún para ti, el propio Patrick. Está todo por escrito y lo que firmes te compromete legal y moralmente con mi familia.

—Hecho —agarró el bolígrafo y se puso a firmar en silencio. Paddy suspiró y miró a sus hermanas y a sus maridos, que no le quitaban ojo al sustancioso cheque que tenían delante. Estaba claro que no eran conscientes de nada y que solo les importaba trincar la pasta, pero daba igual, él sí pensaba agarrarse al acuerdo para deshacerse para siempre de sus historias—, ya está, tío, y gracias.

—Muy bien, nosotros nos vamos —se puso de pie y todos con él—, y no quiero volver a verte, nunca más, en Dublín y menos cerca de mi nuera, ¿me oyes?, que sé que tuviste la caradura de presentarte en su restaurante para pedirle dinero.

—Era un apuro y tu hijo... —se calló y sonrió—, no volverá a pasar, pero una madre haría cualquier cosa por sus hijos y yo estaba desesperada.

—Una madre no se comporta como tú, Violet.

—Vale, gracias, hermano, gracias por venir —intervino June y le dio un beso en la mejilla zanjando la discusión—, disculpa las molestias, espero no haberte importunado demasiado.

—Adiós, June y cuídate.

Vio salir a su abuelo hacia el jardín, acompañado por su tío Sean y por el notario, miró el salón y fijó la vista en su cuñado, Kieth O'Hara, con sus pintas de chulito de playa y su ropa de marca. Estaba mirando el talón que Bridget sujetaba con las dos manos, con una enorme sonrisa en la cara, y se preguntó cómo podía seguir ahí, tan campante, al lado de su hermana, después de todo lo que había pasado. Superó la distancia que los separaba, lo agarró con facilidad por el cuello y lo estampó contra la pared. Él, que era más bajo y más endeble, casi se desmaya del susto y levantó la vista para mirarlo con ojos llorosos.

—Y tú, cabrón, hijo de la gran puta, como vuelvas a tocar a mi hermana te parto las piernas, ¿me oyes?

—¡Paddy, suéltalo!, ¡deja a mi marido! —gritó Bridget agarrándolo por la espalda.

—¡¿Me oyes?!

—Sí, Paddy.

—Muy bien —lo soltó y los miró a los dos—, tú eres un puto cobarde de mierda si pegas a las mujeres, pero tú, hermana, eres una estúpida niñata sin dignidad dejándole volver a casa.

—¡No es asunto tuyo!

—No, gracias a Dios, ya no lo es.

Salió de dos zancadas y se subió al coche después de despedirse de su abuela y del notario, se sentó al volante, lo puso en marcha y miró a su abuelo, que le palmoteó el hombro tan tranquilo.

—Arranca ya, Paddy, salgamos de aquí.

—Podemos parar en Omagh para comer, papá —dijo Sean desde el asiento trasero—, ¿no quieres pasar a ver al tío Davie?

—Pues sí, enfila hacia Omagh, Paddy, y cambia esa cara, que ya pasó todo.

—¿Tú crees?

—Más les vale y llama a tu madre, Sean, que estará preocupada.

Oyó como Sean hablaba con la abuela y como luego le pasaba el teléfono al abuelo para que le contara más detalles de la reunión e intentó poner la mente en blanco. Conducir siempre le servía para relajarse y para dejar de pensar, pero esta vez sería complicado. Llevaba dos semanas esperando aquel dichoso encuentro con su familia materna y aunque al final había sido más sencillo y pacífico de lo esperado, a él no le quitaban los días de inquietud que había pasado pensando en cómo se desarrollarían las cosas. Conocía bien a su madre y a Walter, a sus hermanas, pero no sabía cómo reaccionarían bajo presión los maridos de Bridget y April y, si por casualidad la cosa se hubiese ido de madre delante de su abuelo, hubiesen tenido problemas, serios, y llevando a su tío Sean con ellos, mucho más.

Afortunadamente todo estaba en orden, concluyó, y se pasó la mano por la cara, al menos por una larga temporada harían su vida y lo dejarían en paz. Violet le tenía pánico a Patrick O'Keefe senior, era muy respetuosa con los acuerdos entre gitanos, y seguro que se comportaba como era debido de ahora en adelante, y sus hijas y yernos también. Sabía que no le devolverían el dinero de los O'Hara y que se pulirían antes de un año el de la venta de la casa, pero con algo de suerte el rapapolvo del abuelo les ayudaría a espabilar y, si no era así, él esperaba estar lejos de ellos cuando volvieran a las andadas.

En junio tenía un par de entrevistas en Inglaterra con dos equipos de fútbol de segunda división y le habían hablado de un equipo australiano de rugby que buscaba entrenador europeo, era una buena oferta, pero no quería instalarse tan lejos de la familia. Por su parte el entrenador McMurray le había insinuado que, si seguía el curso siguiente con los equipos infantiles, él se retiraría, pero tampoco lo tenía claro. Le gustaba el trabajo, habían ganado en todas las liguillas y era muy gratificante enseñar a niños tan pequeños, pero no podía quedarse estancado allí, necesitaba alguna cosa más, un reto profesional más alto y complicado, y no podía comprometerse con McMurray en ese momento, así que le había pedido unas semanas más para darle una respuesta concreta y en eso andaba, a punto de empezar junio y con el futuro nuevamente en el aire.

Por supuesto tenía su trabajo bien remunerado en O'Keefe e Hijos, pero necesitaba más... algo más para llenar esa especie de vacío con el que andaba cargando desde hacía algún tiempo y que también tenía que ver con su vida personal, que no le daba tregua desde que Úrsula Suárez había entrado en su vida.

Desde su charla con Diego sobre ella y desde que ella se había ido para siempre de Dublín, no se la podía quitar de la cabeza. Suponía que solo se trataba de frustración y sentimiento de culpa. Frustración por cómo acabaron las cosas y culpa por cómo las había resuelto. Ella la había cagado, sí, había mentido, sí, pero, como decía Diego, no había matado a nadie y él la había crucificado como jamás había hecho antes con ninguna otra mujer, con ninguna, aunque muchas de ellas se lo hubiesen merecido mil veces más que Úrsula, y aquella certeza no lo dejaba dormir.

–Es una boxeadora cojonuda, papá, tendrías que verla –estaba diciendo Sean y él volvió de sus cavilaciones y le prestó atención.

–No me gustan las mujeres que boxean y a esa chiquilla no le pega nada subirse a un *ring*, si fuera hija o nieta mía, no lo permitiría.

–Pues yo la quisiera fichar, ganaríamos mucha pasta si se apuntara a algún torneo exclusivo...

–¡¿Estás loco?!, jamás llevaremos mujeres, no mientras yo viva.

–Vale, vale, hombre, que es solo un decir, no lo haremos, pero, créeme, con ese aspecto tan frágil y femenino que tiene, Úrsula es pura dinamita, ¿verdad, sobrino?

–¿Eh? –se acomodó mejor en el asiento y lo miró por el espejo retrovisor–, sí, tiene mucha técnica.

–Y es una luchadora nata, tiene carácter. Muchos tíos quisieran tener la furia que despliega la españolita en el *ring*.

–Pero no debería... –insistió el abuelo– con lo maja que es.

–No me seas antiguo, papá, sigue siendo igual de maja, seguro que Paddy puede dar fe. –Le guiñó un ojo desde el asiento trasero y él entornó los ojos.

–¿Ah sí?, ¿y eso por qué?

–Por nada, abuelo.

–Estuvo saliendo con ella, fue la comidilla del gimnasio.

–No sabía que ahora nos iban los chismes –susurró cabreado y Sean se echó a reír. Miró a su abuelo y él le clavó los ojos claros sin abrir la boca–. Ya hemos llegado, ¿habéis avisado al tío Davie?

–Sí, Paddy, nos están esperando con un buen estofado de carne.

–Estupendo… –Aparcó el jeep, esperó a que se bajaran y saludó a Davie y a su mujer, que salieron del restaurante para darles la bienvenida, antes de detenerse un momento a poner la alarma del coche y revisar el teléfono móvil, contestó a un par de mensajes del trabajo y cuando levantó la cabeza para seguir a su familia se encontró con su abuelo a pocos pasos de distancia–. ¿Qué, abuelo?, ya voy.

–¿Eso es lo que te pasa?

–¿El qué?, ¿de qué me hablas?

–¿Esa chica?, ¿Úrsula? Tu abuela dice que tienes mal de amores y yo sin creerle, fíjate, cuando nunca falla.

–¿Mal de amores? –Soltó una risa y se puso las manos en las caderas–. ¿Qué dices?... para nada.

–He visto la cara que has puesto cuando tu tío lo ha mentado…

–Porque no me gustan esa clase de chismes, vamos… –Lo empujó por la espalda, pero él se resistió.

–Llevas unas semanas muy ausente, hijo, y nos preocupas.

–Por los problemas en el trabajo, mi madre, en fin… son muchas cosas, no hay de qué preocuparse.

–¿Seguro?, si no me lo dices a mí tendrás que enfrentarte a tu abuela, que anda vigilándote desde hace días.

–Bueno… –respiró hondo y miró a su alrededor sin saber qué decir, se lo pensó un poco y optó por la verdad–, es cierto, estuve saliendo con Úrsula, casi nada, pero no me gusta como acabó la historia, tal vez le hice daño con algunas cosas que dije, tal vez fui injusto con ella o tal vez debí intentar solucionarlo...

–Entonces intenta arreglarlo, habla con ella, el no ya lo tienes, pero al menos no te quedarás con la sensación de haberte rendido.

–No pienso volver con ella, no se trata de eso, se trata de...

–De hacer bien las cosas, como has hecho siempre, desde que levantabas un palmo del suelo... –se echó a reír y le palmoteó la espalda–, eres un gran tipo, Paddy, no te haces una idea de lo orgullosos que estamos de ti, tu abuela, tu padre, tus tíos, yo... eres un diez en muchas cosas, pero una calamidad eligiendo mujeres... para una que te gusta que vale la pena, no la dejes escapar, haz caso a tu abuelo.

–No sabía que también te iban los consejos sentimentales –bromeó muerto de la risa y su abuelo sonrió.

–Cuando conocí a tu abuela supe que era ella, que era perfecta, la agarré de la mano y ya no la solté, sigo sin soltarla. Entiendo de mujeres y esa chiquita, Úrsula, es de las que valen la pena.

–No creo que estemos hablando de lo mismo, abuelo.

–¿Ah, no?

–No, yo no quiero casarme con ella, ni nada parecido... solo... solo... –se pasó la mano por la cara un poco desconcertado de estar teniendo esa charla tan personal con su abuelo y bufó–, solo quisiera comprobar que no le he hecho daño de verdad y que, si se lo he hecho, soy capaz de disculparme como es debido. Me destroza pensar que he sido injusto con ella y que por mi culpa ha podido sufrir o pasarlo mal, porque, si es así, no me lo perdonaré jamás.

—Bueno... yo creo que estamos hablando de lo mismo, Paddy, exactamente de lo mismo. Venga, vamos a comer, que con el estómago lleno se piensa mejor.

—Abuelo...

—¡Vamos!

Capítulo 31

—Jamás podré agradecerte...
—Schhh, a callar, que para eso están las amistades, Úrsula —María sacó una manta del armario y se la puso encima de la cama—, nos encanta tener compañía, no te preocupes.
—Solo serán dos o tres días, la residencia...
—Es igual, tú tranquila, en serio, que no es ninguna molestia.
—Mil gracias.
—Ahora descansa, yo me voy al restaurante y vuelvo sobre las ocho. Borja tiene turno en el hospital hasta las doce de la noche, así que tienes la casa para ti sola. Duerme y cambia esa cara, que estas cosas ocurren y no hay de qué preocuparse.

Le dio un par de besos y desapareció. Estaban a veinte de agosto, se suponía que su residencia en Londres tenía prevista su llegada para esa misma mañana, pero no había sido así. No tenían su plaza disponible y en un abrir y cerrar de ojos se vio en la calle con una maleta enorme llena de ropa y una mochila enorme repleta de libros, sin saber dónde ir. Un hotel a esas alturas del partido le costaría una fortuna y no tenía ningún amigo viviendo allí, así que de repente se sentó en un banco del parque y se echó a llorar. Todo apuntaba a que su mala suerte seguía extendiéndose, también en Londres, donde había optado por instalarse para hacer un máster de edición en la Universidad de Westminster.

En mayo, cuando el profesor Flanaggan le ofreció la plaza para el estudio en el Trinity College y Patrick O'Keefe le pidió ayuda para cuidar a sus hijos, todo parecía estar nuevamente en orden, era la luz al final del túnel. Tenía la residencia, un trabajo, un proyecto espectacular para hacer en la universidad y la posibilidad de empezar el doctorado, sin embargo, poco le había durado la alegría. En un pis pas sus planes se fueron al garete y llevaba dos meses y medio vagando como un alma en pena por Valladolid, por Madrid o por Ribadesella, donde había pasado tres semanas de vacaciones con sus padres.

El demoledor monólogo que le había soltado Paddy en los jardines de la universidad lo cambió todo. Por alguna extraña razón, cualquier cosa que viniera de él le afectaba de manera superlativa, lo bueno y lo malo, y esa mañana le había cambiado la vida para siempre, sin saberlo, y obviamente sin pretenderlo, pero lo había hecho y esa misma tarde se fue al despacho de Flanaggan y renunció a su plaza, llamó a Manuela y le contó que dejaba Dublín y se volvía a España. No podía seguir allí después de eso, no era capaz de encontrárselo y actuar como si nada, no era lo suficientemente fuerte para afrontar una situación como aquella, no sabía manejarla, tampoco tenía fuerzas para hacerlo y optó por el camino de en medio. Se fue de su ciudad, se alejó de su familia e hizo lo que él le pidió: lo dejó en paz.

Era consciente de que en otro momento de su existencia hubiese podido con ello, incluso hubiese agarrado a Paddy por banda y le hubiese cantado las cuarenta, sin embargo, en aquel instante de su vida no era capaz de nada. Los meses que llevaba encima, los Donnelly, la infidelidad y posterior ruptura con Javier, las tensiones con Manuela por culpa de los dichosos *tinkers*, la relación fallida con Paddy, su neumonía, todo la tenía bajo mínimos y aunque ella se jactaba de ser una tía fuerte, con carácter y las espaldas bien anchas, en ese momento tuvo que reconocer que no era ni tan dura, ni tan fría, tuvo que claudicar y tirar la toalla, rendirse y volver a casa.

El aceptar que regresaba a España y dejaba su futuro tirado por puro agotamiento e incapacidad para afrontar una situación complicada con un tío que le importaba mucho más de lo recomendable, pudo con la poca energía que le quedaba y llegando a Valladolid se hundió. En cuestión de días no tenía dónde hacer el doctorado, no tenía proyectos, ni ilusiones, se metió en casa y se dedicó a llorar por los rincones ante la mirada preocupada de sus padres.

Sus amigas, que jamás la habían visto en semejante tesitura, se cansaron pronto de intentar consolarla, de sacarle las palabras con sacacorchos y la olvidaron a su suerte, solo Javi, que ya había roto definitivamente con Lucía, se pasaba a verla a diario e intentaba llevarla al cine o a tomar café para animarla un poco, pero no servía de mucho. Varias veces trató de besarla y le pidió que volvieran a estar juntos, y eso acabó por empeorar las cosas. Se peleó con él, le dijo que estaba pillada por otro tío y lo mandó a paseo, lo cual derivó en una soledad absoluta. Solo veía a sus padres, que no le exigían que hablara, y poco a poco, reflexionando, llorando y estando en silencio, consiguió centrarse un poco y recolocar todo aquello en su cabeza. Siempre había necesitado racionalizar los problemas para afrontarlos y eso empezó a hacer en España. Le costó, pero asumió que se había enamorado de Paddy O'Keefe, y, que a pesar del poco tiempo que habían pasado juntos, había llegado a sentirlo como al hombre de su vida. Él representaba todo lo que ella admiraba de un tío: integridad, nobleza, sentido familiar, lealtad, disciplina y valor por el trabajo. Era una persona responsable y fuerte, de fiar, alguien a quien podías confiar tu vida y, además, era adorable, cariñoso, guapo, atractivo, sexy... un amante maravilloso y divertido. Era todo lo que ella quería y esperaba de un hombre, y por unos días había sido suyo, ya está, fin de la historia. Pasó y se fue, no había nada más que hacer, y aceptar esa realidad la hacía llorar, sí, pero también la ayudó a empezar a ver el cielo más azul.

No se podía tener todo en la vida y ella había sido, hasta el momento en que se le ocurrió trasladarse a Dublín, una persona muy afortunada y feliz. Había hecho todo mal con Paddy y lo sentía, pero al mes de estar en casa se levantó una mañana y concluyó que por mucho que se torturara, ya no podría solucionar nada, así que se echó la pena, el arrepentimiento y las lágrimas a la espalda y empezó a pensar en lo que haría el próximo curso con su existencia.

A esas alturas del verano poco pudo hacer, su madre le dijo que contara con el apoyo económico de la familia para estudiar lo que quisiera y se decidió por la Universidad de Westminster. Había un máster en edición que le interesaba y así podría seguir al máximo nivel con el inglés mientras preparaba su asalto a Oxford para el segundo semestre del año. Londres era un poco más barato que Oxford y además allí podría conseguir algún trabajillo, mientras terminaba el proyecto del doctorado para presentar en el departamento de Literatura Medieval de la universidad de sus sueños. De repente recordó que tras el Trinity College, Oxford siempre había representado el máximo de sus aspiraciones y se concentró en eso.

En julio viajó con sus padres a Ribadesella y en agosto ya tenía respuesta de Londres: una estupenda plaza en el máster y la posibilidad de alojarse en alguna de sus residencias de estudiantes de Russell Square. Con eso en la mano se empezó a animar un poco más, de vez en cuando hasta podía hablar con Manuela por teléfono y aunque jamás le preguntaba por Paddy, intuía que a él las cosas le iban bien y que seguía en Irlanda pendiente de sus hermanos, del deporte y de su trabajo.

«No hay mal que cien años dure... ni tonto que lo aguante», decía siempre su abuela y estaba empezando a comprobarlo. Tres meses después de dejar Dublín ya no lloraba tanto, aunque seguía sensible al tema Paddy y no hablaba jamás de él en voz alta. Empezó a tomarse las cosas con menos drama, no despertaba a diario pensando en sus ojos celestes y se iba a la cama intentando pensar en otras cosas, unas mucho más simples y fáciles de controlar que ese estupendo y maravilloso tiarrón del norte al que no podría, ya se había resignado, olvidar jamás.

Miró la cama amplia y tan bonita de la habitación de invitados de María Pérez del Amo, la mejor amiga de Manuela, y decidió dormir una siesta. Llevaba en danza desde las cuatro de la madrugada porque había cogido el primer vuelo de Madrid a Londres con la esperanza de estar en su nuevo alojamiento a las diez de la mañana, pero no había podido ser. Afortunadamente, cuanto más hundida estaba, sentada en un banco de Russell Square, llorando e intentando decidir dónde pasar la noche, la llamó Manuela desde Dublín y le salvó la vida. Nada más contarle donde se encontraba y por qué, ella le dijo que llamara a María, que vivía con su marido ahí mismo, a dos pasos del parque, y eso hizo. Le daba un apuro enorme molestar a unas personas a las que había visto dos veces en toda su vida, pero no tenía muchas opciones y María, majísima, la recibió con los brazos abiertos.

Era una gran suerte, una enorme bendición, y se tiró en la cama dando gracias a Dios por el milagro. A lo mejor, se dijo cerrando los ojos, con algo de fortuna, la vida le empezaba a sonreír en Londres. ¿Por qué no?, después de un año tan malo alguna cosa buena le tocaba recibir. Ya era hora.

–¡Mierda! –El timbre de la puerta principal sonó tres veces y no le quedó más remedio que salir de la ducha a la carrera, se envolvió en el albornoz y se peinó con los dedos antes de llegar al salón, iluminado a esas horas de la tarde por una cálida y bonita luz natural. Se detuvo un segundo a admirar el ventanal que daba a Russell Square, y por donde entraba ese sol tardío tan espléndido, y el timbre volvió a sonar sacándola de golpe de su ensimismamiento. Había dormido dos horas profundamente, pero seguía medio grogui. Llegó a la puerta, quitó el seguro y abrió sin asomarse a la mirilla–. ¿Sí?

–Hola, buenas tardes.

–Hola... –Paddy O'Keefe Jr. en carne mortal, a un palmo de distancia y con una sonrisa de oreja a oreja. Inconscientemente se cerró mejor el albornoz y dio un paso atrás con el corazón bombeándole con fuerza contra los oídos. Miró al suelo y luego a él, que seguía ahí de pie y sonriendo–. María y Borja no están, yo solo estoy de visita y...

–Ya sé que no están –entró al piso y cerró la puerta con total confianza. Ella retrocedió otra vez y se agarró al respaldo de un sofá–, venía a hablar contigo.

–¿Conmigo?, ¿por qué? –de repente reaccionó y cuadró los hombros–, ¿qué pasa ahora?

–Manuela me contó que estabas en Londres, aquí en Russell Square, yo estaba en una reunión en el Charlton, así que... –suspiró mirando el apartamento–. ¿Sabes que cuando mi padre conoció a Manuela vivía en esta casa? y después, cuando nació Michael, también vivieron un tiempo aquí, luego vino Diego de Madrid y estuvo una temporada compartiendo casa con María y Borja...

–¿En qué te puedo ayudar? –preguntó con un hilito de voz, admirando de reojo esa pinta maravillosa que lucía siempre. Con vaqueros y un polo azul claro, las gafas de sol en el bolsillo de la camiseta, ese reloj deportivo tan bonito y el pelo más largo, revuelto y con esos reflejos caoba, tan brillantes. Estaba guapísimo y notó que se le doblaban las rodillas, pero se mantuvo quieta y serena, esperándose lo peor.

–Siento haberte sacado de la ducha.

–Ya, no pasa nada. Tú dirás...

–Intenté localizarte en España, pero cambiaste de móvil.

–Sí.

–Manuela me lo dio hoy, pero en realidad no quería...

–Mira, Paddy, di lo que tengas que decir –respiró hondo y lo miró a los ojos, esos maravillosos ojazos celestes que parecían de otro mundo–, me gustaría vestirme y seguro que tú tienes prisa.

–No tengo prisa, si quieres ir a vestirte puedo esperar.

–No, quiero que me digas lo que has venido a decir, eres experto en ser directo y conciso y no entiendo tantos rodeos. ¿Qué ocurre? –Se plantó firme y él parpadeó–. Como habrás comprobado me fui de Dublín, no creo que vuelva a Irlanda, apenas tengo contacto con tu familia y no pienso volver a molestarte, de hecho, no he vuelto a molestarte, así que ya me dirás que habré hecho yo ahora para que vengas a hablar conmigo. No entiendo nada.

–Yo jamás te pedí que te fueras de Dublín o que te alejaras de mi familia.

–Es igual, el caso es que te dejé en paz, ahora estoy en Londres y, que yo sepa, no he hecho nada para incordiarte.

–Te quería pedir perdón, Úrsula.

–¿Eh? –Ahora parpadeó confusa ella y frunció el ceño.

–Sé qué no fui muy justo contigo, lo hice fatal y reconozco que fue una canallada lo que te dije en el Trinity College y... –La miró y vio que estaba completamente sorprendida. Tenía las mejillas arreboladas y los ojos dorados brillantes, el pelo húmedo... preciosa... pero muy nerviosa, incómoda, y temió que no había sido muy buena idea aparecer así, sin previo aviso, pero no se pudo contener cuando Manuela le contó que estaba en casa de María y Borja. Necesitaba hablar con ella desde hacía semanas y no podía esperar ni un segundo más. Respiró hondo y se desplomó en un sofá–. Disculpa la visita inesperada, Úrsula, si quieres vístete y te invito a tomar algo, a cenar, y así podemos charlar tranquilamente..., ¿te parece?

—No, gracias.

—Ok... muy bien, lo entiendo.

—Agradezco tu disculpa, eres muy amable, pero tengo muchas cosas que hacer. Por supuesto puedes esperar a María, si quieres —miró la hora—, pero yo voy a vestirme, tengo que salir, así que... en fin.

—Sé que me pasé mucho contigo después de... ya sabes, soy consciente y mi disculpa es sincera, si pudiera volver atrás... yo... en serio, Úrsula, ¿puedes al menos mirarme a la cara?

—Y yo te digo que muchas gracias. —Alzó la mirada—. Por mi parte ya está olvidado, de verdad, así que no le des más vueltas.

—¿Cómo qué no?, llevo meses sin otra cosa que hacer que darle vueltas. Yo no soy así y no me siento nada orgulloso de haber sido tan duro e injusto contigo, para mí es importante que lo entiendas y por esa razón he intentado contactar contigo en España y ahora he venido corriendo hasta aquí. Solo quiero enmendar el error y acercar posiciones, me gustaría que volviéramos a ser amigos.

—Me siento muy halagada.

—Va en serio.

—Y no he dicho lo contrario, también va en serio que me siento halagada. Gracias por considerar lo que pasó y por disculparte, por mi parte también te pido perdón, otra vez, por lo de París y todo aquello que ahora recuerdo como en una nebulosa. Tampoco era yo durante aquellos días, estaba en un pésimo momento y actué fatal, lo siento.

—Para mí todo eso ya está olvidado.

—Estupendo, estamos en paz, Paddy. Muchas gracias.

—Deja ya de darme las gracias como si fuera un puto desconocido, joder, qué difícil me lo pones... —se levantó y respiró hondo–. Vale, de acuerdo, me merezco un poco de caña, estoy contigo, tienes todo el derecho, pero, por favor, no me hables como si tuviera cinco años o como si me acabaras de conocer…, ¿eh?

–¿Y cómo quieres que te hable?, si puede saberse.

–Éramos amigos, lo pasábamos muy bien juntos y aunque todo se desmadró, aún estamos a tiempo de recomponerlo, si quieres.

–¿Recomponerlo? –empezó a cabrearse y él sonrió interiormente viendo las chispas de enfado en esos ojos tan bonitos–, ¿recomponer el qué? No entiendo nada, de verdad te lo digo, no te entiendo, Paddy. Por un cúmulo de catastróficas coincidencias yo actué mal contigo, te pedí perdón, sin embargo, hasta hoy, me has hecho sentir fatal. Lo he pasado muy mal ¿sabes?, pero, vale, todo el mundo tiene derecho a disculparse y, aunque tú no aceptaste mi perdón en su momento, yo sí acepto ahora tus disculpas, porque te honra venir hasta aquí para hablar conmigo, pero no me hables de arreglar las cosas y ser amigos, así como si nada, porque para mí no es tan simple.

–Está bien.

–Lo siento, pero debería vestirme y salir.

–Me duele mucho saber que te he hecho daño.

–Bueno –movió la cabeza y se puso las manos en las caderas–, ya pasó y yo suelo ser demasiado sensible, así que olvídalo. Estamos en paz.

–Tú estarás en paz, yo no.

–¿Qué?... pues no sé qué más te puedo decir, Paddy.

–¿Ah, no?

–Sinceramente no.

–Está bien. –Caminó hacia la puerta–. No es como yo lo esperaba, pero me vale. Adiós, Úrsula.

—¿No es como te lo esperabas?, ¿y qué esperabas? —Se cruzó de brazos cada vez más desorientada y él agarró el pomo de la puerta sin mirarla.

—Es la primera vez que pido perdón a una chica y no sé cómo funcionan las cosas —se giró y la miró a los ojos—, pero creí que sería posible arreglarlo, hablar y empezar de nuevo. Me gustaba mucho estar contigo, Úrsula, pero si no puede ser, no puede ser. Me voy, ya nos veremos.

—Creí que venías a disculparte, cuando uno se disculpa, pide perdón y ya está, no puedes esperar nada más, no sé de qué vas.

—¿Ah, sí?, ¿hay unas reglas?, ¿me las puedes explicar? —Sonrió y ella frunció el ceño.

—Adiós, Paddy.

—Eres más dura que una piedra.

—¡¿Yo más dura que una piedra?!, ¿en serio? Gracias a Dios que soy más dura que una piedra porque si no estaría muerta ¿sabes?... —avanzó hacia él, indignada—, con todo lo que me ha pasado en el último año y con gente como tú volviéndome loca, menos mal que resisto o estaría en un puñetero manicomio.

—Vale, vale. —Levantó las manos en son de paz.

—Igual esperabas que te perdonara y cayera rendida a tus pies, pero no soy de esas.

—Qué lástima.

—¡Paddy!

—¡¿Qué?! —soltó una carcajada—, solo intento quitar hierro al asunto para sentirme menos gilipollas. Me alegra haber venido a pedirte perdón, pero me jode mucho que me lo pongas tan difícil. Me hubiese gustado haber acabado de otra manera, sin embargo, sé aceptar una derrota... me voy.

—¿Una derrota?..., ¿qué quieres de mí, Paddy?

—Quiero estar contigo... —Se le acercó y la miró desde su altura muy serio—. Qué nos demos una segunda oportunidad.

—¿Y eso por qué?

—Porque me importas... ¿no ha quedado claro?

—Pues no...

Entornó los ojos, él la miró fijamente durante unos segundos, retrocedió hasta la salida, abrió la puerta y se fue dando un portazo. Ella sintió las lágrimas mojándole la cara, pero no eran de pena, eran de pura felicidad. Se quedó quieta sopesando lo que acababa de pasar, sus palabras y sus ojos tan dulces, esa forma tan poco romántica de decir las cosas, pero en el fondo tan tierna. Era demasiado para digerirlo en dos segundos, mucho recorrido para perdonar instantáneamente y mandar al olvido los últimos meses que le había hecho pasar. La carga no era liviana y ella no era tan simple, ni tan buena, ni tan idiota como para salir corriendo detrás de él..., ¿o sí? Se puso las manos en las caderas y respiró hondo, varios segundos, intentando calmarse y comprender que las palabras se las llevaba el viento y que la vida real era bastante más dura... «No cedas, Úrsula, que solo quiere aliviar su conciencia, ¿no lo ves?».

Dio unos pasos hacia su cuarto, decidida a ignorarlo, pero no pudo, giró y miró la puerta cerrada con el corazón saltándole dentro del pecho, mandó a paseo sus defensas, sus buenas intenciones, y se acercó decidida a seguirlo por las escaleras en albornoz si hacía falta, pero no fue necesario, porque en cuanto abrió se lo encontró ahí mismo, apoyado contra la pared.

—Ya sabía yo que no eras tan dura.

Capítulo 32

—¡Dios! —El maldito teléfono no paraba de vibrar. Se sentó en la cama e intentó situarse. Miró las sábanas revueltas, el edredón blanco en el suelo, las cortinas también blancas y lo recordó todo: estaba en Londres, en un hotel cerca de Knightsbridge, donde se había instalado con Úrsula tras su «reconciliación» en casa de María y Borja. Buscó el móvil y lo pilló en el bolsillo trasero de los vaqueros que había dejado abandonados en la moqueta, miró quién llamaba y respondió en seguida—. Hola, Bill.

—Hola, Paddy, llevo dos horas intentando localizarte.

—Lo siento, me he dormido, ¿qué hora es?

—Las diez de la mañana.

—¿Ah, sí? —no llevaba el reloj puesto y buscó a Úrsula con los ojos, pero no la encontró—, ¿qué ha pasado?

—Los del Charlton no mejoran la oferta, pero, como tu agente, debo decir que es una buena opción, Paddy. Si no consigues meter la cabeza pronto en una liga profesional...

—No tengo prisa y si he esperado tanto, puedo seguir

esperando. La oferta es ridícula, teniendo en cuenta que tengo que mudarme a Londres y vivir aquí con el dinero que ellos me pretenden pagar.

–Tienes medios propios para sobrevivir…

–Pero ellos no lo saben, ¿o sí? –Se pasó la mano por la cara y prestó atención al cuarto de baño…Úrsula tampoco parecía estar allí.

–Por supuesto que no lo saben, sin embargo…

–Me parece casi un insulto que me ofrezcan ese dinero, así que no, gracias.

–Vale, lo que tú decidas –suspiró Bill Harper desde el otro lado de la línea–, es tu carrera.

–Sí y si tengo que dejar Irlanda, mi casa y mi familia, al menos espero estar medianamente bien pagado.

–Tienes razón, seguiremos buscando. Me ha llamado alguien de la Magners League[4], pero hasta que no concrete nada, no te puedo dar más detalles.

–¿En serio?, ¿quién?

–La liga ya está empezada y todo está cerrado, pero un contacto le dio un soplo a un tipo de mi oficina, Paul Farrell, y parece interesante.

–Eso suena cojonudo.

–Dame algo de tiempo y te aviso.

–Muy bien y que haya suerte.

–Eso espero. Adiós.

Se despidió de Bill y apoyó la cabeza en la almohada. Estaba harto de los plazos y el ritmo que llevaban las entrevistas, los contactos, las chorradas burocráticas que

---

[4] N. de la A. Competición anual de rugby que agrupa a las regiones de Irlanda, Escocia, Gales, y desde la temporada 2010-2011 también a Italia.

rodeaban al mundo del deporte, pero había que tener paciencia. Si había esperado tanto, un poco más no le haría daño. Se levantó y se fue al cuarto de baño. Úrsula brillaba por su ausencia y un pellizco de preocupación le nubló durante un segundo las ideas. Igual se había largado para no volver a llamar, aunque lo dudaba. Después de hablar en casa de María todo había ido rodado y había decidido quedarse con ella unos días en Londres.

Úrsula era una chica muy suya, muy peleona, pero después de estar juntos casi dos días enteros en la cama, como dos tortolitos, y haber compartido cena y salida nocturna por el Soho, creía que estaban en paz. Seguramente se había ido a clase o a su residencia y luego lo llamaría por teléfono, no podía ser de otro modo. Jamás en su vida había hablado tanto con una chica, como jamás se había disculpado tanto con ninguna, así que aquellas palabras y aquel buen rollo no podía quedar en agua de borrajas, seguro que no, seguro que había ido a su nueva residencia y estaba liada con sus cosas, nada más.

Como con el trabajo debía tener paciencia y esperar, no agobiarla y, lo más importante, no agobiarse él.

Había tardado mucho tiempo en decidirse a buscarla en serio, aceptar que quería estar con ella y que valía la pena bajar la guardia, pedir disculpas y actuar como cualquier tío normal, que cuando le gustaba alguien se tragaba el orgullo y daba el primer paso. Nunca le había tocado trabajar tanto una historia sentimental, ni sabía si obtendría buenos resultados, sin embargo, se plantó en Londres con sus mejores intenciones y ella le había dado otra oportunidad. Estupendo, había tenido suerte y no pensaba desaprovecharla.

Volvió a la cama, acomodó las almohadas y se acostó. Estaba agotado y su vuelo de vuelta a casa salía a las ocho de la noche, así que podía dormir un poco más y recuperar fuerzas. Sonrió recordando la noche loca de sexo salvaje con Úrsula y sintió una excitación instantánea. Era tan tremendamente intensa y divertida, tan natural, tan sexy... rememoró su sonrisa y sus ojazos dorados y decidió llamarla en seguida, antes de correr el riesgo de perderla de vista. Agarró el móvil, miró la agenda y en ese preciso instante sintió el típico click de la llave electrónica del hotel, levantó los ojos y la vio entrar.

–Hola, dormilón –le dijo ella con una enorme sonrisa. Iba con ropa de deporte y traía una bandeja de cartón con sendos cafés–, he traído el desayuno.

–¿No hay servicio de habitaciones?

–Creo que no y esto está buenísimo. –Se acercó, lo besó en los labios y se sentó a su lado enseñándole una bolsa de Harrods–. He comprado cruasanes y zumo natural de naranja. Me imagino que te va más el desayuno irlandés, pero lo dejamos para más tarde..., ¿qué?

–¿Qué de qué? –Sonrió sin dejar de observarla y ella entornó los ojos–. Es la primera vez que una mujer que no sea mi abuela me trae el desayuno a la cama.

–No me lo puedo creer.

–En serio, ven aquí –la agarró y la besó–, muchas gracias.

–¿Has hablado con tu familia?, llamé a Manuela y fue imposible encontrarla.

–Anoche estaba todo en orden, igual ahora está reunida. Aún falta un mes para el parto, no te preocupes.

–María me contó que se va dentro de dos semanas a Dublín para hacerse cargo de La Marquise durante un mes.

–Sí, ya lo hizo cuando nació Aidan, a Manuela le viene bien tenerla cerca y así descansa un poco.

–No para, la verdad.

–¿Has salido a correr sin mí?

–No, pero estoy preparada para una buena carrera, hace un día espectacular.

–Muy bien, pues desayunamos y nos vamos al parque.

–Genial. ¿Has dormido bien?

–Perfectamente ¿y tú?

–De maravilla –le guiñó un ojo y Paddy sintió que se le disolvían literalmente los huesos de todo el cuerpo– y no quisiera cortar el buen rollo, pero necesito preguntarte algo.

–Dispara. –Tomó un trago largo de café, sin dejar de mirarla, y ella suspiró.

–¿Tienes novia?, quiero decir… ¿estás saliendo con alguien en Dublín?, ¿esa chica tan guapa del cumple de tu abuelo…?

–No, ¿y tú?, ¿tú sales con alguien?

–Yo no, pero… ¿estás seguro? Ya sé que tienes un concepto diferente al mío sobre los noviazgos o los compromisos, pero quisiera saber si te estás acostando con alguien ahora porque, bueno –lo miró y se encogió de hombros–, me encanta verte y estar contigo, pero no pienso compartirte con nadie, no va con mi carácter y prefiero saberlo ahora.

–He estado con un par de chicas este verano, en Dublín y en Ibiza, donde pasé una semana con mi primo Cillian, pero nada serio, un par de aventuras sin importancia. No tengo novia, si la tuviera no hubiese venido a Londres a pedirte perdón de rodillas.

–Ya…

—¿Y tú no sales con nadie? No me lo creo.

—Desde que acabé con Javier no he salido con nadie, salvo contigo.

—No puede ser, seguro que te persigue una ristra de galanes desesperados.

—Estoy hablando en serio.

—Y yo también.

—No he tenido a nadie, no me interesa una relación seria y estable después de haberme pasado tantos años con un novio. En mayo me di cuenta que llevaba desde los catorce años con pareja, no siempre con Javi, porque rompimos dos veces y tuve otras relaciones, pero necesitaba estar sola y no atarme a un compromiso demasiado estable.

—¿Ni una aventurilla? —Le sonrió y Úrsula movió la cabeza.

—Qué poco me conoces.

—¿Y conmigo que piensas hacer?

—¿Y tú conmigo?

—Yo pienso no perderte de vista y vendré a verte a Londres siempre que pueda.

—Me parece genial, pero me gustaría hacer un pacto.

—¿Un pacto?

—Sí, escucha —dejó el vaso de café en la mesilla y le cogió las manos—, me gustas muchísimo, Paddy, no sabes lo feliz que estoy de poder verte, de que hayas venido a buscarme, es maravilloso tenerte otra vez en mi vida, pero...

—¿Qué?

—Quiero que me prometas que si conoces a otra persona o empiezas a ver a otra chica en Dublín, si vuelves con alguna de tus novias tan guapas o ya no te apetece verme, me lo vas a contar, y no pasará nada.

—Lo mismo digo.

—Tú tienes más posibilidades que yo y necesito que me lo prometas en voz alta, ante todo somos amigos, ¿ok?

—Lo prometo, amigos. —Se escupió la palma de la mano y le estrechó la suya con fuerza—. En el hipotético caso de que ocurriera algo así te lo diré y no pasará nada.

—Trato hecho. —Sonrió otra vez y Paddy observó cómo se arreglaba el pelo, con muchas ganas de besarla y hacerla callar de una vez—. No soy celosa, ni posesiva, ni una loca peligrosa, pero cuando estoy con alguien no me gusta compartirlo, va contra todos mis principios y prefiero pararlo a tiempo, aunque me duela.

—Estoy de acuerdo.

—¿De verdad?

—Claro, no sé qué imagen tienes de mí, jovencita, pero yo soy un tipo serio. No soy infiel, me gustan mucho las mujeres, pero de una en una.

—Estupendo. Solo quería decir lo que pienso, no quisiera volver a meter la pata contigo y luego dejes de dirigirme la palabra.

—Ay, Señor...

—Lo que pase, pasará, pero una cosa tengo clara, Paddy O'Keefe... no pienso volver a perderte como amigo, así que, jovencito, como dicen en mi pueblo: «Las cosas claras y el chocolate espeso», ¿te parece bien?

—Me parece perfecto. —Se echó a reír a carcajadas.

—Genial. El hotel tiene gimnasio, podríamos hacer una sesión de *sparring* antes de salir a correr.

—Te he dicho que no pienso pelear contigo, Úrsula.

—Es solo un entrenamiento.

—Ni en un entrenamiento. Deberías buscarte una buena compañera de *sparring* aquí, de tu peso y tamaño, seguro que en Londres hay muchas chicas que boxean tan bien como tú.

–Con nadie aprendería más que contigo, Paddy, no me seas egoísta.

–No es egoísmo, no peleo con mujeres. Vamos –hizo amago de levantarse–, salgamos a correr y luego te invito a comer a un buen restaurante.

–Vale, pero invito yo, tú pagaste la cena y el hotel.

–Y tú el desayuno.

–Eso no es nada, yo invito a comer, pero... –lo sujetó, lo tiró a la cama y se le puso encima– primero voy a devorarte entero... es imposible que seas más guapo, ¿sabes, Paddy?

–Mira quién fue a hablar. –Estiró la mano y le acarició el trasero, deslizó las manos por dentro del pantalón de chándal y se deleitó en acariciar esa piel suave y tersa, tan perfecta, con un suspiro.

–No seas tan cumplido... –se quitó la camiseta y se agachó para besarle el pecho–, y te digo una cosa, conseguiré que entrenes conmigo y que me lleves a un combate de los tuyos.

–Vale, dentro de dos meses hay uno en Cardiff, vente conmigo.

–A saber dónde estaremos tú y yo dentro de dos meses, pero me vale.

–Mujer de poca fe... –la sujetó, la agarró por la cintura y la hizo girar en el aire antes de tumbarla en la cama e inmovilizarla poniéndose encima de ella, entre sus piernas, muy excitado, con la respiración entrecortada. Bajó el pulgar y le acarició la preciosa mariposa de la ingle con una sonrisa–, estaremos juntos y haciendo algo parecido a esto –suspiró y la penetró con un movimiento contundente, preciso, sintiendo como lo recibía húmeda y caliente, ardiendo debajo de su cuerpo, y cerró los ojos para balancearse dentro de ella sin pensar en nada más.

Capítulo 33

«Qué vuelo más malo». Al fin pisó el aeropuerto de Dublín, tras cuatro horas de retraso en Londres, y caminó con prisas hacia la salida. Estaban a veintisiete de septiembre y Molly Patricia O'Keefe ya tenía tres días de vida. Lamentablemente no había podido volar antes a Irlanda para conocerla, pero gracias a Dios ya estaba allí, al fin, y esperaba pasarse cuatro días ayudando en lo que pudiera.

Estaba tan contenta con la perspectiva de ver a la familia, a los niños, conocer a la recién nacida y pasar unos días en Dublín, que se olvidó rápido del retraso y salió a la calle para coger el autobús con una gran sonrisa en la cara; últimamente sonreía mucho. El máster en la universidad de Westminster estaba siendo muy interesante, pero, y eso era lo mejor, el profesor Flanaggan le había mandado un correo electrónico diciéndole que aún tenía una plaza en su equipo de investigación, así que, si quería el trabajo, podía incorporarse en enero, después de las vacaciones de Navidad. Aquello era un regalo y aprovechando el nacimiento de Molly, esperaba pasar a ver a

Flanaggan al Trinity College, para hablar con él personalmente sobre el particular.

En ese terreno no podía pedir más, en el familiar tampoco. Sus padres se habían jubilado y estaban viviendo una segunda juventud. Por aquellos días se encontraban en la India disfrutando del viaje de sus vidas con otra pareja de amigos y antes de coger el avión para Nueva Delhi habían pasado una semana entera con ella en Londres. Había sido estupendo tenerlos allí, dedicarles tiempo y atención, mimarlos un poco, que pocas veces lo hacía, hablar con ellos sobre sus cosas, acercar posiciones y tranquilizarlos, porque llevaban unos meses muy preocupados por su estado de ánimo, así que había sido maravilloso. Ellos se habían marchado tranquilos y encantados a sus vacaciones y ella se sentía mucho mejor demostrándoles lo muchísimo que los quería, lo bien que estaba, lo genial que funcionaba su vida y lo ilusionada que la tenían todos sus proyectos.

–¡Úrsula! –le abrió la puerta Grace Vergara y la agarró del cuello para abrazarla–, ¿has venido sola?, ¿nadie ha ido a recogerte al aeropuerto?

–No, ya bastante lío tenéis, ¿cómo estás?, pero mírate –se apartó para observarla de arriba abajo–, estás guapísima.

–Gracias, ya ves –ella se acarició su tripita y sonrió–, doce semanas ya.

–¿Y Diego?

–Al final no ha podido venir, así que me voy pasado mañana, pero pasa. ¡Abuela, mira quién ha llegado!

–Hola, hija –apareció la señora O'Keefe, seguida por Liam y Michael y ella los abrazó a los tres–, ¿cómo estás?, qué ganas tenía de verte, ¿qué tal el vuelo?

—El vuelo fatal, mucho retraso, pero ya estoy aquí. ¿Y vosotros qué tal estáis?

—Bien —dijeron los niños viendo como sacaba de la mochila unos regalos.

—Estáis mayorcísimos, se os deja de ver cuatro meses y crecéis una barbaridad. Mirad, os he traído estos libros y vienen con actividades para hacer *online*, son muy divertidos, ¿y Aidan?

—Aidan se acaba de ir con Paddy al aeropuerto, a dejar a los padres de Manuela, que ya se vuelven a Madrid. –susurró Grace poniendo los ojos en blanco–. Ni dos días han estado.

—¡Grace! —regañó la abuela—. ¿Quieres tomar algo, Úrsula?

—No, gracias, no os preocupéis, ¿y Manuela?

—Arriba, la hemos obligado a meterse en la cama. Sube a ver a la muñequita, no sabes cómo es, su padre está como loco con ella.

—Vale, gracias.

Pasó por el salón y saludó al abuelo, a los padres de Grace y a una de sus hermanas, y subió las escaleras camino del dormitorio principal detrás de la señora O'Keefe. La casa estaba ordenada, templada y tan bonita como siempre, y llegó arriba pensando en lo mucho que le gustaba estar allí y en lo mucho que los había echado de menos. Era increíble. Se detuvieron delante de la puerta, Bridget dio unos golpecitos en ella, la entornó y animó a Úrsula a pasar. La joven entró en la habitación con sigilo, intentando no hacer mucho ruido y sonrió hacia Manuela, que estaba en la cama con Patrick al lado. Él la abrazaba por los hombros y en el regazo tenía a la bebé, durmiendo tan tranquilita y vestida completamente de blanco.

—¡Ay, Dios mío, pero qué preciosidad! —soltó sincera, mirando a la pequeñina que era perfecta y guapísima. Muy chiquitita y con unos rasgos finísimos—, creo que nunca había visto a una recién nacida tan bonita.

—¿Verdad que sí? —susurró la abuela—, es una muñequita y con el pelito oscuro.

—Hola, Úrsula —le dijo Manuela acariciando la carita de su niña—, qué bien que has podido venir. ¿Qué tal el vuelo?

—El vuelo fatal, pero ya pasó, ¿y tú qué tal? Te veo estupenda.

—Bueno, un poquito cansada, pero muy bien —contestó ella tan radiante como siempre— come cada dos horas y te podrás imaginar, pero no me quejo.

—Es un pelín revoltosa —dijo el padre estirando el dedo para tocarle la nariz.

— Bridget, ¿y los niños?

—Están abajo con el abuelo, Grace, Faith, Jon y Erin, no te preocupes, ya hemos sacado a pasear a Russell y Paddy se ha llevado a Aidan al aeropuerto.

—¿Al aeropuerto?

—Él quiso acompañar a su hermano y así se distrae. Tiene un poquito de pelusilla y es normal —opinó la abuela mirando a Úrsula—, quédate aquí, cariño, yo voy a bajar a la cocina.

—Vale... —Volvió su atención a la niña y miró de reojo a Patrick O'Keefe, que no la perdía de vista con una sonrisa en la cara. Ya sabía que era muy niñero, que estaba como loco con sus hijos, le habían advertido que se volvía como una madre cuando estaban recién nacidos, pero le hizo gracia verlo tan entregado y sonrió—. Es preciosa, de verdad, es una monada.

—Es igual que su madre… —besó a su mujer en la cabeza y se puso de pie para coger a la niña en brazos. Con total pericia la levantó y se la acomodó en el pecho—, y ahora le toca un ratito a papá.

—Aprovecha y acuéstala en la cuna, Paddy.

—Sí, ahora.

—Mi amor, por favor.

—Sí, un segundo, *Spanish Lady*. —Se fue caminando hacia la cuna, canturreando y besándole la cabecita, y Úrsula miró a su amiga sonriendo.

—Es imposible, Úrsula, es peor que un niño.

—¡Mami! —La puerta del dormitorio se abrió otra vez y entró Aidan corriendo, Manuela extendió los brazos y él se subió a la cama para abrazarse a su pecho.

—¿Dónde estabas, mi vida?, te echaba de menos.

—Fuimos a dejar a tus padres. —Oyó la voz grave y serena de Paddy y se le doblaron las rodillas, se giró y lo miró a los ojos—. Hola, Úrsula.

—Hola.

—Me querían llevar a su casa —comentó el pequeñajo muy serio y su padre lo miró, inclinándose para dejar a la niña en el moisés.

—¿Ah sí?, ¿y tú que les dijiste?

—Qué no.

—¿Y por qué no?

—Porque papá se muere sin nosotros.

—Exacto —asintió Patrick—, ¿qué haría yo sin ti?, ¿eh? Venga, dame un abrazo. —Lo cogió en brazos y se lo comió a besos—. ¿Tienes hambre?, la abuela está preparando la cena.

—Gracias por llevarlos, Paddy.

—Ha sido solo un momento, embarcaban ya, así que nos vinimos en seguida.

—Gracias de todas maneras.

—No hay de qué.

—Bueno, yo me voy, tienes que descansar —intervino Úrsula, se acercó y la besó en la mejilla—, mañana vengo y estoy a vuestra entera disposición.

—No te preocupes y gracias por venir.

Se despidió de todos y salió decidida camino de la escalera, bajó un par de escalones y Paddy llegó de dos zancadas y le cortó el paso.

—¿Cómo no me has avisado para recogerte en el aeropuerto?, prácticamente nos hemos cruzado en el camino.

—Sí, pero es que con tanto retraso no sabía cuándo podía salir y el autobús del aeropuerto funciona tan bien que...

—Tienes el teléfono desconectado.

—¿En serio? —Echó mano al bolsillo de los vaqueros para coger el móvil, pero él se lo impidió arrinconándola contra la pared.

—¿No me saludas? —La inmovilizó y la besó. Úrsula cerró los ojos sintiendo su aliento cálido y sus labios tan suaves pegados a ella, y suspiró.

—Hola, Paddy, ¿cómo estás? —Abrió los ojos y se deleitó en los suyos que eran maravillosos, estiró la mano y le acarició la mejilla cubierta por una sombra de barba—. ¿Cómo puedes ser tan guapo? Cuando dejo de verte se me olvida y cuando te veo otra vez me quedo alucinada.

—Lo mismo digo.

—Ya, claro, ¿qué vas a decir tú? —Bajó la mano por su pecho y le sonrió.

—Eres la chica más guapa y sexy del planeta, Úrsula, no me hagas repetírtelo.

—Es igual, ¿me llevas a tu casa?, estoy rendida y mañana tengo que levantarme temprano para ir al Trinity College, a ver si consigo ver a Flanaggan antes de las clases.

—Tengo reserva en La Marquise.

—¿Hoy?, ¿en serio?, me parece una idea maravillosa, pero...

—Tenemos algo que celebrar... —Se apartó y se metió las manos en los bolsillos. Ella sonrió de oreja a oreja y se puso la mano en la boca.

—¿Es lo que creo?

—Sí, pequeña. Me acaban de llamar del Leinster Rugby. Bill ha cerrado el trato, empiezo la semana que viene.

—Ay Dios, ay Dios, Paddy, cuanto me alegro —saltó a sus brazos y él la levantó del suelo para besarla. Era su primer contrato serio con un club serio y sería en rugby, no en fútbol como esperaba, pero estaba feliz. Se quedaría en Dublín y nada menos que en el Leinster Rugby, que era uno de los cuatro equipos que representaban a Irlanda en la Magners League. No se podía pedir más, era un sueño hecho realidad y estaba como en una nube. Se incorporaba como asistente del *mister* del primer equipo, con un contrato estupendo y muchas expectativas profesionales, así que se podía considerar un tipo muy afortunado–, te lo mereces tanto. Enhorabuena, cariño. ¿Se lo has dicho a tu padre?, ¿a tus abuelos?

—No, quería decírtelo a ti primero —le acarició el pelo con las dos manos y se inclinó para besarla–, me has traído suerte, Úrsula y te merecías la primicia.

—¿Suerte yo?, no seas tonto, esto estaba cantado, solo había que esperar un poco.

—Ya, pero desde que estoy contigo todo va mucho mejor.

—¿Ah, sí? —susurró coqueta y él se echó a reír—. A mí me pasa lo mismo, ¿sabes?

—Será que el universo se puso en orden hace un mes en Londres.

—¡Paddy! —Oyeron la voz de su abuela y él se inclinó y le susurró al oído.

—No voy a decir nada aún del contrato, esta noche es nuestra, ¿de acuerdo?

—Tú mandas. —Se apartó de él y bajó las escaleras deprisa. También habían decidido no comentar con nadie su reciente relación, que acababa de cumplir un mes de pura pasión y fuegos artificiales, así que se acercó a la señora O'Keefe sola y con cara de inocente—. Ahí viene Paddy, Bridget.

—Estupendo, ¿vais a cenar con nosotros?

—Yo no, lo siento, pero tengo que irme. Mañana vengo temprano para echarle un cable con lo que necesite.

—¿En serio?, pues hay comida para un regimiento, ¿y tú, Paddy?

—Yo tampoco, abuela. —Él se acercó y la besó en la frente—. Voy a llevar a Úrsula al centro y después me voy a cenar a La Marquise, tengo un compromiso.

—Pues vosotros os lo perdéis, María acaba de avisar de que ya acabó en el restaurante y que viene en seguida.

—Mañana seguro que la veremos. Adiós, abuela.

—Adiós, familia... —gritó Úrsula y todos respondieron desde el salón, agarró sus cosas, levantó la cabeza y se encontró con los ojazos verdes de Grace observándola con atención—, hasta mañana, Gracie. Mañana vengo pronto y así charlamos.

—Claro —contestó ella mirando a su primo, respiró hondo y les guiñó un ojo–, hasta mañana, pero, os voy a decir una cosa, no lo podréis ocultar mucho tiempo más, se os nota a la legua.

—No sé a qué te refieres, prima.

—Ya, ya... cuida de ella, Paddy. Hasta mañana.

Paddy se echó a reír, le abrió la puerta de la cocina y la invitó a salir por el jardín trasero camino de su coche. Se subieron al jeep y volvió a sentir el impulso de agarrarlo por el cuello para besarlo y felicitarlo por su nuevo trabajo. Él respondió, como siempre, con la misma pasión, hasta que decidió poner el coche en marcha camino de St. Stephen's Green. Le agarró la mano y la miró de reojo.

—¿Qué te ha parecido la pequeñaja?, te dije que era una monada.

—Una preciosidad, pero no me extraña nada, sus hermanos son guapísimos también.

—Mi padre siempre dice que abrazar a un hijo recién nacido es el milagro más tangible que podrás experimentar en toda tu vida, y debe tener razón, pero lo cierto es que verla tan pequeñita da un poco de vértigo, ¿no?

—Totalmente —ella le acarició los dedos y se dedicó a mirar por la ventana–, parece tan frágil.

—A mí se me dan mejor un pelín más mayores.

—Y a mí.

—¿Pero tú quieres tener hijos?

—Claro —giró la cabeza y lo miró–, pero en un futuro, voy a cumplir veinticinco años dentro de una semana. Es muy pronto para mí, ¿por qué?

—Porque los O'Keefe somos muy fértiles y nos gustan las familias numerosas.

–¿Ah, sí? –Se echó a reír y se acercó para besarlo en la mejilla–. ¿Me estás proponiendo compartir prole?

–Solo tanteo el terreno.

–Pues me siento muy halagada.

–Ok –estiró la mano y la posó sobre sus piernas–, me alegra saberlo, aunque lo dejemos para dentro de unos años.

–¿Y si no quisiera tener hijos tampoco en un futuro? –Lo miró de reojo, muerta de la risa, pero él siguió pendiente del tráfico.

–Tampoco pasaría nada, te seguiría queriendo igual… –Se hizo un silencio y Úrsula sintió cómo que se le erizaban los vellos de todo el cuerpo y se le humedecían los ojos. Él cogió una avenida principal y la miró de reojo–. ¿Qué pasa?

–O sea, que me quieres.

–Claro, ¿no lo habías notado?, ¿tú no me quieres?

–Más de lo que soy capaz de expresar con palabras… –Se enjugó una lágrima y sonrió.

–Pues debe ser un montón para que tú te quedes sin palabras… –Le guiñó un ojo y ella le dio un puñetazo en el brazo.

–¡Paddy!

–Es que verte tan blandita me preocupa.

–¿Serás…?

–¿Subimos a casa y luego bajamos a La Marquise o nos pasamos directamente?

–Lo que quieras.

Paró el coche junto al parque, puso las luces de emergencia, se quitó el cinturón de seguridad, se acercó y la agarró por el cuello. La miró a los ojos primero, calibrando lo preciosa que era, con la cara lavada y esos ojos llenos de lágrimas mirándolo de frente, luego le acarició la mejilla con los pulgares y la besó.

−Te quiero y creo que te querré siempre, solo espero que no llores cada vez que te lo diga…

−Es que soy muy feliz, Paddy.

−Estupendo, yo también, así que vamos a celebrarlo.

Epílogo

Once meses después...

Colgó el teléfono a su madre, aparcó el jeep y se bajó con prisas. El bautizo de Anna Vergara, la hija de Diego y Grace, era dentro de cuarenta y cinco minutos y había prometido llegar temprano para echar un cable con los pequeños O'Keefe, sin embargo, el tráfico le había impedido cumplir con su promesa y ahí estaba, llegando tarde. Paddy estaba aterrizando en ese momento procedente de Escocia y ni siquiera había podido recogerlo, afortunadamente el equipo se ocupaba de los traslados y dentro de nada lo llevarían a Dalkey, donde estaba la iglesia y el hotel que Patrick O'Keefe había cedido para la celebración.

Ambos eran los padrinos de la niña, un honor gigantesco teniendo en cuenta, además, que no estaban casados, pero Gracie y Diego así lo habían querido y ella estaba ilusionada y feliz... más o menos como venía sintiéndose la mayor parte del tiempo desde que Paddy O'Keefe Jr. había vuelto a su vida.

Nada más empezar su trabajo en el Leinster Rugby, en octubre, él empezó a disponer de muy poco tiempo libre y ella decidió trasladarse a Dublín. Estaba loca de amor por ese hombre y no pretendía andar poniendo cortapisas o plazos ficticios a su amor, así que se mudó a su piso de St. Stephen Green y aceptó el proyecto en el Trinity College. En enero se incorporó al equipo de investigación del señor Flanaggan y en febrero acabó el máster en la Universidad de Westminster. Todo en medio de una nube de romanticismo y pasión que la tenía exultante y feliz. Sus padres estaban encantados con su felicidad y sus amigas no paraban de hacer bromas sobre su cambio radical de vida, dedicada en cuerpo y alma a Paddy, que era el tipo más adorable del universo. Él se lo merecía todo y, aunque seguían cumpliendo con unos pactos y acuerdos de no correr ni pensar en el futuro, lo cierto era que acababan de cumplir un año de relación, estaban estupendamente bien juntos, se entendían, se llevaban de maravilla, compartían hobbies y tiempo libre, y no podían quererse más.

Siempre pensaba que le había tocado la lotería con Paddy, que seguía siendo tan familiar, tan pendiente de sus hermanos, de sus abuelos, de sus miles de compromisos, como lo había sido antes de que ella se instalara en su casa, y le encantaba verlo solucionar problemas, ocuparse de los suyos y disfrutar como un enano lo mismo de una tarde viendo el futbol en la tele, que haciendo buceo en Ibiza. Era maduro y optimista, muy trabajador, noble, un diez. Tan positivo y cariñoso, y lo amaba cada día más. Solo les faltaba comprometerse o tener un hijo, decía la abuela Bridget cuando la pillaba por banda, y, sinceramente, tampoco le parecía un escándalo. Estaba segura de que Paddy era el amor de su vida y no le parecía una idea tan peregrina tener un hijo con él o casarse, todo era cuestión de tiempo, pero no pretendía oponer resistencia a ninguna de las dos posibilidades, y esa certeza la hacía sentirse más plena y tranquila si cabe.

Ser su pareja era lo mejor que le había pasado en la vida y, aunque estaba muy contenta en la universidad, investigando y preparando el doctorado, lo cierto era que el gran pilar de su existencia era él, para qué lo iba a negar. De repente, ser la novia oficial de Paddy O'Keefe Jr., en Dublín, le había traído felicidad sí, pero una vida hogareña muy ocupada. Él estaba completamente absorbido por su trabajo, estaba disfrutando muchísimo en el Leinster, pero también lo mantenía sin apenas tiempo libre, así que ella había asumido de repente muchas obligaciones que en otra vida había rechazado de plano: se ocupaba de su hogar, de la compra, de la comida y de Paddy, con ayuda externa y sin descuidar ni medio segundo sus estudios, pero con devoción, porque le encantaba.

En cuanto se instaló en Dublín volvió a entrenar al Boxing Gym y cuando él la presentó como su novia oficial, empezó a experimentar en carne propia el respeto y la devoción absoluta que por allí se tenía hacia la familia O'Keefe. Era una sensación extraña que la saludara todo el mundo y la reconocieran y la trataran tan bien, y cuando lo comentó con Manuela, ella le explicó que así funcionaban las cosas y que mejor era aceptarlo de buen grado y con una sonrisa siempre, aunque, le confesó, personalmente intentara ignorar cualquier trato de favor o amabilidad excesiva e innecesaria, porque no comulgaba con aquel sistema casi feudal que a veces rodeaba a la familia.

Y tenía razón, así que poco a poco empezó a pasar por alto la consideración superlativa y empezó a vivir ajena a todo aquello, y, aunque tenía miles de ojos, sobre todo femeninos, mirándola continuamente con bastante inquina, también aprendió a vivir con ello y a pasar.

Su primer verano juntos lo disfrutaron a tope, se fueron una semana a Ibiza, otra a Valladolid y otra a Ribadesella con sus padres, y fue entonces cuando él desplegó la magia y se metió al señor y la señora Suárez en el bolsillo.

Sus padres literalmente lo adoraban y su amiga Mamen dijo, con su sentido común habitual, que no era de extrañar, porque Paddy O'Keefe era el típico tío que te apetece presentar a tus padres: guapo, trabajador, educado, cortés y cariñoso. Y era cierto. Él era un encanto, las madres caían desmayadas a sus pies y siempre tenía un gesto caballeroso y galante con ellas. Era increíble.

En Ribadesella les contó que la familia O'Keefe era gitana, que Paddy era gitano y, para su asombro, sus padres apenas lo tuvieron en cuenta, no hicieron preguntas y su madre, que había quedado fascinada con Manuela cuando la había conocido en Dublín el año anterior, le dijo que se notaba que eran parientes, porque ambos eran estupendos y tan educados. Fin de la historia. Nunca más nadie volvió a mencionar el tema y cuando viajaron a Irlanda en agosto para conocer su nueva vida, confraternizaron a la primera con los abuelos O'Keefe, que eran casi de su misma quinta, y con toda la familia, se lo pasaron en grande e hicieron amigos para siempre. Una verdadera bendición.

Por su parte, los O'Keefe la trataban como a una hija, en el fondo como habían hecho desde un principio, y todo el mundo pareció alegrarse con su relación. Paddy estaba feliz y ella los quería a todos, desde los pequeñajos a los abuelos, y le encantaba formar parte de esa familia tan peculiar y tan unida con la que compartían mucho tiempo libre porque se juntaban con cualquier pretexto, y ese entusiasmo le fascinaba. A veces incluso le tocaba animar a Paddy para salir a ver a una prima que acababa de dar a luz o al cumpleaños de uno de sus tíos, y él bromeaba diciendo que estaba completamente abducida por su familia, y era verdad.

También compartía con ellos su enorme orgullo por él, por su trabajo en el Leinster, donde se estaba dejando la piel y donde empezaba a destacar como el estupendo entrenador que era. El 99% de las veces iba al campo a ver los partidos, si jugaban en Irlanda nunca fallaba, si jugaban fuera, no dudaba en sumarse a la comitiva, coger un avión y plantarse en la grada para prestar atención y luego poder comentar con él los encuentros. Cuando empezaron a salir apenas sabía de rugby, pero con el paso de los meses se había convertido casi en una experta y le encantaba ir al estadio con Patrick y los niños, el abuelo, sus tíos o sus primos, disfrutar juntos del partido y de paso hacer preguntas y aprender de ellos. Todos los hombres O'Keefe habían jugado o jugaban al rugby, se trataba de una larga tradición familiar, y no había ni uno solo que no estuviera henchido de orgullo por ver a Paddy Jr. entrenando en la Magners League, era un verdadero acontecimiento y todo el mundo estaba volcado con él, lo seguían y apoyaban, y ella solo los podía querer un poco más, si eso era posible, por eso.

Diferente había sido conocer a su madre. Paddy la convenció para que lo acompañara a Derry por un tema de la empresa familiar y cuando estaban allí decidió llamar a su madre. Quedaron a comer en un restaurante del centro, pero en cuanto Violet la miró y concluyó que era paya, y además española como Manuela, escupió al suelo y la maldijo por lo bajo, lo que desató la tercera guerra mundial.

Él se levantó de la silla hecho una furia y salió a la calle con ella y su marido y les dijo de todo, a gritos, tan enfadado como no lo había visto jamás, y aunque apenas comprendió lo que le decía, quedó claro que no la quería volver a ver. También acabó la disputa escupiendo al suelo y soltándole alguna que otra barbaridad, tras lo cual entró al local, la agarró de la mano y se la llevó al coche pidiéndole perdón.

—Lo siento, jamás debí ponerte delante de ella.

—Es igual, mi amor, comprendo que...

—No, no comprendes nada, mi madre está loca, no te haces una idea, pero no te preocupes, no volverá a acercarse a nosotros.

Y así fue, ella tampoco quiso meterse y cuando se lo contó a Grace, que a pesar de la distancia se había convertido en su mejor amiga en la familia, ella le explicó que la madre de Paddy jamás se había preocupado por él, salvo para pedirle dinero o para utilizarlo de alguna u otra manera, así que mejor olvidarla y, sobre todas las cosas, no mentarla jamás delante de sus abuelos si no quería provocar un disgusto monumental.

Así que no volvió a mencionar el tema, Paddy pareció olvidarlo en seguida y ella se concentró en cosas muchísimo más importantes, como quererlo y cuidarlo y llenarlo de mimos siempre que lo tenía cerca.

—«As I came down through Dublin City, at the hour

of twelve at night, who should I spy, but a Spanish Lady, washing her feet by the candlelight...» –llegó a la entrada de la iglesia y se encontró a Patrick en cuclillas, con Aidan abrazado a su cuello y la pequeñaja, Molly, de pie y bien agarrada a una reja con su manita regordeta. Úrsula se detuvo para ver lo preciosa que iba con su vestidito marrón chocolate ribeteado en celeste, sus medias celestes y sus zapatitos de charol. Una princesita, mirando a su padre con sus enormes ojazos claros mientras bailaba *Spanish Lady* tan contenta. Molly era una muñequita, con el pelo oscuro de su madre y los ojos celestes de su padre, y siempre tan mimosa y sonriente–. Ya está, mi vida, vamos a entrar.

–¡No! –negó ella tan segura y siguió bailando para que él siguiera cantando.

–Ya veo que te gusta mucho *Spanish Lady*, Molly –susurró Úrsula, mirando de reojo a las admiradoras que había congregado Patrick O'Keefe y que seguían la escena con la boca abierta. Eran unas chicas que pasaban por allí y que se habían detenido a mirar a la niña, y de paso al padre, que era un cañonazo vestido de azul oscuro que tiraba para atrás.

–A todos les encanta, pero ya es hora de entrar. Molly, vamos, cariño.

–¡No! Papá, papá, papá, papá... –siguió bailando con una sonrisa y Patrick suspiró.

–¿Sabes que si te pillo, te como a besos?

–¡Sí! –asintió muy seria y Úrsula se echó a reír.

–¿Ah, sí? –dijo el padre muerto de la risa.

–¿Qué pasa aquí? –Manuela apareció con Michael y Liam de la mano y los miró suspirando–. Hola, Úrsula, estás guapísima, ¿y Paddy?

—Gracias, lo mismo digo —contestó mirando lo espectacular que iba con un minivestido negro y unas botas altas por encima de la rodilla, el pelo suelto y los labios pintados de rojo—. Paddy viene ahora, ya aterrizó y lo trae un coche del equipo.

—Estupendo, ¿y vosotros, Paddy?, llevamos diez minutos esperándoos..., tu madre...

—Molly se entretuvo bailando un rato.

—Vamos, hija, ya está bien —Le ofreció la mano y ella negó con la cabeza—. Molly...

—No.

—¿Ves?, no le apetece.

—Me da igual si le apetece o no, tiene once meses... —Hizo amago de cogerla en brazos y ella la miró agarrándose a la reja con las dos manitas—. ¿Será posible?

—Vamos, Molly, ven conmigo... —Michael, que iba guapísimo con chaqueta y corbata, le dio la mano y la niña se cogió a él tan confiada, para seguirlo con sus pasitos inseguros camino de la iglesia.

—O sea, que con tu hermano sí y conmigo no —protestó Patrick, miró a su mujer y le guiñó un ojo—. Y tú, *Spanish Lady*, cómo es posible que seas tan guapa, ¿eh?

—Lo mismo podría preguntar yo. Venga, vamos... —Miró a las admiradoras de reojo y ellas se dispersaron en seguida—. ¿Ya tenías el club de fans constituido?

—Ay, *Spanish Lady*... —Se levantó y la agarró con la mano libre por la cintura para besarla en la boca.

—Y tú, mi vida —ella le devolvió el beso y luego miró a Aidan, que seguía agarrado a su cuello—, deja a papá y camina un poco, ¿quieres?, qué ya eres muy mayor.

—No.

—¿Cómo qué no?, con lo guapo que vas con corbata.

–No quiero….

–No pasa nada, vamos –Patrick le besó la cabecita y Úrsula miró a Liam y le ofreció la mano. Él se agarró a ella con una sonrisa y decidió entrar detrás de la familia y esperar a Paddy en la iglesia.

–Úrsula…

–Hola, Sean. –Se detuvo para mirar a Sean O'Keefe y él le sonrió–. ¿Dónde se mete Paddy?, necesito una respuesta urgente a lo de Liverpool y no coge el maldito teléfono.

–Viene de camino, pero, que yo sepa, ayer le confirmó a Jack que era imposible, tiene partido en Cardiff esa semana y…

–¿A Jack? No me dijo nada.

–Lo llamó delante de mí.

–Vale, pues nada… –suspiró contrariado–, me llevaré a Jimmy, ¿te vendrás a verlo?

–Si no pelea Paddy no me apetece demasiado y, además, seguro que viajo con el equipo a Cardiff.

–Y haces bien, bueno, ya nos vemos luego. –Sean desapareció y ella animó a Liam a seguir andando.

Desde que Paddy estaba en el Leinster había abandonado casi completamente el boxeo sin guantes, y, aunque había conseguido verlo pelear en dos ocasiones, desde hacía seis meses no participaba en ningún combate, no tenía tiempo ni ánimo, decía él, y su tío estaba empezando a aceptar su retiro oficial, aunque no se resignaba del todo, y ella tampoco, a que lo abandonara para siempre. Era maravilloso verlo boxear, era buenísimo, estaba en la plenitud de su vida deportiva, sin embargo, también era cierto que no disponía del tiempo suficiente para entrenar como era debido o para desplazarse a los combates, así que poco a poco estaba olvidando los cuadriláteros y concentrando toda su atención en el trabajo.

—¡¿Y tú que haces con mi novia, enano?! —La voz grave de Paddy les llegó por detrás y Liam se giró hacia él muerto de la risa.

—Hola, mi amor. —Ella lo miró con cara de boba, porque iba impresionante con traje y corbata, y él se acercó, le quitó a Liam de la mano y lo levantó por los aires.

—Qué no te pille yo... —Lo abrazó y luego lo dejó en el suelo—. ¿Has visto lo guapa que es mi chica, Liam? Estás preciosa, Úrsula.

—Gracias —se acercó y lo besó, él la abrazó contra su pecho y luego la apartó para mirarla mejor—, tú también.

—No vas a comparar. —Observó su vestido recto y formalito, estilo Audrey Hepburn, y soltó un silbido de admiración—. Guapísima.

—Venga, entremos, que nos están esperando.

La pequeña Anna Bridget Vergara acababa de cumplir cuatro meses y sus padres habían esperado mucho para poder bautizarla en Dublín, como era lo mandado, así que la fiesta y el jolgorio era más que considerable. Habían llegado O'Keefe y McGuinness de toda Irlanda, la familia de Diego de España y muchos amigos y conocidos. Úrsula contó más de doscientos cincuenta cubiertos en el gran salón del hotel y miles de bolsas de regalo en el guardarropa. La gente se había volcado con ellos y ver a Grace y a Diego tan orgullosos de su preciosa bebé, que era pelirroja y tenía unos ojazos negros espectaculares, la emocionaba un montón.

Ellos formaban un matrimonio estupendo, se querían muchísimo y habían deseado tanto a esa niñita, que daba gusto verlos de la mano, observando como Anna pasaba de brazo en brazo entre grandes muestras de admiración por parte de las abuelas y las tías que estaban como locas con ella.

–¿Te han dejado coger a tu ahijada? –le preguntó la señora O'Keefe y ella negó con la cabeza– solo en la iglesia.

–Es que somos muy pesadas, pero entra al salón, ya se están sirviendo las mesas.

Entró y buscó la mesa que compartía con Manuela, Patrick, los niños y Paddy. Él andaba bromeando con los primos y los amigos, pero en cuanto la vio aparecer se le acercó y se sentó a su lado para comer tranquilamente mientras se sucedían los brindis y los parabienes para los padres y los abuelos. Aquello más que un bautizo parecía una boda y cuando hacia los postres apareció una banda de música irlandesa para iniciar el baile, miró a Manuela y ella respondió moviendo la cabeza, resignada.

–Ahora vengo. –Paddy se levantó y ella extendió los brazos hacia Molly, que miraba todo muy atenta y con los ojazos celestes muy abiertos.

–¿Vienes conmigo, Molly?

–No –negó ella agarrándose al cuello de su padre.

–¿Por qué no?

–Porque está con papá... –susurró Patrick besándole los mofletes, luego miró a sus hijos, que empezaban a levantarse de sus asientos y frunció el ceño–, y vosotros, chicos, aquí cerca y los tres juntos, ¿eh?

–Ya está hablado –terció Manuela–, no te preocupes...

–¡Atención! –llamó Diego desde el escenario y dio unos golpecitos en el micrófono–. Queríamos daros las gracias por estar todos hoy aquí, sois la leche y os queremos.

–¡Bravo! –Estallaron los aplausos y Úrsula se giró para verlo mejor.

—Grace y yo estamos muy felices con nuestra preciosa hija, la primera de una larga estirpe de chicas pelirrojas y guapísimas como su madre —bromeó y todos volvieron a aplaudir—, y poder compartir nuestra alegría en familia y con los amigos es un regalo. Gracias a Patrick por dejarnos el hotel y a Paddy, el flamante padrino, por ocuparse de todos los detalles, y, gracias otra vez, a todos por acompañarnos.

—¡Bravo! —Más aplausos y gritos.

—Ahora los grandes The Kilkennys darán comienzo al baile y a la fiesta de verdad, pero antes quería echar un cable a un amigo. Mi primo político, mi hermano Paddy O'Keefe Jr. hace seis años me ayudó a conquistar el corazón de su prima Grace y ahora me necesita a mí para hacer lo mismo con su chica... ¡Paddy, pasa, hombre! —Estallaron nuevamente los vítores y los aplausos y Úrsula sintió el corazón en la garganta, pero no reaccionó y se quedó quieta, mirando con los ojos muy abiertos el escenario donde Paddy se había subido para abrazar a Diego y luego para ponerse delante del micro.

—¡Úrsula! —la llamó y todo el mundo se giró hacia ella—. Sé que después de esto me querrás matar e igual dejas de hablarme, pero tenía que hacerlo así, delante de toda la gente que quiero y a tus pies, porque eres la mujer de mi vida.

—Ohhhhh. —Oyó ella a su alrededor a la par que las lágrimas empezaron a mojarle la cara.

—Te quiero, lo sabes, pero... en fin... —se metió la mano en el bolsillo interior de la chaqueta y sacó una cajita. La abrió y se la enseñó—, no voy a arrodillarme, pero, Úrsula Suárez Alonso, ¿quieres casarte conmigo?

—... —No le salían las palabras y solo podía percibir un silencio espeso y el sonido de sus propios sollozos. Notó la mano de Manuela encima de su brazo, la miró y vio que también estaba llorando, así que se puso de pie y al fin habló–: Sí, mi amor, por supuesto que sí.

–Entonces ven conmigo... –dijo él con los ojos húmedos. Ella caminó hacia allí intentando sujetar los lagrimones, miró a Grace y a la abuela, que lloraban a la par y sonrió. Alguien le dio un pañuelo de papel a dos pasos del escenario y Diego la agarró de la mano y la abrazó fuerte antes de dejarla frente a Paddy, que la miraba con una sonrisa de oreja a oreja... lo observó sacar el anillo y cogerle la mano para ponérselo, un poco nervioso, en el dedo anular, luego se inclinó para besarla y la abrazó, para algarabía de todo el mundo, que casi echaron el salón abajo con los gritos y los aplausos.

–Te amo –le susurró al oído, llorando como una magdalena y él le guiñó un ojo.

–Bueno, familia –hizo callar a la gente–, no sé si habrá más bautizos pronto, pero una cosa está clara, la próxima vez que os invite a todos aquí, será para nuestra boda.

–¡Bravo! ¡Bravo!

La música empezó a sonar, primero, como no, con *Spanish Lady*, y en medio de las felicitaciones y los besos, vio a Patrick abrazar a Manuela y a sus niños para bailar la canción todos juntos. Se emocionó de verlos así, protagonistas de ese amor tan extraordinario que se profesaban, y volvió a llorar imaginándose su propia vida en el futuro, junto a Paddy, dentro de muchos años y con el amor y el cariño intactos. Buscó a Grace con los ojos y la encontró muerta de la risa, empujando a Diego a bailar al centro de la pista y a los abuelos, también de la mano y tan contentos, sumándose a la fiesta con su energía y entusiasmo habitual.

En ese momento supo, con certeza, que no podía existir nadie, en ningún rincón del mundo, más afortunada que ella, nadie más feliz, y cuando Paddy la agarró por la cintura y le besó la cabeza, se giró hacia él y lo abrazó con todas sus fuerzas.

ÚLTIMOS TÍTULOS PUBLICADOS EN HQN

Siempre una dama de Delilah Marvelle

Las chicas buenas no... mienten de Victoria Dahl

Un viaje por tus sentidos de Megan Hart

De repente, el último verano de Sarah Morgan

Trampa a un caballero de Julia London

Amor en cadena de Lorraine Cocó

Algo más que vecinos de Isabel Keats

Antes de la boda de Susan Mallery

Todas las estrellas son para ti de J. de la Rosa

Reflejos del pasado de Susan Wiggs

Amor en V.O de Carla Crespo

Siempre en mis sueños de Sarah Morgan

Tú en la sombra de Marisa Sicilia

Enamorada de un extraño de Brenda Novak

El retrato de Alana de Caroline March

www.ingramcontent.com/pod-product-compliance
Lightning Source LLC
LaVergne TN
LVHW031808080526
838199LV00100B/6366